사람은 무엇으로 사는가

The best
stories of
L. N. Tolstoy

사람은 무엇으로 사는가

차 례

The best
stories of
L. N. Tolstoy

The best stories of
L. N. Tolstoy

사람은 무엇으로 사는가

우리가 형제를 사랑함으로 사망에서 옮겨 생명으로 들어간 줄을 알거니와 사랑치 아니하는 자는 사망에 거하느니라.(요한1서 3:14)

누가 이 세상 재물을 가지고 형제의 궁핍함을 보고도 도와줄 마음을 닫으면 하느님의 사랑이 어찌 그 속에 거하겠느냐?(3:17)

자녀들아, 우리가 말과 혀로만 사랑하지 말고 오직 행함과 진실함으로 하자.(3:18)

사랑은 하느님께 속한 것이니 사랑하는 자마다 하느님으로부터 나서 하느님을 알고(4:7)

사랑하지 아니하는 자는 하느님을 알지 못하나니 이는 하느님은 사랑이심이라.(4:8)

어느 때나 하느님을 본 사람이 없으되 만일 우리가 서로 사랑하면 하느님이 우리 안에 거하시고(4:12)

하느님은 사랑이시라. 사랑 안에 거하는 자는 하느님 안에 거하고 하느님도 그 안에 거하시느니라.(4:16)

누구든지 하느님을 사랑하노라 하고 그 형제를 미워하면 이는 거짓말하는 자니, 보이는 그 형제를 사랑치 아니하는 자가 보이지 않는 하느님을 사랑할 수가 없느니라.(4:20)

한 구두장이가 아내와 아이들과 함께 살고 있었다. 그는 농부에게 집을 빌려 사는 처지로, 자기 소유의 집도 없고 땅도 없었다. 그저 구두 고치는 일을 해서 가족과 먹고살 뿐이었다. 빵 값은 비싼데 벌이는 시원치 않아, 돈을 몇 푼 벌어봐야 식비로 다 나가는 형편이었다. 이 구두장이는 한 벌 있는 모피코트를 아내와 번갈아 입었다. 그마저도 다 해져서 너덜너덜했다. 그래서 구두장이는 새 모피코트를 지을 양 가죽을 살 생각이었다. 하지만 벌써 1년이 넘도록 생각뿐이었다.

가을이 되자 구두장이는 돈을 좀 모았다. 3루블(1루블은 25원 정도—옮긴이)짜리 지폐 한 장을 아내가 쓰는 궤 안에 넣어뒀고, 또 마을 주민들한테서 받을 돈이 5루블 20코페이카(100코페이카가 1루블 —옮긴이) 있었다.

구두장이는 모피코트를 맞출 작정으로 아침에 마을로 나갈 준비를 했다. 솜을 넣은 무명 재질의 여성용 짧은 웃옷을 셔츠 위에다 껴입고, 그 위에 끈으로 허리를 졸라매는 긴 모직 외투를 입었다. 3루블짜리 지폐를 호주머니에 찔러 넣고, 아침을 먹은 후 나무 지팡이를 하나 구해서 짚고 길을 나섰다.

'3루블에다 사람들한테 5루블까지 받으면 모피코트 지을 양가죽을 살 수 있을 거야.'

마을에 도착한 구두장이는 자기한테 빚을 진 한 남자의 집에 들렀다. 그런데 그 남자는 집에 없었고, 그의 부인이 이번 주 안에 자기 남편한테 돈을 들려 보내겠다고 약속했을 뿐 돈을 주지는 않았다. 이번엔 다른 남자의 집에 들렀더니, 그 남자는 돈이 정말 없다면서 장화 수선비로 20코페이카만 줬다. 하는 수 없이 구두장이는 양가죽을 외상으로 사야겠다고 생각했다. 그러나 양가죽 상인은 외상은 안 된다면서 이렇게 말했다.

"돈만 가지고 오셔. 그러면 어떤 놈이라도 고를 수 있게 해드리지. 외상값 받아내는 일이 어떤지 알면서 그래."

그리하여 구두장이는 아무 거래도 성사시키지 못했다. 수선비 20코페이카를 받은 게 고작이었다. 사실 그 남자가 또 오래된 펠트 장화를 꿰매달라고 해서 받아 들고 왔다.

구두장이는 기분이 안 좋아서 20코페이카를 몽땅 보드카 마시는 데 써버리고, 양가죽을 사지 못한 채 집으로 향했다. 아침엔 날씨가 꽤 춥다고 생각했는데 술을 마시니 굳이 모피코트가 없어도 따뜻한 것 같았다. 구두장이는 한 손에 든 지팡이로 말라붙은 진흙 덩어리들을 툭툭 치고 다른 손에

든 펠트 장화를 이리저리 흔들며 걸으면서 혼잣말했다.

"난 모피코트 없어도 따뜻해. 한잔 마셨더니 핏속 깊숙이 스며드는군. 모피코트가 꼭 있어야 되는 것도 아니네. 기분 나쁜 것도 잊고 가고 있잖아. 내가 이런 사람이야! 뭐가 또 필요해? 모피코트 없어도 사는 데 지장 없어. 없어도 된다고! 물론 마누라는 갖고 싶다 하겠지만 말이야. 사실 화가 나기야 나지. 누구는 순순히 일해주고, 누구는 자기 맘대로 돈을 주고 안 주고 말이야. 어디 두고 보자고! 돈 안 갖고 오기만 해봐라! 모자를 뺏을 거다. 진짜야. 뺏을 거라고. 그렇게라도 해야지 어쩌겠어? 아, 달랑 20코페이카가 뭐야? 20코페이카 가지고 뭘 하라고? 마시는 거밖에 더 하겠어? 형편이 쪼들린다고? 이 사람아, 너만 쪼들리고 난 안 쪼들리냐? 넌 집도 있고 가축도 있고 다 있잖아. 난 지금 몸에 걸친 게 다라고. 넌 농토가 있어서 거기서 곡물이 나지만 난 빵을 사 먹어야 된다고. 어디서 돈을 벌든 일주일에 3루블씩은 빵 값으로 다 나간다고. 집에 가면 또 빵이 떨어져 있을 테니 1루블 50코페이카가 있어야 한단 말이야. 내 돈을 어서 줘야 될 거 아니야!"

걷다보니 구두장이는 길모퉁이의 작은 예배당에 이르렀는데, 예배당 뒤쪽으로 뭔가 희끄무레한 것이 보였다. 벌써 어스름이 내리고 있었다. 실눈을 뜨고 봐도 뭔지 잘 알 수가 없었다.

'바윈가? 아닌데. 저기 저런 바위는 없었는데. 무슨 동물인가? 아냐. 동물 같지는 않아. 사람 머리 같긴 한데 뭐가 저렇게 온통 허연지 말이야. 그리고 저런 데 사람이 뭐하러 있겠냐고.'

좀 더 가까이 다가가서 보니 사람이 맞았다. 어찌 된 일인지 알몸으로 예배당 벽에 기댄 채 꼼짝 않고 앉아 있었다. 구두장이는 무서워졌다.

'어떤 놈들이 저 사람을 죽이고 옷을 벗기고 여기다 버렸구나. 괜히 가까이 갔다가 큰일 날라.'

구두장이는 그냥 지나쳐 갔다. 예배당 저쪽으로 돌았더니 그 사람이 더 이상 보이지 않았다. 가다가 뒤돌아보니 그 사람이 예배당 벽에서 몸을 떼고는 주위를 둘러보는 듯 몸을 움직이고 있었다. 구두장이는 더욱 마음이 조마조마해졌다.

'저 사람한테 가볼까, 아니면 그냥 지나갈까? 괜히 다가갔다가 봉변당하는 거 아닌가? 저 사람이 어떤 사람인지 어떻게 알아? 저러고 있는 걸 보면 좋은 사람일 리는 없잖아? 내가 가까이 가면 갑자기 일어나서 내 목을 조를지도 몰라. 그럼 볼 장 다 본 거잖아. 그러지 않는다고 해도, 내가 저 사람 문제를 어떻게 해결해줄 수 있겠어? 벌거벗은 사람을 어쩌려고? 한 벌뿐인 옷을 벗어줄 순 없잖아. 내빼는 게 상책이야.'

구두장이는 발걸음을 재촉했다. 예배당을 완전히 다 지나가려는데 비로소 양심의 가책이 찾아왔다.

구두장이는 길 위에 멈춰 섰다. 그러곤 자신에게 이렇게 말했다.

"너 지금 뭐 하는 거냐, 세묜? 사람이 봉변을 당해 죽어가고 있는데 넌 겁을 집어먹고 그냥 지나가려고? 네가 뭐, 돈을 벌기라도 했냐? 재산이라도 뺏길까봐? 세묜, 그러는 거 아니다, 응?"

세묜은 뒤돌아 그 사람에게 다가갔다.

세묜이 가까이 가서 살펴보니 멀쩡한 젊은이였다. 몸에 매 맞은 자국 같은 건 보이지 않았다. 다만 추위에 얼어붙은 데다가 겁에 질린 것 같았다. 그는 벽에 힘없이 기대어 앉은 채 세묜을 쳐다보지도 않았다. 세묜이 바싹 다가가자 비로소 정신이 든 듯 고개를 들고 눈을 떠서 세묜을 쳐다보았다. 그 눈빛을 보자마자 세묜은 동정심이 치밀었다. 펠트 장화를 땅에다 놓고 허리끈을 풀어서 그 위에 얹어놓고는 긴 외투를 벗었다.

"어찌 된 영문인지는 나중에 말하고, 자, 일단 이것 좀 입어요."

세묜이 젊은이의 팔을 잡아 일으켜 세우자 젊은이가 일어났다. 몸은 말랐지만 멍이나 상처는 보이지 않았고, 팔다리도 멀쩡했고, 정이 가는 얼굴이었다. 세묜은 젊은이의 어깨에 외투를 걸쳐주었지만 그는 팔을 소매에 끼우지 못했다. 세묜이 직접 팔을 끼우고 옷을 여며준 뒤에 허리끈으로 동여맸다.

세묜은 해진 모자를 벗어서 젊은이에게 씌워주려다가, 그러면 자기 머리가 너무 추울 것 같아서 도로 썼다.

'난 완전히 대머린데 이 사람은 관자놀이까지 곱슬머리가 길게 자라 있잖아. 차라리 신발을 신겨주자.'

세묜은 젊은이를 앉혀놓고 펠트 장화를 신겨주고 나서 물었다.

"자, 이제, 젊은 양반, 몸을 막 움직여서 열을 좀 내보라고. 무슨 일을 당했는지는 모르지만 사건 해결하는 건 다른 사람들이 할 일이고. 걸을 수 있겠나?"

젊은이는 서서 다소곳이 세묜을 바라보기만 할 뿐 입을 열지 않았다.

"왜 아무 말도 않는 건가? 여기서 겨울을 날 셈인가? 집으로 들어가든지 해야지. 자, 이 막대기를 짚게. 몸에 힘이 다 빠졌을 테니. 자, 몸을 좀 흔들라고!"

젊은이는 걷기 시작했다. 잘 걷는 편이었다. 뒤처지지 않았다.

두 사람은 계속 길을 걸었다. 세묜이 입을 열었다.

"자네 어느 집 아들인가?"

"저 이곳 사람이 아니에요."

"이곳 사람들은 내가 다 알지. 그래, 어떡하다가 여기 오게 됐는데? 어쩌다 예배당 담벼락 밑에 앉아 있게 됐어?"

"그건 말씀드릴 수 없어요."

"누가 자네한테 행패를 부린 건가?"

"행패 부린 사람은 없고요, 하느님의 벌을 받아 이렇게 된 거예요."

"물론 모든 일을 주관하시는 건 하느님이시지. 그건 그렇고 어떻게 어디라도 좀 들어가야 될 거 아닌가? 자네 어디로 가야 되나?"

"어딜 가든 다 마찬가지예요."

세묜은 의아했다. 막돼먹은 사람 같지는 않고 말투도 온순한데, 자기 얘기는 통 안 하니 말이다. 세묜은 '세상에 별의별 일이 다 있는데, 뭐!' 하고 생각하고 젊은이에게 말했다.

"자, 뭐, 그렇다면 우리 집에라도 가지. 몸도 좀 추스를 겸."

세묜은 계속 걸었다. 젊은이도 뒤처지지 않고 나란히 걸었다. 바람이 세묜의 셔츠 밑으로 파고들었다. 술기운은 어느새 사라지고 추워지기 시작했다. 코로 색색 소리를 내면서 껴입은 여성용 웃옷을 잔뜩 여미는데 이런 생각이 들었다.

'모피코트 맞춰 입으러 갔다가 꼴이 이게 뭐냐? 그나마 입었던 외투마저 없이 집에 가겠군. 벌거벗은 사람까지 데리고 말이야. 마트료나가 분명히 뭐라고 할 거야.'

마트료나 생각을 하자마자 세묜은 우울해졌다. 하지만

이 젊은이를 쳐다보면, 예배당 뒤쪽에 앉아 있던 젊은이를 보았을 때를 떠올리면 가슴이 저몄다.

■■■

세묜의 아내는 일찍 집안일을 마쳤다. 장작을 패고 물을 길어서 갖다놓고 애들 밥을 먹이고 자기도 한술 떴다. 그러곤 생각에 잠겼다.

'빵을 언제 식탁에 올릴까? 지금, 아니면 내일? 빵 끄트머리 큰 게 남아 있는데. 세묜이 나가서 점심을 먹었다면 저녁 때 많이 먹진 않을 테니, 내일 먹을 양이 남겠지.'

마트료나는 빵 끄트머리를 이리 돌려보고 저리 돌려보고 하면서 생각했다.

'오늘 빵을 내놓지 말자. 밀가루도 빵 하나 분밖에 없는데. 금요일까진 버텨야 하잖아.'

마트료나는 빵을 치우고 식탁 앞에 앉아 남편 셔츠를 깁기 시작했다. 바느질을 하면서 남편이 어떤 양가죽을 사 올지 생각했다.

'양가죽 상인한테 속지나 말아야 할 텐데. 사람이 맹해가지고 말이야. 자기는 아무도 속일 줄 모르지만 어린애들한테도 속을 수 있는 사람이지. 8루블이 적은 돈은 아니니, 모피코트 좋은 걸로 지을 수 있을 거야. 무두질된 것까진 아니더라도 꽤 괜찮은 거 말이야. 지난겨울에 모피코트가 없어서 얼마나 고생했는지! 강엘 나갈 수가 있나, 도무지 아무데도 갈 수가 없었잖아. 오늘도 봐. 그 사람이 있는 거 없는 거 다 입고 나갔어. 나는 뭐 입으라고? 일찍 오는 것도 아니고. 올 때가 됐는데 말이야. 또 어디서 한바탕 놀고 있는 건 아니겠지?'

마트료나가 이 생각을 하자마자 문간 계단들이 삐걱거리는 소리가 나면서 누군가가 들어왔다. 마트료나는 바늘을 헝겊에 찔러놓고 문간으로 나갔다. 보니까 두 사람이 들어와 있는 게 아닌가. 하나는 세묜이었고 또 하나는 웬 남자였는데 모자는 안 썼고 펠트 장화를 신고 있었다.

마트료나는 남편한테서 술 냄새가 난다는 걸 금세 눈치채곤 생각했다.

'내 생각이 맞았군. 한바탕 놀았어.'

그러다 남편이 외투 없이 짧은 웃옷만 걸쳤고 아무것도 들고 있지 않은 데다 말도 없고 움츠러든 모습인 것을 보고 심장이 덜컥 내려앉았다.

'돈 갖고 간 거 다 술 마시는 데 썼구나. 웬 날라리 같은 놈하고 한바탕 놀다가 집까지 데려온 거야.'

마트료나는 두 남자를 안으로 들여보내고 나서 자기도 들어왔다. 처음 보는 젊은 사람은 체구가 말랐고, 자기가 남편과 번갈아 입는 외투를 입고 있었다. 외투 속으로 셔츠가 보이지 않고 모자도 없었다. 그는 들어올 때 모습 그대로 꼼짝 않고 서서 고개를 들지 못했다.

'좋은 사람은 아닌 것 같네. 태도가 떳떳하지 못한 걸 보니.'

마트료나는 눈살을 찌푸리고 난로 쪽으로 가서, 두 남자가 어떻게 나올지 기다리기로 했다.

세묜이 모자를 벗고 벽에 붙은 의자에 다소곳이 앉더니, "저기, 마트료나, 저녁이나 좀 먹을까?"라고 말했다.

마트료나는 혼자 무슨 말인가 투덜거리고는 난로 앞에 붙박인 듯 서서 둘을 차례로 바라보며 고개만 설레설레 저었다. 세묜은 아내가 화난 것을 알아차렸지만 하는 수 없이 젊은이의 팔을 잡아끌며 말했다.

"앉게. 저녁 같이 먹자고."

젊은이가 의자에 앉았다.

"저기, 뭐 좀 없어?"

마트료나는 화가 났다.

"있어도 당신 먹을 건 없어. 그나마 있던 생각까지 다 술에 말아먹은 모양이네. 모피코트 사러 나가서는, 있던 외투도 잃어버리고 웬 비렁뱅이까지 데려오다니. 댁들 같은 술꾼들한테 줄 저녁은 없어."

"저녁은 줘야지, 마트료나. 왜 알지도 못하면서 그렇게 입만 놀려대? 이 사람이 누군지 일단 물어보기나 하라고."

"당신 말해봐, 돈 어디다 썼어?"

세묜이 외투 주머니에 손을 넣어 지폐를 꺼내 펼쳐 보이며 말했다.

“돈은 여기 있어. 트리포노브는 빚 안 갚았어. 내일 갚는다고 하더라고.”

마트료나는 더욱 화가 치밀었다. 모피코트는 사지도 못하고 웬 비렁뱅이 같은 젊은이에게 그나마 하나 있던 외투를 입혀 데리고 오다니.

그녀는 식탁에 놓인 지폐를 재빨리 집어 어딘가에 숨기려고 들고 가면서 말했다.

“저녁 없어. 나더러 벌거숭이 술꾼들 밥을 먹이라고? 어림없지!”

“아, 여보, 마트료나, 그렇게 아무 말이나 함부로 하는 게 아니야! 일단 얘기를 들어보고서 말을 하라고.”

“술 취한 등신한테서 들을 말이 많기도 하겠다. 내가 이럴 거 같아서 당신 같은 술꾼한테 시집 안 오려고 했었어. 우리 엄마가 주신 옷감도 술 먹느라 날리더니, 모피코트 사러 갔다가 술 먹느라 못 사고.”

세묜은 술 먹느라 쓴 돈은 20코페이카밖에 안 된다고 말하고 이 사람을 어떻게 데려오게 됐는지 설명하려 했지만 아내는 말할 틈을 주지 않았다. 어디서 저 많은 말들이 다 나오는지, 두 마디를 동시에 하는 듯했다. 심지어 10년 전에 있었던 일까지 다 들먹거렸다.

쉬지 않고 계속 말하던 마트료나가 갑자기 세묜한테 달려와 소매를 덥석 잡고 말했다.

"내 옷 내놔. 하나밖에 안 남은 내 옷을 당신이 입었다고. 이리 내놔. 이 나쁜 놈아!"

세묜은 옷을 벗기 시작했다. 소매가 뒤집히던 중이었는데 아내가 확 잡아 뺐다. 꿰맨 곳에서 북 하고 찢어지는 소리가 났다. 옷을 머리에 쓰고 나가려다가 마트료나는 갑자기 멈칫했다. 흥분이 가라앉지 않았다. 화를 멈추고 싶기도 했고, 저 사람이 누군지 알아보고 싶기도 했다.

마트료나는 멈춰 서서 이렇게 말했다.

"좋은 사람이라면 벌거벗었을 리가 없잖아. 셔츠도 안 입었네그래. 저 사람이 나쁜 사람이 아니라면 어디서 데리고 왔는지 말할 수 있겠지."

"그래, 내가 그걸 말하려는 중이잖아. 가다 보니까 예배당 근처에 이 사람이 벌거벗은 채 앉아 있는 거야. 옴짝달싹도 않고. 여름도 아닌데 알몸으로 말이지. 하느님이 날 이 사람한테 보내신 거야. 안 그랬으면 죽을 뻔했어. 그래, 어떡해야 되겠어? 이 세상에 어떤 일인들 없으려고? 일으켜서 옷을 입히고 이리로 데려왔지. 당신, 그렇게 화만 내지 좀 말라고. 그거 죄짓는 거야, 마트료나. 우리도 언젠가 죽게 마련이잖소."

마트료나는 뭐라고 욕설을 내뱉으려다 젊은이를 보고는 아무 말도 하지 않았다. 젊은이는 벽에 붙은 의자 끄트머리에 그대로 움직임 없이 앉아 있었다. 눈을 감고 손을 무릎에 올린 채 고개를 숙이고, 마치 무언가에 목을 졸리기라도 하듯 인상을 찡그리고 있었다. 마트료나가 아무 말이 없자 세묜이 말했다.

"마트료나, 당신 안에는 하느님이 안 계신 거야?"

이 말을 듣고 다시 한 번 젊은이를 쳐다보자, 마트료나는 갑자기 마음이 사르르 녹는 듯했다. 마트료나는 난로가 있는 구석으로 가서 저녁을 준비하기 시작했다. 잔을 식탁에 올리고, 곡물을 발효해서 만든 음료수를 따르고, 마지막 남은 빵 끄트머리를 내놓았다. 그리고 칼과 숟가락을 갖다 놓으며 말했다.

"좀 드시지 그래요."

세묜이 젊은이를 가까이 앉히며 말했다.

"이리로 좀 오게. 그래, 그렇게."

세묜은 빵을 썰고 잘게 부스러기를 냈다. 둘은 먹기 시작했다. 마트료나는 식탁 한쪽 구석에 앉아 팔을 괴고 젊은이를 쳐다봤다.

마트료나는 젊은이가 불쌍하고 측은하게 느껴졌다. 젊은이는 갑자기 기분이 좋아진 듯 더 이상 얼굴을 찡그리지 않고 마트료나를 보며 미소 지었다.

저녁을 다 먹었다. 마트료나는 식탁을 치우고 젊은이에

게 이것저것 묻기 시작했다.

"어느 집 자식이에요?"

"저 여기 사람 아니에요."

"어떻게 하다가 길에 앉아 있게 됐는데요?"

"말씀드릴 수 없네요."

"강도를 당했어요?"

"하느님이 저한테 벌을 내리신 거예요."

"알몸으로 그냥 누워 있었던 거예요?"

"네, 얼어 죽기 직전이었는데 아저씨가 절 발견하고 불쌍히 여겨서 외투를 입혀주시고 이리로 데려오셨어요. 여기선 아주머니가 절 불쌍히 여겨서 먹을 것과 마실 것을 주셨고요. 감사합니다!"

마트료나가 일어나서 창에 걸어놓았던 세묜의 오래된 셔츠, 아까 깁고 있던 바로 그 셔츠를 가져와 젊은이에게 주고, 또 바지도 하나 찾아 주면서 말했다.

"셔츠도 안 입었으니 이거라도 입어요. 입고 어디 맘에 드는 데 누워요. 다락 침대에 눕든지, 벽난로 위 공간에 눕든지."

젊은이가 외투를 벗고 셔츠와 바지를 입고서 다락 침대에 누웠다. 마트료나는 불을 끈 뒤 외투를 가지고 남편 옆에 누웠다. 외투 한쪽 끝으로 몸을 덮었지만 잠이 오지 않았다. 젊은이에 대한 생각이 머릿속에서 떠나지 않았다.

젊은이가 마지막 빵 한 조각을 먹었기 때문에 내일 먹을 빵은 없다는 생각, 셔츠와 바지를 줘버렸으니 일감이 없어져 심심할 거라는 생각이 떠올랐다. 하지만 젊은이가 미소 짓던 것을 생각하면 기분이 좋아졌다.

시간이 흐르고 흘러도 마트료나는 잠이 오지 않았다. 기척을 보아하니 세묜도 안 자는 모양이었다. 그는 외투를 자기 쪽으로 끌어당기고 있었다.

"세묜!"

"응."

"마지막으로 남아 있던 빵을 다 먹었어. 마지막 거라서 안 내놓으려 했던 건데. 내일 어떡해야 될지 모르겠어. 말라니야 대모한테서 뭔가 꾸어 오든지 해야겠어."

"죽진 않을 거야. 배도 채울 수 있을 거야."

마트료나가 한동안 조용히 누워 있다가 말했다.

"괜찮은 사람 같은데 자기 얘기를 통 안 하네."

"할 수 없는 이유가 있겠지."

"세묜!"

"응."

"우리는 이렇게 베푸는데 왜 우리한테는 베푸는 사람이 없지?"

세묜은 어떻게 대답해야 할지 몰라서 그냥 "생각해봐야겠네"라고 말하고 돌아누워 잠이 들었다.

■■■

세몬이 아침에 깨어보니 애들은 아직 자고 있었고, 아내는 빵을 꾸러 이웃집에 가고 없었다. 어제 온 젊은이만 낡은 바지와 셔츠를 입은 채 의자에 앉아서 위쪽을 쳐다보고 있었다. 어제보다 얼굴이 밝아 보였다.

세몬이 젊은이에게 말했다.

"자, 그럼, 젊은이, 어떻게 할까? 배는 먹을 걸 달라 하고, 알몸뚱이는 입을 걸 달라 하는 법이지. 어떻게든 먹고살아야지. 자넨 뭘 할 줄 아나?"

"할 줄 아는 게 아무것도 없어요."

세몬이 놀라서 말했다.

"사람은 배우고 싶은 마음만 있으면 뭐든지 배울 수 있어."

"저도 일할 거예요. 다른 사람들도 다 일하니까."

"자네 이름이 뭔가?"

"미하일이요."

"그래, 미하일, 자네가 자기 얘기를 하기 싫어하든 좋아하든 그건 자네 마음이지. 하지만 어쨌든 먹고는 살아야 할 것 아닌가? 내가 시키는 대로 자네가 일을 하겠다면 먹여 살려주지."

"감사합니다. 일을 배울게요. 뭘 해야 되는지 알려주세요."

세몬이 실을 잡아 손가락에 걸고 매듭을 만들기 시작하면서 말했다.

"하나도 안 복잡한 일이야. 내가 하는 걸 봐."

미하일이 그걸 살펴보더니 어떻게 하는지 금방 배워서 실을 손가락에 걸고 매듭을 만들었다.

세묜이 실을 찌는 법을 가르쳐줬을 때에도 미하일은 금방 이해했다. 실을 꼬는 법과 꿰매는 법을 가르쳐줬더니 그것 역시 금방 이해했다.

세묜이 어떤 일을 가르쳐주든 미하일은 다 금방 이해했다. 사흘째 되는 날부터 일을 하기 시작했는데 마치 한 100년은 이 일을 한 듯한 솜씨였다. 그는 허리 한 번 펴지 않고 일했다. 게다가 먹는 것도 조금밖에 안 먹었다. 한 가지 일에서 다른 일로 넘어갈 때면 아무 말 없이 그저 위만 쳐다보고 있었다. 밖에 나가지 않고, 필요 없는 말은 하지 않고, 농담도 하지 않고, 웃지도 않았다.

마트료나가 그에게 저녁을 먹이던 첫날 저녁에 지은 미소가 전부였다.

■■■

하루하루가 지나고 일주일이 지나고 또 한 주가 지나고 하다보니 어느덧 1년이 지났다. 미하일은 계속 세묜의 집에 살면서 일을 하고 있었다. 세묜 집의 일꾼에 대한 소문이 자자해졌다. 그 사람만큼 장화를 깨끗하고 튼튼하게 짓는 사람이 없다고. 그러자 이웃 마을에서도 장화를 맞추러 세묜한테 오기 시작했다. 세묜의 벌이는 점점 나아졌다.

한번은 어느 겨울날 세묜이 미하일과 함께 앉아서 일을 하고 있는데, 방울이 달린 삼두마차가 세묜의 오두막으로 다가왔다. 창문으로 내다보니, 마차가 오두막집 앞에 멈추고 마부석에서 젊은 사람이 내려 마차 문을 열었다. 안에서 모피코트를 입은 귀족이 나왔다. 그는 세묜의 집 문간에 와서 섰다. 마트료나가 뛰어나가 문을 활짝 열었다. 귀족이 몸을 숙여 오두막 안으로 들어와 허리를 폈다. 머리가 천장에 거의 닿을 지경이었다. 방 한구석이 그의 몸으로 꽉 차는 것 같았다.

세묜은 일어나서 절을 하고 놀란 눈으로 귀족을 바라보았다. 그는 그런 사람들을 본 적이 없었다. 세묜은 말라서 뼈가 툭 불거졌고 미하일 역시 홀쭉하며 마트료나는 바싹 마른 대팻밥 같은데, 이 사람은 마치 다른 세계에서 온 듯했다. 혈색이 도는 퉁퉁한 얼굴에 목은 마치 황소 목 같고, 몸 전체가 무쇠로 만들어지지 않았나 싶을 정도였다.

귀족은 숨을 고르더니 모자를 벗고 의자에 앉아 말했다.

"누가 여기 주인이지?"

세묜이 나서며 말했다.

"접니다, 나리."

귀족이 자기 하인에게 소리쳐 말했다.

"야, 페치카, 물건을 이리 가져와."

하인이 꾸러미를 들고 달려 들어왔다. 귀족이 꾸러미를 받아 식탁에 놓고 말했다.

"끌러."

하인이 꾸러미를 끌렀다. 귀족이 손가락으로 가죽을 쿡 찌르면서 세묜에게 말했다.

"자, 이봐, 구두장이, 가죽이 보이나?"

"보입니다, 나리."

"이게 어떤 가죽인지 알기나 하는 거야?"

세묜이 가죽을 만져보고는 말했다.

"좋은 가죽입니다."

"좋은 가죽이라고? 멍청한 네놈이 이런 가죽을 여태껏 보기나 했을까? 독일제야. 20루블 줬지."

세묜이 겁을 먹고 말했다.

"저희가 이런 걸 어디서 보겠습니까?"

"그래, 그렇겠지. 이 가죽으로 내 발에 맞는 장화를 만들 수 있나?"

"할 수 있습니다, 나리."

귀족이 소리 질렀다.

"할 수 있다고? 누가 신을 장화인지, 어떤 가죽인지 잘 생각하라고, 엉? 1년은 족히 신을 장화를 만들라고. 신어도 비틀리지 않고 뜯어지지 않을 장화 말이야. 내가 미리 말해두는데, 1년이 지나기 전에 장화가 뜯어지거나 비틀리면 널 감방에 처넣을 거야. 1년이 지날 때까지 멀쩡하면 그 대가로 10루블을 주지."

겁을 먹은 세묜은 뭐라고 말할지 망설였다. 미하일을 쳐다보고 그를 팔꿈치로 찌르며 속삭였다.

"한다고 할까, 어떡할까?"

미하일이 '한다고 해요'라는 뜻으로 고개를 끄덕였다.

세묜은 미하일의 뜻대로 1년 동안 비틀리거나 뜯어지지 않을 장화를 만들기로 했다.

귀족이 하인에게 자기 왼발에서 장화를 벗기라고 소리친 뒤 발을 내밀었다.

"치수를 재!"

세묜이 한 자 반 정도 길이로 종이를 꿰매 평평하게 펴고 무릎을 꿇고 앉아, 귀족의 무릎까지 오는 긴 양말을 더럽히지 않기 위해 손을 앞치마에다 잘 닦은 후 재기 시작했다. 세묜이 발바닥 길이와 발등 높이를 재고 종아리 둘레를 재려 하는데 종이가 모자랐다. 종아리가 마치 통나무처럼 굵었다.

"장화 목 부분이 너무 좁으면 안 돼."

세묜이 종이를 더 대기 시작했다. 귀족은 앉은 채 양말 신은 발가락을 꼼지락거리면서 집 안을 둘러보다가 미하일을 발견했다.

"저건 누구야?"

"네, 저 사람이 바로 제가 데리고 있는 기술자입니다. 저 사람이 만들 겁니다."

귀족이 미하일에게 말했다.

"잘 만들어야 돼. 알았어? 1년은 가도록 만들어야 된다고."

세푠도 미하일을 돌아보았다. 미하일은 귀족을 쳐다보지도 않았다. 다만 귀족이 앉은 뒤쪽의 방구석을, 마치 거기 누가 앉아 있기라도 한 것처럼 멍하니 보고 있을 뿐이었다. 계속 그러고 있다가 별안간 미소를 지으며 얼굴이 확 밝아졌다.

"너 인마, 왜 이빨을 쫙 드러내고 그래? 기일 내로 늦지 않게 만들기나 하라고."

그러자 미하일이 말했다.

"필요하신 날짜에 맞춰 만들어드리죠."

"그래야지."

귀족이 장화를 신고 모피코트를 입고 옷깃을 여민 후 문 쪽으로 향했다. 머리를 숙여야 한다는 걸 잊어버리고 그냥 나가다가 그만 머리를 문 위 벽에 부딪히고 말았다.

귀족은 욕설을 내뱉고 머리를 쓱 닦고는 마차를 타고 떠났다.

귀족이 떠나자 세푠이 말했다.

"돌같이 딴딴해. 몽둥이 같은 걸로 후려쳐도 안 죽을 사람 같아. 문틀을 머리로 들이받고도 멀쩡하잖아."

마트료나가 말했다.

"잘사니까 당연히 그렇겠지. 저런 무쇠 같은 사람은 아마 죽지도 않을 거야."

세묜이 미하일에게 말했다.

"일을 맡기는 맡았는데, 글쎄, 어떻게 하면 봉변을 안 당할 수 있을까? 가죽이 비싼 데다 주인은 깐깐한 사람이란 말이야. 잘못되면 큰일 날 거 같아. 미하일 자네는 눈썰미가 좋지. 게다가 실력도 나보다 더 좋아졌고. 자, 잰 걸 줄 테니까 가죽을 재단하게. 나는 계속 앞부분을 만들고 있을 테니까."

미하일은 시키는 대로, 귀족이 갖고 온 가죽을 식탁에 펼쳐놓고 두 겹으로 접어 칼로 재단하기 시작했다.

마트료나가 다가와 미하일이 재단하는 것을 보더니 놀랐다. 마트료나 역시 구두장이 일을 익히 보아왔는데, 미하일이 보통 구두장이들이 하듯이 재단을 하는 게 아니라 가죽을 동그랗게 잘라내고 있었던 것이다.

마트료나는 한마디 하려다가, '아마 내가 이해를 못한 거겠지. 귀족에게 어떻게 장화를 만들어줘야 하는지 말이야. 미하일이 어련히 알아서 하려고. 참견 안 하는 게 낫겠다' 하고 생각했다.

미하일이 두 점을 잘라내고 끝을 잡아 바느질을 하는데, 양쪽 끝이 아니라 한쪽 끝만 꿰맸다. 마치 맨발에 신는 슬리퍼를 만들듯이 말이다.

마트료나는 또다시 놀랐다. 하지만 이번에도 참견하지는

않았다. 미하일은 일을 계속 했다. 오후가 되어 약간 눈을 붙이고 일어난 세묜은 미하일이 만든 가죽 슬리퍼를 발견했다. 세묜은 한숨을 쉬며 생각했다.

'미하일이 1년이나 같이 사는 동안 일을 잘못한 적이 한 번도 없었는데, 이번에는 아주 망쳐놓았군! 귀족이 목이 긴 장화를 주문했는데 목 없는 슬리퍼를 만들어놓다니! 밑창도 없이! 가죽을 다 망쳐놓았으니 이제 난 귀족한테 뭐라고 해야 되나? 이런 가죽은 어디서 구할 수도 없는데.'

세묜이 미하일에게 말했다.

"이게 뭐야, 미하일? 나 죽이려고 환장했어? 귀족이 주문한 건 장화잖아. 근데 이게 뭐야?"

그가 미하일을 야단치기 시작하자마자 문고리 두드리는 소리가 났다. 창문으로 내다보았더니 누군가 말을 타고 와서 말을 매고 있었다. 문을 열어보니 그 귀족의 하인이었다.

"안녕하세요?"

"안녕하세요? 무슨 일로 왔나요?"

"주인마님이 장화 때문에 날 보내셨어요."

"장화 때문에요?"

"사실 장화 때문이라고도 할 수 없죠. 주인님이 장화가 필요 없게 됐어요. 돌아가셨거든요."

"뭐라고요?"

"여기 오셨다가 집에 채 닿기 전에, 마차에서 돌아가셨어요. 마차가 집에 도착해서 사람들이 주인님을 내려드리려고 보니 주인님이 곡물 자루마냥 넘어져 계신 거예요. 죽어서 벌써 몸이 딱딱해진 뒤였어요. 억지로 마차에서 끌어내렸죠. 주인마님이 절 보내면서, '너 가서 구두장이한테 말해라. 주인님이 장화를 주문하면서 가죽을 맡기고 갔는데, 장화는 필요 없고, 그 가죽으로 죽은 사람 신을 신발을 빨리 좀 만들어달라고 해라. 다 만들 때까지 기다리고 있다가 갖고 와라' 하셨어요. 그래서 온 거예요."

미하일이 오려내고 남은 가죽을 대롱처럼 말아서 신발을 탁탁 턴 다음, 앞치마로 한 번 닦은 후 하인에게 주었다. 하인이 신발을 받았다.

"그럼 안녕히 계세요!"

■■■

또 한 해 두 해가 지나, 미하일이 세몬의 집에서 산 지도 벌써 6년째가 됐다. 사는 건 전과 다름없었다. 미하일은 여전히 어디 다니지도 않고, 필요 없는 말은 하지 않았다. 이때껏 미소를 지은 적은 단 두 번뿐이었다. 첫 번째는 마트료나가 저녁을 차려줬을 때, 두 번째는 귀족을 봤을 때였다. 세몬은 자기 일꾼이 무척 마음에 들었다. 더 이상 어디서 왔냐고 묻지도 않았다. 제발 미하일이 이 집에서 떠나가지 말았으면 하는 심정뿐이었다.

어느 날 집에서 안주인이 무쇠 그릇들을 난로에 집어넣고 있었고, 아이들은 벽에 붙은 긴 의자에서 뛰어다니며 창문을 내다보고 있었다. 세묜은 한 창문 앞에서 구두를 꿰매는 중이었고 미하일은 다른 창문 앞에서 구두 굽을 해 넣는 중이었다.

남자아이가 의자 위를 달려 미하일한테 와서는 미하일의 어깨에 기대어 창문을 내다봤다.

"미하일 아저씨, 저기 좀 봐. 상인 아줌마가 여자애들하고 오고 있어. 우리 집에 오는가봐. 여자애 한 명이 다리를 저네."

남자아이가 이 말을 하자마자 미하일은 일하던 것을 멈추고 창문 쪽으로 고개를 돌려 거리를 바라보았다.

세묜은 놀랐다. 거리를 내다보는 일이 전혀 없었던 미하일이 창문에 딱 붙어서 뭔가를 보고 있지 않은가. 세묜도 창문을 내다보았다. 옷을 말끔하게 차려입은 여인이 세묜의 집으로 오고 있었다. 여인은 모피 외투를 입고 무늬가 있는 머릿수건을 맨 여자아이 두 명의 손을 잡고 있었다. 여자아이 둘은 구별할 수 없을 정도로 얼굴이 똑같이 생겼다. 다만 한 명은 왼쪽 다리에 문제가 있는 듯, 넘어질 듯 넘어질 듯 하면서 걸어오고 있었다.

여인이 문간 차양 밑으로 올라와 문고리를 잡아 열었다. 여자애 둘을 먼저 들여보내고 나서 자기도 집 안으로 들어왔다.

"안녕들 하십니까?"

"어서 오십시오. 무슨 일로 오셨습니까?"

여인이 식탁 앞에 앉았다. 여자애들이 여인의 무릎께에 바싹 달라붙었다. 낯가림이 심한 듯했다.

"이 애들이 봄에 신을 만한 가죽신을 좀 맞추려고요."

"네, 만들어드리죠. 그런 작은 신발은 만들어본 적이 없지만, 만들면 되죠. 웰트구두로 할 수도 있고 캔버스 재질로 안쪽에만 꿰맨 자국이 보이게 할 수도 있어요. 이 친구 미하일이 솜씨가 아주 좋아요."

세뭔이 고개를 돌려 미하일을 보니, 그는 일을 멈추고 앉아서 여자아이들을 뚫어져라 바라보고 있었다.

세뭔은 놀랐다. 물론 여자애들이 예쁘기는 했다. 까만 눈에 통통하고 발그레한 볼, 외투와 머릿수건도 예뻤다. 하지만 아무리 그래도 미하일이 왜 저렇게 여자애들을 유심히 보고 있는지 세뭔은 알 수가 없었다. 마치 원래 알던 아이들인 양 보고 있지 않은가.

세뭔은 놀라움을 접어두고 여인과 흥정을 시작했다.

흥정을 마치고 치수를 잴 준비를 했다. 여인이 다리를 저는 아이를 무릎에 앉히고 말했다.

"얘 발에다 맞추면 돼요. 다리 저는 쪽 크기로 한 짝을 만들고, 안 저는 쪽 크기로 세 짝을 만들면 돼요. 얘들 발 크기가 완전히 똑같거든요. 쌍둥이라서요."

세뭔이 치수를 재고 나서 다리를 저는 아이에 대해 물었다.

"애는 어쩌다 이렇게 됐나요? 이렇게 예쁜 애가 말이에요. 태어날 때부터 그랬나요?"

"아니에요. 애 엄마가 잘못하다 다리를 깔아뭉갰어요."

마트료나가 대화에 끼어들었다. 여인은 누구고 애들은 누구 애들인지 궁금했기 때문이다.

"그럼 아줌마가 이 애들 엄마가 아닌 거예요?"

"전 애들 엄마도 아니고 친척도 아니에요. 남남이에요. 애들은 양녀죠."

"자기 애들도 아닌데 어쩌면 이렇게 잘해주실까!"

"어떻게 안 잘해줄 수가 있어요? 얘네 둘 다 내 젖으로 키웠는데. 내 애도 있긴 있었는데 그만 하느님이 데려가셨어요. 걔한테 못다 해준 거 애들한테라도 해줘야죠."

"애들 부모는 누군데요?"

■■■

여자 둘이 대화하며 사연을 얘기하기 시작했다.

"그러니까 한 6년 전이죠. 일주일 사이에 애들 부모가 다 죽었어요. 애들 아빠 장례식이 화요일에 있었는데 엄마가 금요일에 죽었으니까요. 애들은 아빠가 죽은 지 사흘째 되는 날 태어났어요. 그러고 나서 엄마는 하루도 채 못 살았고요. 나는 그때 남편과 같이 소작농 생활을 하고 있었어요.

애들 부모하고는 이웃이었죠. 마당을 맞대고 살았어요. 애들 아빠가 숲속에서 일하다가 나무가 쓰러지는 바람에 그 밑에 깔려 내장이 다 튀어나왔어요. 집으로 데리고 오자마자 숨을 거두었죠. 아낙네는 바로 그 주에 쌍둥이를 낳았어요. 그게 바로 애들이에요. 가난과 고독에 찌든 그 여자 혼자서 낳은 거죠. 곁에 할머니들도 없었고 젊은 처녀들도 없었어요. 그냥 혼자서 애들을 낳고, 혼자서 죽었어요.

내가 다음 날 아침에 안부나 물으러 이 여자 집엘 가보니, 이 불쌍한 아낙네가 벌써 싸늘하게 식어 있더라고요. 죽을 때 여자애 하나를 깔고 넘어졌나봐요. 바로 얘를요. 그래서 다리 한쪽이 이상하게 비틀어진 거예요. 사람들이 몰려와서 관을 짜 장사를 지냈어요. 다들 착한 사람들이죠. 아무튼 여자애들만 달랑 남게 됐네요. 애들을 어떡해요? 그때 여자들 중에서 나 혼자만 애가 있었어요. 첫애 젖 먹이기 시작한 지 8주째였어요. 그래서 내가 이 애들을 일단 우리 집으로 데리고 왔어요. 남자들이 모여서 애들을 어디로 보낼지 머리를 짜냈죠. 그러다가 이러더군요. '마리야 아줌마, 애들을 일단 아줌마가 데리고 있어. 우리가 좀 더 시간을 두고 생각해볼 테니까.' 난 다리가 멀쩡한 애한테는 한 번 젖을 물렸는데, 다리가 비틀린 애한테는 안 물렸어요. 어차피 살아남지 못할 거 같아서요. 근데 새근새근 잠든 요 순진한 천사 같은 것을 봤더니 불쌍해져서 얘한테도 젖을 물렸어요. 내 애한테도 젖을 줘야 했고 애들 둘한테도 젖을 줘야 했고, 그래서 결국 세 아이를 젖을 먹여 키웠어요. 내가 그땐 젊어서 그럴 힘이 있었답니다. 먹는 것도 잘 먹었고요. 젖도 하느님이 주신 만큼 나오게 돼 있는 거였나봐요. 애 둘한테 젖 하나씩 물리면 나머지 한 애는 기다리고 있고, 젖 먹던 한 애가 물러나면 기다리고 있던 애한테 먹이는 거예요. 어쨌든 하느님께서 도와주셔서 세 아이를 다 젖을 먹여 키웠는데, 내가 낳은 아이가 만 두 살도 못 돼서 죽었어요. 그 후엔 하느님이 애를 더 주시지 않았어요. 근데 벌이는 괜찮아지기 시작했어요. 지금 여기 방앗간 집에서 지내요. 받는 돈이 많아서 잘사는 편이에요. 그런데 애는 없죠. 제가 이 애들마저 없다면 혼자서 어떻게 살겠어요? 그러니 어떻게 애들을 사랑하지 않을 수가 있겠어요? 눈에 넣어도 안 아플 애들이에요!"

여인이 한쪽 팔로 다리 저는 애를 꼭 안으면서 다른 손으로 뺨에 흘러내리는 눈물을 닦았다.

마트료나가 한숨을 쉬고 나서 말했다.

"그러고 보면 속담이 정말 맞네요, '부모 없이는 살아도 하느님 없이는 못 산다'더니."

그렇게 이야기를 나누다, 여인이 그만 가봐야겠다고 일어났다. 세묜과 마트료나가 여인을 배웅하고 나서 미하일을 보니, 그는 양손을 무릎에 포갠 채 앉아서 위를 쳐다보며 미소 짓고 있었다.

세묜이 그에게 다가가서 말했다.

"자네 왜 그래, 미하일?"

미하일이 의자에서 일어나 일하던 것을 내려놓고 앞치마를 벗고는 세묜과 마트료나에게 절을 하고 말했다.

"저를 용서해주십시오. 하느님께서 저를 용서하셨습니다. 아저씨와 아주머니도 저를 용서해주십시오."

세묜과 마트료나가 보니 미하일에게서 광채가 났다. 세묜이 일어서서 미하일에게 절을 하고 말했다.

"미하일 자네 평범한 사람이 아니군그래. 내가 어떻게 자네를 잡아두겠나? 또 내가 어떻게 물어보겠나? 딱 한 가지만 말해주게. 내가 자네를 찾아서 집으로 데리고 왔을 때 자네는 우울했는데 집사람이 저녁을 차려주자 집사람을 보고 미소를 지었잖아? 그러고 나서 밝아졌고. 그다음에 귀족이 장화를 주문했을 때 자네가 두 번째로 미소 지었고 그때부터 더 밝아졌잖아? 또 방금 여인이 여자애들을 데리고 왔을 때 자네가 세 번째로 미소 지었고 광채까지 나게 됐어. 미하일, 어떻게 자네한테서 그런 빛이 나는 거지? 또 세 번 미소를 지은 건 왜지?"

그러자 미하일이 말했다.

"나한테서 광채가 나는 것은 내가 벌을 받았었는데 지금은 하느님께서 나를 용서하셨기 때문이에요. 세 번 미소를 지은 것은, 내가 하느님의 말씀 세 가지를 알아냈기 때문이에요. 말씀 하나는 아주머니가 나를 불쌍히 여겼을 때 알아냈어요. 그래서 첫 번째로 미소 지은 거예요. 또 한 말씀은 부자가 장화를 주문할 때 알아냈어요. 그래서 두 번째로 미소 지은 거예요. 그리고 방금 여자애들을 봤을 때, 마지막 말씀을 알아냈어요. 그래서 세 번째로 미소 지은 거예요."

그 말을 듣고 세묜이 말했다.

"미하일, 왜 하느님께서 자네에게 벌을 주셨나? 그리고 하느님의 말씀 세 가지는 뭔데? 나도 알고 싶네."

그러자 미하일이 말했다.

"하느님께서 나에게 벌을 주신 것은 내가 하느님의 말씀을 거역했기 때문이에요. 나는 하늘의 천사였는데 하느님의 말씀을 거역했어요. 하느님께서 나더러 한 여자의 영혼을 거두어 오라고 나를 보내셨어요. 땅으로 내려와서 보니 한 여자가 아파서 누워 있더군요. 쌍둥이를 낳았어요. 딸 둘을요. 아기들이 엄마 옆에서 옴직거리고 있어요. 그런데 이 여자는 아기들에게 젖을 물릴 수 없어요. 여자가 나를 보더니, 하느님이 영혼을 거두어 오라고 날 보내신 걸 알고는 울면서 말해요. '하느님의 천사여, 저는 바로 얼마 전에 남편을 잃었나이다. 숲에서 나무가 쓰러져서 남편이 죽었나이다. 저에게는 언니나 여동생도 없고 고모나 이모도 없고 할머니도 없나이다. 이 애들이 고아가 되면 누가 키우겠나이까? 내 영혼을 가져가지 마시옵소서. 제가 직접 애들을 먹여 키울 수 있게 해주시옵소서. 애들이 아비도 없이, 어미도 없이 어떻게 산단 말이나이까?' 그래서 나는 그 여자의 말을 들어주었어요. 애 하나를 엄마 가슴에, 다른 애 하나는 엄마 팔에 안겨주었어요. 그리고 하늘로 올라가서 하느님을 뵈었어요. 하느님께 이렇게 말씀드렸어요. '저는 산모의 영혼을 거둘 수 없었나이다. 애들 아비가 나무에 깔려 죽었고, 어미는 쌍둥이를 낳고서 자기 영혼을 가져가지 말라고 비나이다. 애들을 먹여 키울 수 있게 해주시옵소서, 애들이 아비도 없이 어미도 없이 어떻게 산단 말이나이까, 하나이다. 저는 이 산모에게서 영혼을 빼내지 않았나이다.' 그러자 하느님께서 말씀하셨어요. '가서 산모에게서 영혼을 빼내고 세 가지를 알게 될지니라. 사람들 안에 무엇이 있는지를, 사람들에게 주어지지 않은 것이 무엇인지를, 사람들이 무엇으로 사는지를 알게 될지니라. 알게 되면 하늘로 돌아올지어다.' 나는 도로 땅으로 내려와서 산모에게서 영혼을 빼냈어요.

어린애들이 가슴에서 떨어져 나오고, 죽은 육체가 침대로 넘어지면서 한 아이를 깔고 뭉개는 바람에 애 다리가 비틀렸어요. 나는 마을 위로 날아올라 영혼을 하느님께로 가져다드리려고 했는데 그만 바람에 휩싸여 날개가 떨어져 나가고, 산모의 영혼만 하느님께로 올라갔어요. 나는 땅으로 떨어져 길가에 있게 된 거예요."

■■■

그리하여 세몬과 마트료나는 알게 되었다. 자기들이 입히고 먹여온 이가 누구인지를. 자기들과 함께 지내온 이가 누구인지를. 세몬과 마트료나는 경외심과 기쁨으로 눈물이 복받쳤다.

미하일 천사가 말했다.

"나는 들판에 혼자 알몸으로 있었어요. 전에 나는 사람들에게 무엇이 필요한지 몰랐어요. 추위도 배고픔도 몰랐어요. 그러다가 사람이 되었어요. 배가 고파지고, 몸이 꽁꽁 얼고, 어떻게 해야 될지 몰랐어요. 들판에 하느님을 위한 예배당이 지어져 있는 게 보였어요. 하느님의 예배당으로 다가갔어요. 그 안에서 몸을 녹일까 해서요. 예배당이 자물쇠로 잠겨 있어서 들어갈 수가 없었어요. 그래서 나는 예배당 뒤쪽으로 가 앉았어요. 바람이라도 피해보려고요. 저녁이 됐어요. 나는 배가 고프고 춥고 몸에 힘이 쭉 빠졌어요. 그런데 갑자기 길을 따라 사람이 오는 소리가 들렸어요. 장화를 갖고 가고 있더라고요. 혼잣말을 하면서. 그때 나는 사람이 되고 난 뒤에 처음으로 사람 얼굴을 보는 거라, 무서워서 보지 않으려 했어요. 이 사람이 혼잣말을 하는 걸 듣고 있자니까, 겨울에 어떻게 몸을 추위로부터 보호할 수 있을지, 아내와 아이들을 어떻게 먹여 살릴지 걱정하더라고요. 나는 이런 생각을 했어요. '나는 지금 춥고 배고파서 죽을 지경인데, 지금 오는 사람 역시 자신과 아내의 몸을 어떻게 모피코트로 감싸고 어떻게 먹고살 것인지 생각하고 있구나. 그럼 저 사람은 날 도와줄 수 없겠네.' 오던 사람이 나를 발견했어요. 그 사람의 찡그린 얼굴은 더 무섭더라고요. 그 사람이 그냥 지나쳐 갔어요. 절망스러웠죠. 그러다가 그 사람이 돌아오는 소리가 들렸어요. 내가 쳐다보니 모습이 영 다른 사람이 돼 있더라고요. 아까의 얼굴에 죽음이 그려져 있었다면 이제는 생기가 도는 거예요. 그 얼굴에서 나는 하느님을 보았어요. 그 사람이 나에게 다가와서 옷을 입히고 나를 자기 집으로 데려갔어요. 그 사람 집에 오니까 여자가 우리를 맞이하고는 말을 하기 시작하더라고요. 여자는 더욱더 무서웠어요. 입에서 죽음의 기운이 풍겼어요. 나는 죽음의 냄새 때문에 숨을 쉴 수가 없었어요. 여자는 나를 바깥 추위로 내쫓으려 했어요. 그때 나는 알았어요. 나를 쫓아낸다면 여자가 죽으리라는 것을. 그런데 갑자기 남편이 여자에게 하느님 얘기를 했어요. 그러자 여자가 갑자기 달라졌어요. 우리에게 저녁을 차려주고서 나를 바라보았고, 나도 여자를 바라보았어요. 여자에게는 이미 죽음의 기운이 사라지고 없었어요. 여자는 생기가 돌았고, 그 안에서 나는 하느님을 보았어요. 그때 나는 '사람들 안에 무엇이 있는지를 알게 될지니라'라는 하느님의 첫 번째 말씀을 기억해냈어요. 나는 사람들 안에 사랑이 있다는 것을 알아냈어요. 그리고 하느님께서 약속하신 바를 벌써 나에게 계시하기 시작하셨다는 것이 기뻐서 처음으로 미소를 지었어요. 하지만 나는 아직 모든 것을 다 안 것은 아니었어요. 사람들에게 주어지지 않은 것이 무엇인지, 사람들이 무엇으로 사는지 나는 몰랐어요. 나는 이 집에서 1년을 살았어요. 한 사람이 장화를 주문하러 왔는데, 1년 동안 신을 수 있을, 뜯어지거나 비틀어지지 않을 장화를 만들어달라고 했어요. 그 사람을 쳐다보았는데 문득 그 사람 어깨 뒤에 내 동료가 와 있는 게 보였어요. 죽음의 천사 말이에요. 그 천사를 나 말고는 아무도 못 봤어요. 하지만 나는 그 천사를 알고 있었고, 또 해가 지기 전에 그 부자의 영혼이 거두어지리라는 걸 알고 있었어요. 그래서 이런 생각이 들었어요. '사람이 1년 쓸 것을 마련하면서, 저녁이 되기 전에 죽을 거라는 건 모르는구나.' 그때 나는 '사람들에게 주어지지 않은 것이 무엇인지 알게 될지니라'라는 하느님의 두 번째 말씀을 기억해냈어요.

사람들 안에 무엇이 있는지는 이미 알고 있었어요. 이젠 사람들에게 주어지지 않은 것이 무엇인지를 알게 된 거예요. 사람들에게는 자기 육체를 위해 필요한 것이 무엇인지 아는 능력이 주어지지 않았어요. 그때 나는 두 번째로 미소를 지었어요. 내 동료 천사를 본 것과 하느님께서 나에게 두 번째 사실을 알게 해주신 것이 기뻐서요.

하지만 아직도 모든 것을 다 안 것은 아니었어요. 사람들이 무엇으로 사는지를 나는 아직 모르고 있었어요. 그래서 계속 살면서, 하느님께서 내게 언제 마지막 사실을 알게 해주실지 기다렸어요. 6년째 되던 해에 쌍둥이 여자애들이 여인과 같이 왔을 때, 나는 그 아이들을 알아봤어요. 그리고 그 아이들이 살아남았다는 것을 알았어요. 그걸 알고 나서 생각했어요. '아이들 엄마가 아이들 때문에 자기가 살아야 한다고 했을 때 나는 그 엄마의 말을 믿었다. 아빠도 엄마도 없이 아이들이 살 수 없다고 생각했는데, 알고 보니 남남인 여자가 아이들을 먹여 키웠구나.' 그리고 여자가 아이들에 대한 사랑으로 눈물을 흘렸을 때 나는 그 여자 안에 살아 계신 하느님을 보았고, 사람들이 무엇으로 사는지 알았어요. 그리고 하느님께서 나에게 마지막 말씀의 해답을 알려주시고 나를 용서하셨다는 것을 알고 세 번째로 미소 지은 거예요."

천사의 몸이 드러나면서 온통 빛이 그를 감쌌다. 눈이 부셔 쳐다볼 수 없을 지경이었다. 그는 더 큰 소리로 말하기 시작했다. 마치 목소리가 그가 아니라 하늘로부터 나오는 것 같았다. 천사가 말했다.

"사람은 누구나 자신에 대한 돌봄이 아니라 사랑으로 산다는 것을 내가 알았노라. 아이들의 엄마에게는 자기 아이들이 살기 위하여 무엇이 필요한지를 아는 능력이 주어지지 않았었고, 부자에게는 자기 스스로에게 무엇이 필요한지 아는 능력이 주어지지 않았었노라. 그 어떤 사람에게도, 저녁이 왔을 때 자기가 신을 장화가 필요한지, 죽은 몸에 신을 슬리퍼가 필요한지 아는 능력이 주어지지 않았느니라.

나는 사람이었을 적에 죽지 않고 살아남았노라. 그것은 내가 스스로를 돌봄으로가 아니라, 길 가던 사람과 그의 아내에게 사랑이 있었음으로, 그리고 그들이 나를 사랑하게 되었음으로 인한 것이니라. 고아 자매가 살아남은 것은 그들이 누군가에게 보살핌을 받을 만한 조건 가운데 있지 않았음에도, 그들의 혈육이 아닌 여인의 마음에 사랑이 있어, 그 여인이 그들을 불쌍히 여기고 사랑했음으로 인한 것이니라. 그러므로 모든 사람들은 자기 자신을 잘 돌봄으로써 사는 것이 아니라, 사람들 가운데 사랑이 있음으로 인하여 사는 것이니라.

나는 하느님께서 사람들에게 생명을 주신 것, 하느님께서는 사람들이 살기를 원하신다는 것을 전부터 알고 있었노라. 이제는 또 다른 것을 더 알게 되었노라.

내가 깨달은 것은 이것이니라. 하느님은 사람들이 따로따로 사는 것을 원치 않으셨으므로 사람마다 자신을 위하여 무엇을 필요로 하는지를 사람들에게 보여주지 않으셨으며, 사람들이 화합하여 사는 것을 원하셨으므로 모든 사람이 자신과 다른 모든 사람을 위하여 무엇을 필요로 하는지를 보여주셨다.

이제 나는 알았노라. 사람들이 자신을 돌봄으로써 사는 것 같지만, 사람들은 오로지 사랑으로 산다는 것을. 사랑 안에 있는 자는 하느님 안에 있으며 하느님께서 그 안에 계시니라. 왜냐하면 하느님은 사랑이시기 때문이니라."

그러고 나서 천사는 하느님께 찬양을 드렸다. 천사의 음성에 집이 흔들렸다. 천장이 갈라지고, 땅에서 하늘까지 이어진 불기둥이 나타났다. 세묜은 아내와 아이들과 함께 바닥에 엎드렸다. 천사의 등에 날개가 돋아나 천사는 하늘로 올라갔다.

세묜이 정신을 차려보니 집은 전처럼 그대로 있고, 자기 가족들 말고는 아무도 없었다.

The best stories of
L. N. Tolstoy

사랑이 있는 곳에 하느님도 계시다

읍내에 구두장이 마르틴 아브제이치가 살았다. 그가 사는 방은 지하층에 있었고, 하나 있는 창문이 길 쪽으로 나 있었다. 그래서 사람들이 걸어 다니는 모습을 창을 통해 볼 수 있었다. 비록 사람들의 다리밖에 보이지 않았지만, 마르틴 아브제이치는 신발을 보고서 사람들을 알아보곤 했다. 그는 이곳에 오래 살았기 때문에 아는 사람들이 많았다. 동네에서 그의 손을 한두 번 거치지 않은 신발을 찾기가 힘들 정도였다. 어떤 신발에는 밑창을 댔고, 어떤 신발에는 가죽이나 천을 댔고, 어떤 신발은 꿰맸고, 또 어떤 신발에는 앞닫이를 새로 만들기도 했다. 그래서 그는 창을 통해 자기 작품들을 하루가 멀다 하고 보곤 했다. 그에게는 일이 많이 들어왔는데, 그것은 그가 착실하게 일했기 때문이다. 좋은 가죽을 썼으며, 바가지를 씌우지 않았고, 자기가 한 약속은 지켰다. 어느 시일까지 할 수 있다고 생각되면 일을 맡고, 못할 것 같으면 거짓말을 보태지 않고 미리 말했다. 그래서 모든 이들이 마르틴 아브제이치를 알았고, 그에게는 일이 끊일 날이 없었다. 마르틴 아브제이치는 안 그래도 언제나 착하게 살아왔지만, 노년이 되어 자신의 영혼에 대해 더욱 많이 생각하게 되고 하느님께 더욱 가까이 가려고 노력하게 됐다. 마르틴 아브제이치가 아직 주인과 함께 살았을 무렵, 그의 아내가 만 세 살짜리 아들을 남겨놓고 죽었다. 더 나이 많은 자식들은 다 그 전에 죽었다. 아내가 죽자 마르틴 아브제이치는 누이가 사는 시골로 아들을 보내려고 했었다. 그러다가 마음이 영 안 좋아서 생각을 고쳐먹었다.

'내 아들놈 카피토시카가 다른 집에서 자라기가 쉽지 않을 거야. 그냥 내가 데리고 있어야지.'

그래서 마르틴 아브제이치는 주인집을 떠나 어린 아들과 따로 살기 시작했다. 하지만 하느님께서는 마르틴 아브제이치에게 자식 복을 주시지 않았다. 아들이 좀 자라서 아버지를 도와 일을 할 수 있게 되어 대견하다고 느끼기가 무섭게, 아들에게 병이 닥쳤다. 아들은 몸져누워 일주일 정도 열이 펄펄 나더니 결국 죽어버렸다. 마르틴 아브제이치는 아들을 잃고 절망에 휩싸였다. 어찌나 절망에 빠졌던지, 하느님을 원망하기 시작했다. 사는 게 아무 의미가 없다는 느낌에 사로잡혀 하느님께 자기를 죽게 해달라고 몇 번씩이나 청했고, 자기가 아니라 아들을, 하나밖에 없는 사랑하는 아들을 데려갔다고 하느님을 비난했다. 마르틴 아브제이치는 교회 다니기도 그만두었다. 그러던 어느 날, 마르틴 아브제이치의 고향 친구인 노인이 트로이차에서 왔다. 그는 벌써

8년째 순례 중이었다. 마르틴 아브제이치는 그와 대화를 튼 김에 자신의 슬픔을 털어놓기 시작했다.

"그래서 더 이상 살고 싶지도 않아. 그저 죽었으면 좋겠어. 그것만 하느님께 청하고 있어. 이제 난 희망이 없으니까 말이야."

그러자 노인이 말했다.

"마르틴, 자네 그렇게 말하는 게 아니야. 우린 하느님이 하시는 일을 판단하면 안 돼. 우리 머리를 따르지 말고 하느님의 판결을 따라야 하는 거야. 하느님이 자네 아들한테는 죽음을, 자네한테는 삶을 판결 내리셨어. 그렇게 해야 더 나으니까 그렇게 하신 거라고. 그런데 자네가 절망한다는 것은 곧 뭐야? 자네가 진정 원하는 건 자네 자신의 기쁨을 위해 사는 거라는 얘기잖아?"

"그러면 뭘 위해 살아야 하는데?" 하고 마르틴이 물었다. 그러자 노인이 말했다.

"하느님을 위해 살아야 해, 마르틴. 하느님께서 자네한테 삶을 주시는 거니까, 그분을 위해서 살아야 하는 거라고. 그분을 위해서 살게 되면 아무것도 슬퍼하지 않게 될 거야. 그리고 모든 일이 자네한테 가볍게 느껴질 거야."

마르틴이 잠깐 침묵하다가 말했다.

"그럼 어떻게 하면 하느님을 위해 살 수 있는데?"

노인이 말했다.

"어떻게 하면 하느님을 위해 살 수 있는지를 보여주신 분이 바로 그리스도야. 자네 글 읽을 줄 알아? 복음서를 사서 읽어봐. 거기서 답을 얻을 수 있을 거야, 어떻게 하면 하느님을 위해 살 수 있는지. 거기에 다 나와 있어."

이 말들이 마르틴의 가슴속에 깊이 새겨졌다. 그래서 그는 그날로 당장 큰 글자로 인쇄된 신약성경을 사서 읽기 시작했다.

처음에는 절기 때만 읽을까 했는데, 한번 읽기 시작하자 마음에 평화가 와서 매일 읽게 되었다. 어떤 때는 하도 빠져들어서 등의 등유가 다 타서 없어질 때까지 책에서 눈을 떼지 못하기도 하였다. 결국 마르틴은 매일 저녁 성경을 읽게 되었다. 그리고 많이 읽으면 읽을수록, 하느님께서 그에게 원하시는 게 무엇인지, 하느님을 위해 살려면 어떻게 해야 하는지 더욱 명확히 알 수 있었다. 그의 마음은 갈수록 더욱 편안해졌다. 전에는 잠자리에 들기 전에 한숨을 쉬면서 계속 아들 카피토시카 생각만 했었는데, 이제는 "주님께 영광을 돌립니다! 모든 것이 당신의 뜻입니다"라고 말하곤 했다. 그때부터 마르틴의 삶 전체가 바뀌었다. 전에는 명절이 되면 식당에 들어가서 차를 마시거나 술도 마시곤 했었다. 아는 사람하고 술을 마시게 되면 꼭 취하지는 않았더라도 약간 술기운이 도는 상태로 식당에서 나오면서 실없는 소리를 했다. 같이 술 마신 사람한테 별것도 아닌 일로 뭐라 하기도 했다. 하지만 지금은 그런 행동들을 저절로 그만두게 되었다. 그의 삶은 고요했고 기쁨으로 가득 찼다. 아침에 일어나 일을 시작하고, 일과 시간이 끝나면 고리에 걸어 두었던 등을 내려서 상 위에 놓고 책꽂이에서 책을 꺼내 읽기 시작했다. 읽으면 읽을수록 이해가 잘되고 마음속이 명쾌해졌다.

어느 날 마르틴은 밤 늦게까지 몰두해서 성경을 읽고 있었다. 누가복음 제6장에서, "너의 이 뺨을 치는 자에게 저 뺨도 돌려 대며 네 겉옷을 빼앗는 자에게 속옷도 거절하지 말라. 네게 구하는 자에게 주며 네 것을 가져가는 자에게 다시 달라 하지 말며, 남에게 대접을 받고자 하는 대로 너희도 남을 대접하라"라는 구절들을 읽었다.

그다음에 주께서 이렇게 말씀하시는 대목도 읽었다.

"너희는 나를 불러 '주여, 주여' 하면서도 어찌하여 내가 말하는 것을 행하지 아니하느냐? 내게 나아와 내 말을 듣고 행하는 자 누구에게나 같은 것을 너희에게 보이리라. 집을 짓되 깊이 파고 주추를 반석 위에 놓은 사람과 같으니, 큰물이 나서 탁류가 그 집에 부딪치되 잘 지었기 때문에 능히 요동하지 못하게 하였거니와, 듣고 행하지 아니하는 자는 주추 없이 흙 위에 집 지은 사람과 같으니, 탁류가 부딪치매 집이 곧 무너져 파괴됨이 심하니라."

마르틴은 이 말씀을 읽고 나서 마음이 기뻤다. 그는 안경을 벗어 책 위에 올려놓고, 식탁에 팔꿈치를 괸 채 생각에 잠겼다. 그는 자신의 삶을 이 말씀들에 적용해보기 시작했다.

"나의 집은 반석 위에 있는가, 모래 위에 있는가? 반석 위에 있다면 얼마나 좋을까. 혼자 이렇게 앉아 있으면 맘이 편하고, 하느님이 명하신 대로 다 할 수 있을 것 같다. 하지만 마음이 해이해지면 다시금 죄를 짓게 된다. 그렇게 되지 않도록 노력해야지. 아무튼 나는 지금이 참 좋다. 주여, 계속 이럴 수 있도록 도와주소서!"

이런 생각을 하고 나서 그는 잠자리에 누우려고 했으나, 어쩐지 책을 손에서 놓기가 아쉬웠다. 그래서 누가복음 제7장을 읽기 시작했다. 그는 백부장에 관한 대목을 읽고, 과부의 아들에 관한 대목을 읽고, 요한이 제자들에게 답하는 대목을 읽다가, 부자 바리새인이 예수를 자기 집으로 초대한 대목까지 이르렀고, 죄 많은 여인이 예수의 발에 향유를 붓고 눈물로 적신 대목, 예수가 여인의 죄를 사한 대목을 읽었다. 그리고 44절에 이르렀다.

"그 여자를 돌아보시며 시몬에게 이르시되, '이 여자를 보느냐? 내가 네 집에 들어올 때 너는 내게 발 씻을 물도 주지 아니하였으되 이 여자는 눈물로 내 발을 적시고 그 머리털로 닦았으며, 너는 내게 입 맞추지 아니하였으되 그는 내가 들어올 때부터 내 발에 입 맞추기를 그치지 아니하였으며, 너는 내 머리에 감람유도 붓지 아니하였으되 그는 향유를 내 발에 부었느니라.'"

이 구절들을 읽고서 그는 생각했다.

'발 씻을 물도 주지 않고, 입 맞추지 않고, 머리에 감람유도 붓지 않고……'

그는 안경을 벗어 책 위에 올려놓고 다시금 생각에 잠겼다.

'아마 그 바리새인이 나 같은 사람이었나보다. 나도 사실 내 생각밖에 안 했었잖아. 어떻게 하면 따뜻한 방에서 차나 실컷 마실까만 생각했지, 다른 사람을 신경 써주지 않았어. 나 자신만 생각하고 날 찾아온 이에 대한 배려는 없었어. 만약 바로 주님께서 날 찾아오신다면? 실제로 찾아오셨다면 난 과연 어떻게 했을까?'

마르틴은 양팔로 머리를 괴고 있다가 자기도 모르는 새에 잠이 들었다.

"마르틴!"

문득 그의 귀 뒤에서 숨결이 느껴졌다. 마르틴은 퍼뜩 잠에서 깨어났다.

"누구세요?"

고개를 돌려 문 쪽을 보았지만 아무도 없었다. 다시 깜빡 잠이 들었다가 별안간 분명한 소리를 들었다.

"마르틴! 마르틴! 내일 밖을 내다보아라. 내가 오리라."

잠에서 깬 마르틴이 의자에서 일어나 눈을 비볐다. 말소리를 들은 것이 꿈인지 생시인지 알 수 없었다. 그는 등불을 끄고 잠자리에 누웠다.

마르틴은 해가 뜨자마자 일어나서 하느님께 기도를 올리고, 난로에 불을 피우고, 국과 죽을 올려놓고, 찻주전자를 데우고, 앞치마를 두르고 창가에 앉아 일을 시작했다. 일을 하는 중에도 어제 일이 머릿속에서 떠나지 않았다. 음성을 들은 것처럼 느낀 것 같기도 했고, 실제로 음성을 들은 것 같기도 했다. '그런 일은 종종 있으니까' 하고 그는 생각했다.

그는 창가에 앉아서 일을 하기보다는 주로 창밖을 내다봤다. 누군가가 지나갈 때 자기가 알지 못하는 신발을 신었으면 얼굴을 보려고 머리를 숙여 내다보기까지 했다. 청소부가 새 펠트 장화를 신고 지나갔다. 물장수가 지나갔다. 낡고 기워낸 펠트 장화를 신은 늙은 군인이 삽을 들고 창문 앞으로 왔다. 장화를 보고 마르틴은 그 늙은 군인이 누군지 알아보았다. 그는 스테파니치라 불리는 사람으로, 근처의 상인 집에 빌붙어 살고 있었다. 그는 청소부 조수 일을 했다. 스테파니치가 마르틴 방 창문 앞의 눈을 치우기 시작했다. 마르틴은 그를 한동안 쳐다보다가 다시 자기 일로 돌아갔다.

그는 자기 자신을 비웃으며 이렇게 생각했다.

'내가 노망이 났나보군. 스테파니치가 눈을 치우고 있는데, 그리스도가 날 찾아오신 건가 생각했으니 말이야. 정신이 나가도 완전히 나갔지! 늙으려면 곱게나 늙지!'

그러나 한 열 땀이나 떴을까, 마르틴은 다시금 창밖으로 눈이 갔다. 스테파니치는 삽을 벽에 기대어놓고 시린 손을 호호 불며 녹이고 있는 것 같았다. 아니면 그냥 쉬고 있는 것 같기도 했다. 나이가 많고 몸이 성치 않으니 아마 눈을 치우는 것도 힘에 겨운 듯했다. 마르틴은 생각했다.

'차나 한잔 마시라고 할까? 마침 주전자 물도 끓고 있으니.'

마르틴은 바늘을 적당한 데에 찔러놓고 일어났다. 상에 주전자를 갖다 놓고 차를 따른 후 손가락으로 창유리를 두드렸다. 스테파니치가 돌아보고는 창 쪽으로 걸어왔다. 마르틴은 그에게 손짓하고서 문을 열러 나갔다.

"와서 몸이라도 좀 녹이지그래. 추울 텐데."

"고맙네. 그러지 않아도 몸살이 나 죽겠는데."

스테파니치가 들어와서 눈을 탁탁 털고 신발 밑창을 방문 앞 깔개에다 북북 닦기 시작했다. 방바닥을 더럽히지 않으려고 그러는 듯했는데, 그러다 자칫 넘어질 것 같았다.

"뭘 그렇게 닦고 그러나? 안 그래도 되는데. 내가 나중에 청소하면 되는데 뭘. 그게 뭐 어려운 일이라고? 자, 와서 앉으시게. 차나 마시라고."

마르틴이 컵 두 개에 차를 따라 하나를 스테파니치 쪽으로 밀었다. 그리고 자기 잔을 접시에 받쳐 들고 후후 불기 시작했다.

스테파니치가 차를 다 마셨다. 그는 컵을 거꾸로 뒤집더니 거기에 남은 설탕 조각을 올려놓고는 연거푸 고맙다고 말했다. 하지만 보아하니 차를 더 마시고 싶은 눈치였다.

"더 드시게나."

마르틴이 그렇게 말하면서 자기 컵과 스테파니치 컵에 차를 더 따랐다.

마르틴이 차를 마시면서 자꾸만 밖을 내다보자 스테파니

치가 "누구 올 사람이 있나보지?" 하고 물었다.

"아, 그게 말이지…… 글쎄, 말하기가 좀 뭐한데, 누가 올 건지 안 올 건지……. 머릿속에서 계속 말소리가 울리는데 환청인지 아닌지 잘 모르겠어. 내가 있잖아, 어제저녁에 복음서에서 그리스도의 얘기를 읽고 있었거든. 어떻게 고난을 받았고 이 땅에 어떤 행적을 남기셨는지에 대한 얘기. 자넨 그리스도에 대해 들어봤을 테지?"

"들어봤지, 물론. 그런데 글을 읽을 수가 있어야 말이지. 글을 모른다네."

"응, 그런가? 아무튼 내가 바로 그 대목을 읽고 있었거든. 이 땅에 남기신 행적에 대해서 말이야. 그분이 바리새인의 집에 들르셨는데 바리새인은 그리스도를 제대로 영접하지 못했다는 얘기. 그런데 말이야, 거길 읽다가 이런 생각이 들었어. 나도 그리스도를 제대로 영접하지 못했을 거라는 생각 말이야. 만약 나한테든 누구한테든 그런 경우가 생긴다면 어떻게 영접해야 할지 몰랐을 거 같아. 물론 바리새인은 아예 할 마음도 없었지만. 이런 생각을 하다가 잠깐 잠이 들었나봐. 그런데 잠결에 내 이름을 부르는 소리가 들리는 거야. 난 일어났지. 마치 속삭이는 듯한 목소리였어. 내일 오실 거라고 하더라고. 두 번이나 들었어. 글쎄, 자네가 믿을지 모르겠지만, 그 목소리가 계속 귀에 쟁쟁한 거야. 나도 참 내가 주책이라고 생각하면서도 계속 오시기를 기다리고 있나봐."

스테파니치는 머리를 절레절레 흔들기만 할 뿐 아무 말도 하지 않았다. 자기 컵에 든 차를 다 마시고 컵을 살며시 내려놓았다. 마르틴은 차를 더 따라 주었다.

"얼마든지 더 마시라고. 그분이 이 땅에 계실 때 말이지, 아무도 마다하지 않으시고 평범한 사람들을 자주 만나신 거 같아. 평범한 사람들하고 같이 다니시면서, 주로 우리 같은 사람들을 제자로 삼으셨어. 우리같이 죄 많은 사람들, 노동자들을 말이야. 자기를 높이는 자는 낮아지고 자기를 낮추는 자는 높아진다고 말씀하셨어. '너희는 나를 주라 한다', 그런데 '내가 너희 발을 씻는다'라고 하시고, '누구든지 첫째가 되고자 하면 뭇사람을 섬기는 자가 되어야 하리라' 하셨어. 왜냐하면 '가난한 자, 온유한 자, 겸손한 자, 긍휼히 여기는 자가 복이 있기' 때문이야."

스테파니치는 차 마시는 것도 잊고서 그냥 앉아 있었다. 그는 늙고 눈물이 많은 사람이었다. 그의 뺨 위로 눈물이 흘렀다.

"좀 더 드시게나" 하고 마르틴이 말했지만, 스테파니치는 성호를 긋고 감사를 표한 후 컵을 밀어놓고 일어섰다.

"고맙구먼, 마르틴 아브제이치. 나를 이렇게까지 대접해 줘서. 몸도 마음도 배부르게 해줬구먼."

"언제든 좋으니까 또 들르라고."

스테파니치가 떠나자 마르틴은 남은 차를 마저 따라 마시고 나서 컵들을 치웠다. 그리고 다시금 창가에 앉아 일을 하기 시작했다. 신발 뒷부분을 꿰매야 했다. 그는 꿰매는 동안 계속 창문을 내다보았다. 그리스도가 오시길 기다리는 것이었다. 계속 그분과 그의 행적에 대해서만 생각하고 있었다. 머릿속이 온통 그리스도가 하신 여러 가지 말씀으로 가득했다.

군인 두 명이 지나갔다. 한 명은 군수품 장화를 신었고 다른 한 명은 그냥 자기 신발을 신었다. 그다음엔 옆집 주인이 깨끗하게 닦은 구두를 신고 지나갔고, 빵 장수가 바구니를 들고 지나갔다. 그리고 모직 스타킹과 농부의 신발을 신은 여자가 창 가까이 나타났다. 여자는 창을 약간 지나서 멈춰서 있었다. 마르틴이 고개를 내밀고 여자를 쳐다보았다. 모르는 여자였다. 남루한 옷을 입고 아기를 안고 있었다. 벽옆에 바람을 등지고 서서 아기가 춥지 않도록 잘 감싸주려고 했다. 그런데 감싸줄 만한 것이 변변치 못했다. 여자의 옷은 여름옷에 가까웠고 제대로 된 옷도 아니었다. 아기가 큰 소리로 울자 여자는 아기를 달래려 했지만 잘되지 않았다. 마르틴이 일어나 밖으로 나가 계단에 서서 소리쳤다.

"이봐요, 젊은 색시!"

여자가 고개를 돌리자 마르틴이 말했다.

"추운데 어쩌려고 그렇게 애를 고생시키나? 이리로 좀 들어와요. 따뜻하니까 훨씬 나을 거야. 자, 이리로 와요."

여자가 놀라서 보니, 앞치마를 두르고 안경이 코에 걸쳐져 있는 한 노인이 자기를 부르고 있었다. 여자는 노인을 따라갔다.

계단을 내려가 방으로 들어갔다. 노인이 여자를 침대 쪽으로 안내하며 말했다.

"이쪽으로, 난로 가까이 앉아요, 색시. 몸 좀 녹이고 아이 젖 먹여야지."

"젖이 안 나와요. 아침부터 아무것도 못 먹었거든요."

여자가 말은 그렇게 하면서도 아기를 가슴에 갖다 댔다.

마르틴은 고개를 절레절레 흔들고는 식탁으로 갔다. 빵과 그릇을 꺼내고 난로 문을 열어 그릇에 스프를 따르고 죽이 든 오목한 항아리를 꺼냈다. 죽이 아직 다 익지 않아서 할 수 없이 수프만 식탁에 올렸다. 고리에 걸려 있던 수건을 걷어 식탁 위에 놓고 거기다 빵을 몇 조각 가져다 놓은 뒤 말했다.

"이것 좀 들어요, 색시. 내가 애를 보고 있을 테니. 나도 애가 있었기 때문에 애 볼 줄 알거든."

여자가 성호를 긋더니 식탁 앞에 앉아 음식을 먹기 시작했다. 마르틴은 침대로 가 아이 옆에 걸터앉았다. 마르틴은 아이 얼굴에 자기 얼굴을 가까이 댄 뒤, 입술을 오므렸다가 떼면서 "뽁!" 소리를 내려고 했다. 그런데 이가 없어서 잘되지 않았다. 아기가 계속 큰 소리로 울었다. 마르틴은 아기에게 손가락으로 장난을 걸어보기로 했다. 손가락을 아기 입에 댈 것처럼 하다가 닿기 직전에 획 뒤로 뺐다. 손가락에 검은 구두약이 묻어 있었기 때문에, 아기 입에 직접 닿지는 않도록 조심했다. 아기는 손가락을 잠자코 계속 보고 있다가 결국 웃기 시작했다. 마르틴은 기뻤다. 여자가 식사를 하면서 자기가 누구이고 어디 다녀오는 길인지 이야기했다.

"제 남편은 군인이에요. 남편이 먼 곳에 파견된 지 8개월짼데 소식이 없어요. 전 요리사 일을 하던 중 아이를 낳았어요. 아이가 있으니까 더 이상 요리사로 안 쓰려고 하더라고요. 일자리를 잃고 어떻게든 살아보려고 바둥거리는 게 석 달째예요. 그나마 갖고 있던 돈으로 간신히 먹고살았는데 이젠 그것도 다 없어졌어요. 젖어미로 일자리를 구하려 해봤는데 제가 너무 말랐다고 하면서 아무도 안 써주더라고요. 그래서 아는 할머니가 있는 장사꾼 집에 일자리를 구하러 가봤는데, 거기서 저를 받아주겠다고 하는 거예요. 이제 계속 거기 머무르면 되겠거니 했는데, 가보니까 다음 주에 오라지 뭐예요. 멀긴 또 엄청 멀어서 오가기가 너무 힘들어요. 불쌍한 우리 아기도 저 때문에 너무 힘들고요. 제가 사는 집의 여주인이 그저 착한 분이라서 아직 내쫓지 않고 있는 거예요. 안 그랬다면 앞으로 어떻게 살지 정말 막막했을 거예요."

마르틴이 한숨을 내쉬고 말했다.

"입을 만한 따뜻한 옷도 없겠네요."

"따뜻한 옷이 있어야 되는데, 하나 남은 머플러를 어제 20코페이카에 잡혔어요."

여자가 침대로 와서 아기를 안아 올렸다. 마르틴이 일어나서 벽장을 좀 뒤지더니 낡은 겉옷을 찾아 가지고 왔다.

"이거 별로 좋은 건 아니지만 안 입는 것보단 나을 거요."

여자가 겉옷과 마르틴을 번갈아 쳐다보고 나서 겉옷을 받았다. 그러곤 울음을 터뜨렸다. 마르틴이 조용히 고개를 다른 쪽으로 돌렸다. 그러곤 침대 밑에 있던 작은 상자를 꺼내 뒤지더니 다시금 여자 맞은편에 앉았다.

여자가 말했다.

"정말 고맙습니다, 어르신. 아마 주님께서 저를 어르신 방 창문 옆을 지나도록 인도하신 걸 거예요. 안 그랬다면 아이가 얼어 죽었을지도 몰라요. 나올 땐 따뜻했었는데 지금은 이렇게 추워졌네요. 주님께서 어르신이 창문을 내다보도록 하셨고 나 같은 걸 불쌍히 여기게 하셨나봐요."

마르틴이 옅게 웃고 나서 말했다.

"그래요, 주님께서 그렇게 하신 거예요, 색시. 내가 창문을 내다본 게 그냥 본 게 아니에요."

마르틴은 여자에게 자기 꿈 얘기를 해줬다. 목소리를 들은 얘기, 주께서 오늘 자기한테 오신다고 약속하신 얘기를.

"그럴 수도 있겠죠."

여자가 그렇게 말하고 일어나서 겉옷으로 아기를 감싸고 마르틴에게 절을 하면서 다시 고마움을 표했다.

"이걸로 머플러를 다시 찾아요" 하면서 마르틴이 여자에게 20코페이카를 건네주었다. 여자가 성호를 그었다. 마르틴도 성호를 긋고는 여자를 배웅해줬다.

여자가 떠났다. 마르틴은 스프를 좀 먹고 나서 치우고는 다시 앉아서 일을 하기 시작했다. 일을 하고는 있지만 창문에 온 신경이 쏠려 있었다. 그림자가 비칠 때마다 누가 지나가는지 확인했다. 아는 사람들이 지나가고 모르는 사람들도 지나갔다. 그러나 별 특이한 점은 없었다.

그러다 맞은편에서 장사하는 할머니가 가다가 멈춰 서는 것을 보았다. 할머니는 사과가 담긴 바구니를 들고 있었다. 거의 다 판 모양인지 남은 사과는 몇 개 되지 않았다. 어깨에는 나뭇조각들이 담긴 자루를 짊어지고 있었다. 아마 어디 공사장에서 주워 담아 집으로 가져가는 모양이었다. 보아하니 그 자루 때문에 어깨가 아픈 것 같았다. 다른 쪽 어깨로 자루를 옮기려는지 자루를 판자 위에다 내렸다. 사과 바구니는 일단 말뚝 위에 올려놓고, 자루를 짊어지기 편하게 하려고 위아래로 흔들어 나뭇조각들을 정리하기 시작했다. 그때 갑자기 해진 모자를 쓴 소년이 나타나 바구니에서 사과를 하나 집어 들고 도망가려 했다. 그러나 할머니가 바로 눈치를 채고 뒤로 돌아서 소년의 소매를 잡았다. 소년은 벗어나려고 안간힘을 썼지만 할머니가 양손으로 단단히 붙잡고 있었다. 할머니는 이내 소년의 모자를 벗기고 머리카락을 움켜쥐었다. 소년은 악을 쓰고 할머니는 욕을 해댔다. 마르틴은 바늘을 바닥에 내던지고는 문을 박차고 뛰어나갔다. 계단에서 발을 헛디뎌 안경을 떨어뜨렸지만 그냥 나갔다. 할머니가 소년의 더벅머리를 잡아 뽑다시피 하고 욕을 해대면서 경찰서에 끌고 가려고 했다. 소년은 빠져나가려고 하면서 결백한 척했다.

"난 아무것도 안 훔쳤어요. 왜 때려요? 이거 놔요!"

마르틴은 그들을 뜯어말리면서 소년의 손을 잡고 말했다.

"할머니, 애 좀 놔주지 그래요. 불쌍하잖소! 그만 용서해주라고."

"요놈을 빗자루가 부러질 때까지 때린 다음에 용서해주지. 혼쭐 좀 나보라고. 요 약아빠진 놈, 경찰서에 끌고 가야 돼."

마르틴은 할머니에게 애원하기 시작했다.

"놔주시라고요, 할머니. 담부터 안 그럴 거라니까. 불쌍한데 놔주라고."

할머니가 소년을 놓아줬다. 마르틴이 그대로 도망치려는 소년을 붙잡고 말했다.

"너 인마, 할머니한테 용서를 빌어. 그리고 앞으로 다신 그러지 마. 훔치는 거 내가 다 봤다고."

소년이 울면서 용서를 빌었다.

"암, 그래야지. 자, 그럼 이 사과는 이제 네 거야."

마르틴이 바구니에서 사과를 집어 소년에게 주면서 할머니에게 "돈은 내가 내겠소" 하고 말했다.

"댁 같은 양반 때문에 애들 버릇이 다 개망나니 같아지는 거야! 요런 놈은 그저 볼기를 쳐서 일주일 동안 앉지를 못하게 만들어놔야 돼!"

"아이고, 거 할머니도 참! 우리 식으로 한다면야 물론 그래야 되지. 하지만 하느님 뜻대로 한다면 그러면 안 되는 거요. 사과 하나 때문에 애를 그렇게 때린다 치면, 죄 많은 우리들은 어떤 벌을 받아야 할 거 같소?"

할머니는 말이 없었다.

마르틴은 할머니에게 이런 비유를 들려줬다. 종이 큰 빚을 져서 주인이 다 탕감해줬는데, 종은 자기한테 빚진 사람을 찾아가 목을 졸라댔다는 이야기였다. 할머니는 끝까지 들었다. 소년도 옆에 서서 같이 들었다.

"하느님은 용서하라고 하셨소. 안 그러면 우리도 용서받지 못해. 모든 사람을 용서해줘야 돼. 더욱이 얘는 철도 아직 안 든 애니까."

할머니가 고개를 절레절레 흔들고는 한숨을 내쉬며 말했다.

"하긴 그러네. 아주 버릇들이 잘못 들어가지고 말이야."

"그러니까 우리같이 나이 든 사람들이 애들을 잘 가르쳐야 되는 거요."

"내 말이 그 말이오. 나도 애가 일곱 있었는데, 지금은 딸내미 하나 달랑 남았소."

그러면서 할머니는 자기가 살고 있는 딸네 집이 어딘지, 어떻게 살고 있는지, 손주가 몇인지 죽 늘어놓기 시작했다.

"내가 이제 힘이 있어봐야 얼마나 있겠어? 그래도 일을 계속 한다오. 손주 새끼들 불쌍해서라도 일해야 되는 게지.

고놈들이 얼마나 귀여운지! 내가 집에 오면 그렇게 반갑게 맞이할 수가 없어. 아크슈트는 계속 내 옆에 붙어 있으려 하고. '할머니, 우리 좋은 할머니' 하면서……."

이 얘기를 하면서 할머니는 한결 누그러들었다.

"모르겠소, 애들이니까 뭐 그럴 수도 있겠지" 하고 할머니가 소년을 보면서 말했다.

할머니가 자루를 어깨에 메려 하자 소년이 재빨리 나섰다.

"내가 메고 갈게요, 할머니. 나도 저쪽으로 가니까요."

할머니가 고개를 끄덕이고 자루를 소년한테 넘겼다. 할머니와 소년은 나란히 길을 떠났다. 할머니는 마르틴에게 사과 값을 받는 것도 잊어버렸다. 마르틴은 우두커니 선 채, 서로 이야기를 주고받으며 멀어져가는 할머니와 소년의 뒷모습을 바라보았다.

그들이 시야에서 사라지자 마르틴은 집으로 돌아와서 계단에 떨어져 있는 안경을 주웠다. 다행히 깨지지는 않았다. 바늘을 주워 들고 다시 일을 하기 위해 자리에 앉았다. 어느 정도 일을 하다가 실을 끼워 넣기가 어려워져 밖을 내다보니, 점등원이 가로등을 켜고 다니고 있었다. 마르틴은 불을 켜야겠다 싶어 전구를 돌려 끼워 등을 걸어놓고 다시금 일을 하기 시작했다. 구두 한 짝을 끝내고 이리저리 돌려보며 검사했다. 이만하면 쓸 만해 보였다. 연장들을 정리하고 잘라낸 가죽 조각들을 쓸어 담고 실, 노끈, 송곳을 치웠다. 등을 식탁에 내려놓고 책꽂이에서 복음서를 꺼냈다. 어제 가죽 조각을 끼워놓았던 곳을 펼치려고 했는데 다른 곳이 펼쳐졌다. 그러자 어제의 꿈이 생각났다. 그때 마치 누군가가 등 뒤에서 걸음을 옮기는 것 같은 소리가 들렸다. 마르틴이 뒤돌아보자 어두운 방구석에 사람들이 서 있는 것처럼 보였다. 그러나 누군지는 알 수 없었다. 귓속말로 속삭이는 누군가의 음성이 들려왔다.

"마르틴! 마르틴, 나를 몰라보겠느냐?"

"누구신데요?"

"나이니라. 나를 모르겠느냐?"

그러면서 어두운 구석에서 스테파니치가 걸어 나왔다. 그는 미소를 짓고는 연기처럼 흩어져 없어져버렸다.

"이 사람도 나이니라."

음성이 들리자 어두운 구석에서 아기를 안은 여자가 걸어 나오더니 미소를 지었다. 아기도 웃었다. 그러더니 사라져버렸다.

"이 사람도 나이니라."

음성이 들리자 할머니가 사과를 든 소년과 함께 걸어 나왔다. 두 사람 다 미소를 짓고는 역시 사라져버렸다.

마르틴은 마음이 아주 기뻤다. 그는 성호를 긋고, 안경을 끼고서 복음서의 펼쳐진 쪽을 읽기 시작했다. 위쪽에 이렇게 쓰여 있었다.

"내가 주릴 때에 너희가 먹을 것을 주었고 목마를 때에 마시게 하였고 나그네 되었을 때에 영접하였고……."

그리고 아래쪽에는 이렇게 쓰여 있었다.

"너희가 여기 내 형제 중에 지극히 작은 자 하나에게 한 것이 곧 내게 한 것이니라."

그리하여 마르틴은 깨달았다. 꿈은 거짓이 아니었으며, 그날 그의 구주가 그에게 분명히 오셨으며, 그가 구주를 분명히 영접했다는 것을.

The best stories of
L. N. Tolstoy

불씨를 놓치면 끄지 못한다

그때에 베드로가 나아와 이르되, "주여, 형제가 내게 죄를 범하면 몇 번이나 용서하여주리이까? 일곱 번까지 하오리이까?" 예수께서 이르시되, "네게 이르노니, 일곱 번뿐 아니라 일곱 번을 일흔 번까지라도 할지니라. 그러므로 천국은 그 종들과 결산하려 하던 어떤 임금과 같으니, 결산할 때에 만 달란트 빚진 자 하나를 데려오매, 갚을 것이 없는지라, 주인이 명하여, '그 몸과 아내와 자식들과 모든 소유를 다 팔아 갚게 하라' 하니, 그 종이 엎드려 절하며 이르되, '내게 참으소서! 다 갚으리이다!' 하거늘, 그 종의 주인이 불쌍히 여겨 놓아 보내며 그 빚을 탕감하여주었더니, 그 종이 나가서 자기에게 100데나리온 빚진 동료 한 사람을 만나 붙들어 목을 잡고 이르되, '빚을 갚으라!' 하매, 그 동료가 엎드려 간구하여 이르되, '나에게 참아주소서, 갚으리이다' 하되, 허락하지 아니하고, 이에 가서 그가 빚을 갚도록 옥에 가두거늘, 그 동료들이 그것을 보고 몹시 딱하게 여겨 주인에게 가서 그 일을 다 알리니, 이에 주인이 그를 불러다가 말하되, '악한 종아, 네가 빌기에 내가 네 빚을 전부 탕감하여주었거늘, 내가 너를 불쌍히 여김과 같이 너도 네 동료를 불쌍히 여김이 마땅하지 아니하냐?' 하고, 주인이 노하여 그 빚을 다 갚도록 그를 옥졸들에게 넘기니라. 너희가 각각 마음으로부터 형제를 용서하지 아니하면 나의 하늘 아버지께서도 너희에게 이와 같이 하시리라."(마태복음, 18:21-35)

한 시골 마을에 이반 셰르바코프라는 농부가 살았다. 그의 삶은 꽤 복된 것이었다. 그는 원기가 넘치는 사람으로, 그 마을에서 제일 일을 잘했으며, 또 건장한 아들이 셋 있었다. 한 아들은 결혼을 했고, 또 한 아들은 결혼을 앞두고 있었고, 또 한 아들은 아직 소년이었는데 말들을 몰고 다니면서 경작 일을 했다. 이반의 아내는 똑똑하고 일 잘하는 여자였고, 며느리는 순종적이고 부지런했다. 가족들 중 일을 하지 않아서 부양해야 할 사람이 한 명 있다면, 그것은 늙고 병든 아버지였다(천식으로 7년째 침상에 누워 있었다). 이반의 재산은 말 세 마리, 망아지 한 마리, 암소 한 마리, 태어난 지 1년 된 송아지 한 마리, 양 열다섯 마리로 아주 넉넉했다. 여자들은 남자들이 신을 신발과 입을 옷을 만들고 밭에서 일하기도 했다. 남자들은 농사를 지었다. 한번 거둬들인 곡물이 다음 추수 때가 지나도 남았고, 귀리만으로도 세를 지불할 수 있었다. 이반은 자식들과 함께 창창한 앞날을 내다보고 있었다. 그런데 농장이 서로 맞붙어 있는 이웃집에 고르제이 이바노프의 아들인 가브릴로 흐로모이라는 사람이 살았는데, 이반은 이 사람과 사이가 틀어지고 말았다.

가브릴로의 아버지 고르제이가 아직 살아 있을 때, 그리고 이반의 아버지가 살림을 꾸릴 수 있었을 때, 두 집은 좋은 이웃으로 지냈다. 안주인들에게 체나 들통이 필요하다든지, 바깥주인들이 거적이나 바퀴를 조속히 갈아야 한다든지 할 때, 서로 친절하게 빌려주고 도와주곤 했다. 어느 집 송아지가 잘못하다 다른 집 탈곡장으로 달려 들어간 경우라면, "송아지 좀 못 들어오게 하세요. 여기 아직 곡식 안 치웠는데" 하고 쫓아내는 정도였지, 송아지를 탈곡장이나 헛간에 가둬놓고 이웃과 실랑이를 하는 일은 추호도 없었다.

노인들이 다 살아 있을 땐 그러했지만, 젊은 사람들이 가정을 꾸려나가게 되자 상황이 달라졌다.

사실 별것도 아닌 조그만 일 때문에 그렇게 된 것이었다.

이반의 며느리가 돌보는 암탉이 일찍 알을 낳기 시작했다. 며느리가 달걀을 가져가기 시작한 것이 오순절 즈음이었다. 매일 달걀을 가져오려고 헛간 앞에 세워놓은 수레에 다녀왔다. 그런데 하루는 애들이 암탉을 놀라게 해서 그랬는지, 암탉이 울타리를 넘어서 이웃집으로 날아가 알을 낳았다. 암탉이 꼬꼬댁거리는 소리를 들은 며느리는 이렇게 생각했다.

'지금은 너무 바빠. 명절을 맞으려면 집 안 정리를 해야 되니까 나중에 시간 날 때 가서 갖고 오지 뭐.'

그런데 저녁때 헛간 근처 수레에 가보니 있어야 할 달걀이 없었다. 며느리가 시어머니와 시숙에게 물었더니 안 갖고 갔다고 했다. 그런데 막내아주버니 타라스카가 말했다.

"우리 집 암탉이 이웃집 농장으로 날아가서 알을 낳았어요. 거기서 꼬꼬댁거리더니 다시 이쪽으로 날아왔어요."

며느리가 암탉을 찾아보니 헛간 벽과 벽 사이를 가로지른 막대 위 수탉 옆에 앉아 있는데, 벌써 눈이 감기려 하고 있었다. 이제 자려는 모양이었다. 마음 같아서는 어디서 알을 낳았냐고 물어보고 싶었지만 암탉이 대답을 할 리 만무했다. 그래서 이웃집으로 가보았더니 할머니가 나왔다.

"왜? 뭣이 필요한가, 새댁?"

"필요하다기보단요, 할머니, 우리 집 암탉이 오늘 이 집으로 건너왔었는데, 여기 어디서 혹시 알을 낳지 않았나 해서요."

"그런 일은 전혀 듣도 보도 못했네. 우리 집 암탉들이 알을 쑥쑥 잘 낳고 있는데 남의 달걀이 왜 필요하겠나? 우린 남의 집에서 달걀 가져오는 그런 사람들 아닐세, 새댁."

그 말을 들은 며느리가 기분이 상해서 뭐라고 톡 쏘아붙였고, 이웃 할머니는 거기에 두 마디를 더 붙였고, 그렇게 두 여자는 싸우기 시작했다. 이반의 아내가 물을 길어 오던 길에 그 광경을 보고 합세했다. 그러자 가브릴로의 아내가 뛰어나와서, 이반의 아내가 전에 뭘 어떻게 했고 또 뭘 어떻게 했고 하면서, 있는 얘기 없는 얘기를 다 했다. 양쪽에서 속사포 같은 말들이 오고갔다. 다들 큰소리를 쳐대고, 남이 한 마디 할 때 두 마디 하려고 난리였다. 그것도 예사말이 아니라 죄다 욕이었다. 너 이년이 어쩌고저쩌고, 이 도둑년아, 이 갈보년아, 너희 늙은 시아버지 병난 게 너 때문이지, 넌 물건 가져가면 돌려줄 줄을 모르냐?

"넌 거지처럼 만날 달라고만 하지? 체에 구멍이나 내놓고 말이야! 야, 그리고 그 물지게 우리 거야! 물지게 내놔!"

물지게를 잡고 실랑이를 벌이다가 물을 다 쏟고 머플러는 벗겨지고 이젠 몸싸움으로 들어갔다. 들에 나갔던 가브릴로가 돌아와 자기 마누라 편을 들었다. 아들과 같이 뛰쳐나온 이반도 끼어들었다. 힘센 이반에게 모두들 내동댕이쳐졌다. 그러는 와중에 가브릴로의 턱수염이 한 움큼 뽑혔다. 동네 사람들이 몰려와서 그들을 억지로 떼놓았다.

바로 이때부터 관계가 안 좋아진 것이었다.

가브릴로는 뽑힌 자기 턱수염을 싸 가지고 재판을 신청하러 읍내로 가서 이렇게 말했다.

"곰보 자식 이반더러 뽑으라고 내 턱수염을 기른 게 아닙니다."

그의 아내는 이제 이반이 판결을 받아 시베리아로 유형을 가게 될 거라고 이웃들에게 자랑하고 다녔고, 그 후 악감정은 더욱 심해졌다.

침상에 몸져누운 노인이 아들 부부에게 계속 말해왔지만 그들은 말을 듣지 않았다. 노인은 이렇게 말했었다.

"너희 그거 허튼 짓 하는 거야. 아무것도 아닌 걸 가지고 일을 크게 만들려고 그래. 한번 생각해봐, 기껏 달걀 하나 때문에 일이 이렇게 된 거야. 달걀 하나가 그렇게 중요하냐? 달걀 하나 가지고 그렇게 욕심을 부린 거냐고. 하느님께서 어련히 알아서 고루 주시지 않을까? 어쩌다 욕이 입 밖으로 튀어나왔어도 다음부터 좋은 말로 하자고 얘기하면 되잖아. 몸싸움을 했다고? 사람들이란 원래 죄 많은 존재들이니 그럴 수도 있는 거지. 가서 화해하면 되잖아. 그럼 쉽게 끝날걸. 끝까지 누가 이기나 해보자 하면 스스로 화를 입게 된다고."

하지만 부부는 노인의 말을 듣지 않았다. 실제로 도움이 될 만한 얘기가 아니라 그냥 늙어서 하는 소리라고 치부해 버렸다.

이반도 이웃 남자에게 지려고 하지 않았다. 이반의 입장은 이랬다.

"난 그놈 턱수염 뽑은 적 없어. 그놈이 스스로 자기 턱수염을 뽑았다고. 도리어 그놈 아들이 내 멱살을 쥐고 앞섶을 다 찢어놓았지. 이거 봐."

이반은 재판소에 불려 갔다. 치안판사와 지방법원 판사를 다 거쳤다. 재판이 진행되는 동안, 가브릴로가 쓰는 수레의 바퀴 부분 나사가 사라졌다. 가브릴로 가족의 여자들은 이반의 아들이 훔쳐간 것이라고 우겼다.

"그 아들놈이 밤중에 창문 옆을 지나 수레 가까이 다가가는 걸 우리가 봤어요. 우리 애 대모가 하는 말이, 그놈이 술집에 와서 술집 주인한테 나사 안 사겠느냐고 그러더래요."

또 재판이 열렸다. 집구석에서는 날이면 날마다 욕지거리요, 때로는 몸싸움까지 벌어졌다. 애들까지 어른들한테 배워서 욕을 해댔다. 여자들은 빨래터에 모이면 빨래방망이를 두드리는 대신 입방아만 찧어댔다. 사실에 근거한 말들이라기보다 화가 나서 하는 말들이었다.

처음에는 남자들이 누가 뭘 갖고 갔다느니 하면서 서로를 헐뜯다가, 나중에 가서는 허투루 놓여 있는 물건이 있으면 진짜로 갖고 가기 시작했다. 그런 버릇을 여자들과 아이들도 이어받았다. 그런 판국이었으니 생활은 점점 더 악화돼가기만 했다. 이반 셰르바코프와 가브릴로 흐로모이는 마을 회의에서도 누가 옳으니 누가 그르니 실랑이를 벌였고, 지방법원 판사와 치안판사의 재판을 몇 번씩 거치면서 판사들이 모두 두 손 들 지경이었다. 가브릴로는 이반에게 벌금형 혹은 금고형을 내려야 한다고 주장하고, 이반은 자기가 아니라 가브릴로에게 그렇게 해야 한다고 주장했다. 이 둘이 서로에게 할 소리, 못할 소리를 하면 할수록 악감정은 부풀어만 갔다. 마치 개들이 그렇듯이 말이다. 개들은 싸움을 붙이면 붙일수록 성질이 더러워지게 되어 있는 것이다. 싸우고 있는 개의 엉덩이를 때리면 개는 상대 개가 자기를 물어서 아프다고 여겨 더 약이 오른다. 이 남자들도 그와 마찬가지였다. 재판 자리에 가서 둘 다 벌금형이든 금고

형이든 벌을 받게 되면 각자 상대에 대한 분노가 활활 타오르면서, '그래, 어디 두고 보자. 너도 그대로 돌려받게 될 거다' 생각하는 것이다. 그런 상황이 6년간 계속되었다. 그동안 침상에 누운 노인은 계속 같은 말만 하고 있었다. 양심에 호소하려는 것이었다. 그는 이렇게 말했다.

"얘들아, 도대체 뭣들 하는 거냐? 누가 옳고 누가 그르고 좀 따지지 말아라. 그러느라고 정작 할 일을 못하게 되잖아? 사람들한테 안 좋은 감정은 갖지 않는 게 좋아. 악감정을 가질수록 안 좋은 거라고."

하지만 노인의 말을 듣는 사람은 없었다.

실랑이가 계속된 지 7년째에 이런 일이 벌어졌다. 이반의 며느리가 한 결혼식 자리에 갔다가, 사람들 앞에서 가브릴로한테 창피를 줄 심산으로 가브릴로가 말을 훔쳤다고 말했다. 그때 가브릴로는 술에 취해 있었기 때문에 솟구치는 분노를 자제하지 못하고 그녀를 때렸다. 그냥 때린 게 아니라 전치 1주의 상처를 입혔다. 게다가 여자는 임신 중이었다. 이반은 기회다 싶어서 조사관을 찾아갔다.

'이제야 내가 저놈한테 맺힌 한을 풀겠구나. 틀림없이 옥살이 아니면 시베리아 유형이다!'

하지만 이번에도 일이 그렇게 쉽게 풀리지 않았다. 조사관이 요청을 받아들이지 않은 것이다. 여자를 조사해봤더니 맞은 흔적이 없었기 때문이다. 치안판사한테 갔더니 치안판사는 지방법원으로 사건을 넘겼다. 이반은 읍내에서 분주하게 뛰어다녔다. 가브릴로에게 태형이 선고되도록 하기 위해서 서기와 배심원 대표에게 과실주를 반 양동이쯤 대접하고 최대한으로 신경 써줬다. 법정에서 서기가 가브릴로에 대한 판결문을 낭독했다.

"법정은 다음과 같이 결정했다. 농부 가브릴로 고르제에프에게 읍 자치기관에서 20대의 태형을 집행하는 것으로 한다."

이반은 이 판결을 듣고 가브릴로를 쳐다보며 생각했다.

'이제 저 인간이 어떻게 나오려나?'

가브릴로는 판결을 듣고 백짓장처럼 하얘진 얼굴로 뒤돌아서서 밖으로 나갔다. 이반도 그를 뒤따라 말을 매어놓은 곳으로 가다가 가브릴로가 하는 말을 들었다.

"그래, 내가 두드려 맞아서 볼기짝에서 불이 나면, 자기라고 불이 안 날 줄 알아?"

이 말을 들은 이반은 당장 판사들에게 돌아갔다.

"정의의 사도이신 판사님들! 저놈이 날 불살라 죽인대요! 불러서 물어보세요. 그 말을 들은 증인도 있어요."

판사는 가브릴로를 불러서 물었다.

"그런 말을 했습니까?"

"난 아무 말 안 했소. 날 치려면 어서 치시오. 보아하니 나의 결백에 대한 죗값을 나 혼자서 치러야 하는 것 같소. 저 사람은 자기 하고 싶은 대로 다 하고 말이오."

가브릴로는 무슨 말인가를 더 하려다가 입술을 부들부들

떨고 빰을 씰룩씰룩하면서 그냥 벽 쪽으로 얼굴을 돌렸다. 그 모습을 보고 심지어 판사들조차 겁을 먹었다. 그가 자기 이웃 사람에게, 또는 자기 자신에게 정말로 무슨 짓을 저지를 것 같은 인상을 받았던 것이다.

늙은 판사가 말하기 시작했다.

"이봐요, 댁들 말이오, 차라리 그냥 화해를 하시지 그래요. 가브릴로 씨, 임신한 여자를 때린 게, 그래, 잘한 건 아니지 않소? 다행히 하느님이 도우셔서 큰일이 없었지, 잘못하면 얼마나 큰 죄를 범할 뻔했나요? 그러니 가브릴로 씨, 저분한테 머리 숙이고 잘못했다고 하세요. 그럼 저분이 용서해줄 거요. 그럼 우리가 판결을 새로 정리하면 되고."

서기가 이 말을 듣고 말했다.

"그렇게는 할 수 없습니다. 왜냐하면 제117조에 근거하면 화해가 이루어진 것이 아니고 법원의 판결이 이루어졌으니까요. 그리고 판결에는 효력이 발생해야 합니다."

그러나 판사는 서기의 말에 반대했다.

"그런 말 마세요. 가장 중요한 조항이 뭔지 압니까? 하느님을 기억하는 겁니다. 하느님께서 화해하라고 명령하셨어요."

판사가 다시금 화해를 권하기 시작했지만 소용이 없었다. 가브릴로가 판사의 말을 끊고 이렇게 말했다.

"난 이제 쉰이 다 됐소. 결혼한 아들이 있어요. 내가 이 나이 되도록 매 맞은 적은 없는데, 저 곰보 자식 이반 때문에 매를 맞게 생겼소. 그런데 뭐요? 저 자식한테 머리를 숙이라고? 그래, 한번 봅시다, 어떻게 되나. 이반 저 자식, 아마 날 오랫동안 기억하게 될 거요."

가브릴로의 목소리가 또다시 떨렸다. 그는 더 이상 말을 잇지 못하고 홱 뒤돌아서 나가버렸다.

읍내에서 집까지는 10베르스타(약 10킬로미터—옮긴이)가 넘었으므로 이반은 집에 늦게 돌아왔다. 들판에서 돌아오는 소들과 양들을 우리에 집어넣기 위해 여자들이 나와 있었다. 이반은 고삐를 풀고 마구를 정리한 후 집으로 들어갔다. 집에는 아무도 없었다. 밭에 나간 아이들은 돌아오지 않았고, 여자들은 가축을 맞이하러 나갔으니 말이다. 이반은 방에 들어가 의자에 앉아 생각에 잠겼다. 가브릴로에게 판결이 내려지던 순간, 그가 백짓장처럼 하얘진 얼굴을 벽 쪽으로 돌리던 모습을 떠올렸다. 그러자 가슴이 싸하게 아려왔다. 자기한테 태형이 선고됐다고 상상해보았다. 그랬더니 가브릴로가 불쌍하다는 생각이 들었다. 그때 침상에서 늙은 아버지가 기침하는 소리가 들려왔다. 아버지는 몸을 돌려 발을 침상 밑으로 늘어뜨리더니 내려왔다. 그는 겨우 몸을 움직여 의자에 와서 앉았다. 의자까지 오느라 힘을 많이 쓴 모양인지 기침을 오래 해댔다. 기침이 어느 정도 멎었을 때, 식탁에 팔꿈치를 괴고 말했다.

"그래, 선고를 내렸더냐?"

이반이 대답했다.

"태형 20대가 선고됐어요."

아버지가 고개를 저으며 말했다.

"이반, 꼭 그렇게까지 해야겠냐? 이게 다 뭐냐? 그렇게 하면 오히려 네가 나빠진다는 걸 모르는 거야? 그 사람이 매를 맞으면 네 마음이 시원해질 것 같아?"

"이번이 마지막이에요."

이반이 말했다.

"그래? 그 사람이 너한테 뭘 그렇게 나쁘게 했는데?"

"뭘 그렇게 나쁘게 했냐고요? 나 원 참! 가만 놔뒀으면 그 놈이 새애기를 패 죽였을걸요. 게다가 아까는 뭐라는지 아세요? 불을 지르겠대요! 아니, 그런 놈한테 내가 절을 해야 된답디까?"

아버지가 한숨을 쉬더니 말했다.

"이반, 넌 밖에 나가서 맘대로 돌아다니지? 나는 벌써 몇 년째 누워만 있고. 그렇다고 해서 너는 모든 걸 손바닥 보듯이 알고 있고 나는 눈뜬장님이라고 생각하는 거냐? 그렇지 않단다, 얘야. 넌 한 치 앞도 못 보고 있어. 앙심을 품어서 눈이 멀어버린 거야. 남의 잘못은 잘 보지만 자기 잘못은 보지 못하는 거지. 그 사람이 못되게 군다고? 만약 그 사람 혼자만 못되게 굴었다면 악감정일랑 전혀 없었겠지. 악감정이 단지 한 사람 때문에 생긴다고 생각하니? 악감정은 양쪽이 잘못해서 생기는 거야. 그런데 꼭 상대방 잘못만 보이고 자기 잘못은 안 보이거든. 만약에 상대방만 나쁜 놈이고 자기는 좋은 사람이라면 악감정이란 애초에 있을 수가 없는 거야. 그 사람 턱수염을 뽑은 게 누구냐? 곡물에 손댄 게 누구야? 그 사람을 재판소에 왔다 갔다 하게 만든 게 누구야? 그런데도 그 사람한테만 죄를 뒤집어씌우니? 너 자신이 못되게 구니까 너 스스로 괴로워지는 거야. 얘야, 난 그렇게 살지 않았다. 그리고 내가 언제 그렇게 살라고 가르쳤더냐? 나하고 그 아이 애비가 그렇게 산 줄 아니? 우린 좋은 이웃으로 살았어. 그 집에 밀가루가 떨어지면 아주머니가 와서, '프롤 아저씨, 밀가루 좀!' 한단 말이야. 그럼 난 '알았어, 곳간에 가서 필요한 만큼 가져가요!' 하지. 그 집에서 말을 먹이려면 말한테 누굴 붙여줘야 되는데 그럴 사람이 없으면 내가 하지. '나한테 말들 다 데리고 와!' 그러다가 내가 뭐 필요한 게 있으면 그 집으로 가는 거야. '고르제이 씨, 뭐 뭐가 필요해요' 하면 '가져가구려, 프롤 씨!' 하는 거지. 우린 그렇게 살았어. 그래서 너희들도 서로 잘 지냈잖아? 그런데 지금은 어떻게 된 거야? 얼마 전에 군인 한 명이 플레브나 전쟁 얘기를 하더라만, 지금 우리한테 벌어지고 있는 일이 그 전쟁보다 더하다! 이렇게 사는 게 어디 사는 거냐? 이러면서 짓는 죄는 또 얼마나 커? 네가 사내고 집안을 이끌어 가는 사람이니 네가 알아서 해야 한다. 여자들과 아이들한테 지금 뭘 가르치고 있는 거냐? 욕하는 걸 가르치지 않니? 며칠 전 타라스카, 그 코흘리개마저 아리나 아줌마 욕을 하더라. 그걸 보고 어멈은 웃더란 말이야. 그렇게 살아서 되겠느냐고. 그게 다 네 책임 아니냐? 네 영혼을 한번 생각해 봐라. 정말 그렇게 살아야 되겠냐? '상대방이 한 마디 하면 나는 두 마디, 상대방이 한 대 때리면 나는 두 대……' 이래서 되겠냐고. 안 된다, 얘야. 그리스도가 세상에 계실 때 우리같이 아무것도 모르는 사람들한테 그렇게 하라고 가르치신 게 아니잖아? '너한테 누가 뭐라고 한마디 하면 넌 가만있어라. 그러면 너한테 뭐라고 한 사람이 양심에 거리낄 것이다.' 결국은 이걸 가르치신 거 아니겠냐? 네 뺨을 누가 한 대 때리면 다른 뺨을 갖다 대라고 말이야. '그래, 때려라. 내가 아마 맞을 짓을 했나보지' 하란 말이지. 그러면 그 사람이 양심에 거리낄 거라는 거지. 그러면 그 사람이 마음이 너 그리워져서 네 말도 들을 거라는 거야. 바로 그렇게 가르치셨어. 거만하게 굴라고 가르치신 게 아니라. 왜 말이 없어? 내 말이 맞지?"

이반은 말없이 듣기만 했다.

아버지가 또 기침을 하기 시작했다. 간신히 멈추고 말을 이었다.

"네 생각엔 그리스도가 우리 나쁘게 되라고 그렇게 가르치신 것 같으냐? 다 우리 잘되라고 가르치신 것 아냐? 지금 우리 생활이 어떻게 됐는지를 한번 생각해봐. 이 전쟁이 시작된 다음에 우리가 더 좋아진 것 같아, 더 나빠진 것 같아? 네가 재판이니 뭐니 한다고 왔다 갔다 하면서 쓴 돈, 그러면서 먹는 데에 쓴 돈 다 한번 계산해보라고. 봐라, 네 자식들

얼마나 잘 컸니? 너는 이제 계속 살림이 나아질 상황이었는데, 재산이 점점 줄어들고 있잖아? 왜 그런 거 같아? 다 그것 때문이야. 네 거만함 때문이라고. 자식들하고 밭에 다니면서 씨도 뿌리고 그래야 되는데, 만날 판사들 쫓아다니랴 뭔 공무원 좀생이들 따라다니랴 바쁘니……. 밭을 제때에 갈지 않으면 제때에 거둬들일 수 없는 법이야. 땅이 소산을 안 내놓는단 말이야. 올해 귀리가 왜 안된 줄 알아? 너 언제 씨 뿌렸어? 읍내에 갔다 왔다고? 갔다 온 결과가 뭐야? 자기 목에 동아줄 감고 온 게 아니고 뭐야? 얘야, 네 할 일이 뭔지 잊어버리면 안 돼. 애들하고 밭에서 경작도 하고 집안도 돌봐야 될 거 아니야? 누가 너한테 뭘 잘못했다면 하느님의 뜻에 따라 용서하면 되는 거야. 그래야 네 일도 잘되는 거야. 그래야 네 마음도 항상 가벼운 거고."

이반은 아무 말도 하지 않았다.

"이반, 이 늙은 애비 말 잘 들어라. 말을 타고 바로 관청으로 가서 모든 소송을 다 취소하고, 아침쯤에 가브릴로한테 들러서 화해를 해. 그게 하느님 뜻이라고. 우리 집으로 오라고 초대를 하는 거야. 내일이 명절이잖아(성모탄신일 전날이었다). 차도 끓이고, 술도 한 병 갖다 놓고 해서 화해를 하는 거야. 그래야 앞으로 더 죄를 안 지을 수 있지. 여자들하고 아이들한테도 그렇게 하라고 해."

이반은 한숨을 내쉬며 '아버지 말씀이 옳다'고 생각했다. 그러자 마음이 한결 누그러졌다. 단지 어떻게 행동해야 할지를 알 수 없었다. 어떻게 하면 자연스럽게 화해를 할 수 있을까?

마치 그 마음을 읽고 있기라도 하듯 아버지가 말했다.

"이반, 지금 가거라, 미루지 말고. 불은 초장에 꺼야 하는 거야. 불이 번지면 못 잡는다."

아버지는 무슨 말을 더 할 참이었으나 하지 못했다. 여자들이 집에 돌아와서 까치 떼처럼 떠들어대기 시작했기 때문이다. 벌써 소식을 다 들은 것이었다. 가브릴로에게 태형이 선고됐다는 것, 가브릴로가 불을 지르겠다고 엄포를 놓았다는 것을 다 들은 터였다. 소식을 듣고서 자기 말까지 덧붙였고, 소들과 양들을 먹이던 풀밭에서 가브릴로네 집 여자들과 맞닥뜨려 벌써 한판 붙은 후였다. 가브릴로 집 며느리가 집행관을 들먹이면서 겁을 줬다고 했다. 집행관이 가브릴로 편을 든다는 것이었다. 그래서 판세가 완전히 뒤집힐 거라는 얘기였다. 또한 지도자가 이반에게 불리한 탄원서를 황제에게 올렸다고 했다. 나사 얘기와 채소밭 얘기가 이 탄원서에 다 적혀 있기 때문에, 이제 영지의 반이 그들 소유가 될 거라고 했다. 이반은 여자들의 얘기를 듣고 다시 강퍅해져서 가브릴로와 화해할 마음이 홀쩍 달아났다.

농장 주인은 언제나 할 일이 많은 법이다. 이반은 여자들과 말을 나누려 하지 않고, 집을 나서 탈곡장과 헛간에 가봤다. 거기서 정리를 좀 하고 농장으로 돌아와보니 이미 해가 진 뒤였다. 들에 나갔던 아들들도 돌아와 있었다. 겨울 채비를 위해 아들 둘이서 작물을 경작하러 갔었다. 이반은 아들들을 맞이해 일이 어떻게 돼가는지 자세히 물어보고, 농기구 정리를 도와주고, 부러진 멍에를 수리할 작정으로 한쪽에 치워놓았다. 그리고 막대기들을 헛간 옆에다 치워놓으려 하다보니, 이미 날이 많이 어둑어둑해져 있었다. 내일 갖다 놓을 생각으로 막대기를 그냥 내버려두고, 소들과 양들에게 꼴을 좀 더 주고, 타라스카가 말들을 몰고 나가도록 대문을 열어줬다가 다시 잠그고, 대문 밑에다 고정시키는 나무를 괴어놓았다. '이제 저녁 먹고 자야지' 생각하며 이반은 부러진 멍에를 들고 집으로 들어갔다. 그러는 동안에 가브릴로에 대한 생각은 하지 않았고, 아버지가 했던 말도 잊고 있었다. 문간으로 들어오려는데, 울타리 저쪽에서 누군가에게 격앙된 어조로 말하는 가브릴로의 거칠게 쉰 목소리가 들려왔다.

"그딴 놈한테 뭐하러 그래야 돼? 그딴 놈은 죽여야 돼!"

이 말을 듣자 이반은 가브릴로에게 갖고 있던 모든 악감정이 다시금 불길처럼 솟아올랐다. 가브릴로가 말하는 동안 이반은 계속 서서 듣고 있다가 말이 멈추자 집으로 들어갔다. 집에는 불이 켜져 있었다. 며느리는 구석에 앉아 물레질을 하고, 아내는 저녁을 준비하고, 큰아들은 짚신을 삼기 위해 짚을 꼬고 있었다. 둘째 아들은 식탁 앞에 앉아 책을 읽고 있었고, 타라스카는 밤에 말을 먹이러 갈 채비를 했다.

집안 분위기는 다 좋았다. 활기찼다. 저 빌어먹을 이웃집 화상만 아니라면!

이반은 화가 난 상태로 들어와 고양이를 의자에서 치워 버리고, 빨래통이 제자리에 있지 않은 걸 가지고 여자들한테 잔소리를 했다. 마음이 영 심란했다. 이반은 앉아서 인상을 찡그리고 멍에를 고치기 시작했다. 머릿속에서는 계속 가브릴로의 말이 맴돌고 있었다. 그가 법정에서 으름장 놓은 것이며, 방금 전 거칠게 쉰 목소리로 "그딴 놈은 죽여야 돼!"라고 소리친 것이 말이다.

아내는 타라스카에게 저녁을 차려줬다. 타라스카는 저녁을 먹고 나서 짧은 겉옷 위에 긴 외투를 걸치고 허리띠를 매고 빵을 좀 챙겼다. 밖으로 나가서 말들이 있는 쪽으로 갔다. 큰형이 타라스카를 바래다주려 했다. 이반도 일어나서 문을 나섰다. 농장은 이미 완전히 깜깜해져 어둠으로 꽉 차 있었다. 게다가 밤안개가 끼고 바람도 불었다. 이반은 문간 계단을 내려와 아들을 망아지에 태우고 망아지의 볼기를 쳐서 가게 한 후, 타라스카가 마을 쪽으로 내려가는 것을 잠자코 지켜보았다. 타라스카는 다른 아이들과 길에서 만나 같이 가기 시작했고, 결국은 멀어져 아무 소리도 들리지 않게 되었다. 이반은 대문 근처에 계속 서 있었다. 그의 머릿속에서 "자기라고 불이 안 날 줄 아나보지?" 하던 가브릴로의 말이 떠나지 않았다.

'그놈은 분명히 무슨 일을 낼 놈이야! 날씨가 건조하고 바람까지 부네. 어디 눈에 안 띄는 데 몰래 들어가서 불 지르고 도망칠 놈이야. 그렇게 불을 질러놓고도 미꾸라지처럼 빠져나가겠지. 빠져나가지 못하게 잡아야 돼!'

한번 이런 생각이 들자 머릿속이 온통 그 생각으로 꽉 찼다. '농장 주위를 한 바퀴 돌아봐야지. 혹시 모르니까' 하고 생각하며 이반은 대문을 나와 길로 나섰다. 조심스러운 발걸음으로 울타리를 따라가다가 모퉁이를 끼고 돌았다. 그러고 나서 울타리를 눈으로 한번 쭉 훑어보았다. 저쪽 모퉁이에서 뭔가가 획 움직인 것 같았다. 이쪽으로 뭔가 나왔다가 다시 숨어 들어간 것 같았다. 이반은 멈춰 서서 숨을 죽이고 귀도 기울여보고 눈으로 살펴보기도 했다. 아무 소리도 들리지 않았다. 들리는 게 있다면 오직 버들가지 잎들을 흔들며 지푸라기들을 헤집는 바람 소리뿐이었다. 눈을 빼가도 모를 어둠이었지만 그래도 눈이 어둠에 어느 정도 익숙해졌다. 그래서 모퉁이 전체가 보이고 쟁기도 보이고 처마도 분간할 수 있었다. 이반은 한동안 그곳을 응시했지만 아무도 없었다.

'내가 잘못 본 거겠지. 그래도 한 바퀴 돌아보자.'

이반은 헛간 벽을 따라 조심조심 걸어가기 시작했다. 짚신을 신고서 살살 걸으니 자기 발걸음 소리도 들리지 않았다. 모퉁이까지 가서 그 너머를 보니, 저쪽 끝에 쟁기가 놓인 곳에서 뭔가가 번쩍하더니만 자취를 감췄다. 그걸 보고 이반은 가슴이 철렁하여 자기도 모르게 우뚝 걸음을 멈췄다. 그러자마자 같은 곳에서 이번에는 더 밝게 뭔가가 번쩍했다. 이젠 분명히 볼 수 있었다. 모자를 쓴 누군가가 등을 돌린 채 쪼그리고 앉아서, 손에 지푸라기를 한 줌 쥐고 거기에 불을 붙이려 하고 있었다. 이반의 심장이 마치 가슴속에 갇혀 푸드덕거리는 새처럼 거세게 뛰었다. 그는 곧 용수철처럼 튕겨나가 성큼성큼 걷기 시작했다. 자기 걸음 소리가 들리지 않았다.

'자, 이제 너 딱 걸렸다. 현장에서 잡힌 거다!'

조금만 더 가면 되는데 그때 갑자기 불빛이 확 번졌다. 아까 보았던 작은 불빛이 아니라, 지푸라기에서 큰 화염이 일어나 처마에 번진 것이다. 일어서 있는 가브릴로의 몸 전체가 보였다. 종달새를 습격하는 매처럼 이반이 가브릴로에게 돌진했다.

'절대 도망 못 간다. 너 오늘 나한테 제대로 걸렸다!'

그런데 가브릴로가 발소리를 들었는지 이쪽을 돌아보고는 헛간 벽을 따라 있는 힘을 다해 토끼처럼 껑충껑충 도망가기 시작했다.

"가긴 어딜 가?"

이반이 고함을 치며 그를 덮쳤다. 놈의 멱살을 잡으려는 찰나, 손아귀에서 쏙 빠져나가버렸다. 옷자락을 잡았다. 옷자락이 찢어지면서 이반은 엎어졌다. 바로 일어나서 "저놈 잡아라!" 하고 외치며 쫓아갔다.

이반이 일어나고 있는 동안 가브릴로는 이미 자기 집 농장까지 거의 도착했지만, 곧 이반에게 따라잡혔다. 이제 막 움켜잡을 판이었는데 갑자기 뭔가가 이반의 머리를 빽 하고 쳤다. 마치 돌로 정수리를 얻어맞은 듯했다. 사실은 가브릴로가 자기 집 근처에 있던 참나무 말뚝을 쳐들고 있다가 이반이 가까이 오자 있는 힘껏 머리를 내리친 것이다.

이반의 눈에서 섬광이 번쩍하더니 그 후론 깜깜해졌다. 이반은 흐느적거리면서 정신을 잃었다. 다시 정신이 들었을 때, 가브릴로는 이미 온데간데없었고 마치 대낮처럼 주위가 환했다. 그리고 그의 집 쪽에서 마치 차가 지나갈 때처럼 '웅' 하는 소리, 뭔가가 탁탁 빠개지는 소리가 들려왔다. 이반이 고개를 돌려보니 뒤쪽 헛간이 온통 불길에 싸여 있고 옆쪽 헛간까지 번져 있었다. 게다가 불길, 연기, 연기를 뿜는 지푸라기들이 다 집 건물 쪽으로 몰려가고 있었다.

"이것 봐! 이게 다 뭐야?"

이반이 양손을 쳐들어 자기 허벅지를 내리치면서 외쳤다.

"처마에 붙은 불만 털어내서 밟아 끄면 되는 거였는데! 이게 지금 뭐냐고?"

이반이 했던 말을 되풀이했다.

고함을 쳐보려 했으나 소리가 밖으로 나오지 않았다. 뛰어가려 했으나 다리가 서로 엉키기만 하고 말을 듣지 않았다. 한 걸음을 내딛자마자 휘청했다. 혼이 빠진 것 같았다. 조금 서서 숨을 고른 후 다시 걸어보았다. 그가 헛간 주위를 돌아 불이 난 곳까지 가보니, 옆쪽 헛간이 완전히 불길에 싸여 있었다. 집 안채와 대문에도 불이 붙었고, 불길이 번져서 농장으로 들어갈 수가 없었다. 사람들이 떼를 지어 몰려와 있었지만 할 수 있는 것은 아무것도 없었다. 이웃 사람들이 집에서 집기를 들고 나오고 가축을 농장에서 몰아내고 있었다. 이반의 집을 태운 후 불길은 가브릴로의 집으로 옮겨 붙었다. 바람이 일어 불길이 길 건너까지 번졌다. 마을의 반이 불탔다.

이반의 집에서 구해낸 것은 늙은 아버지밖에 없었고, 나머지 사람들은 입고 있던 옷 그대로 뛰쳐나왔다. 세간은 그냥 집 안에 남겨졌다. 야간 방목으로 나가 있던 말들만 빼고 모든 가축이 타 죽었다. 닭들은 홰 위에서 죽었다. 수레, 쟁기, 써레, 여자들이 쓰는 함, 곡식 창고에 들어 있던 곡식이 깡그리 타버렸다.

가브릴로네 집은 가축을 몰아내 구했고 빼낸 물건들도 좀 있었다.

불은 밤새 꺼지지 않고 오래오래 탔다. 이반은 자기 농장 근처에 서서 멀거니 바라보면서 계속 같은 말만 해댔다.

"이것 봐! 이게 뭐야? 털어내서 밟아 껐으면 되는 거였는데!"

그러다가 집 천장이 무너져 내리자 그는 불속으로 뛰어 들어서 타버린 기둥을 들고 나왔다. 그걸 보고 여자들이 말리려 했으나 그는 기둥 하나를 더 들고 나오려고 다시 들어가다가 휘청하면서 불 위에 쓰러졌다. 그러자 아들이 뛰어

들어가 그를 끌어냈다. 이반은 턱수염과 머리카락을 태워 먹고, 옷도 태워먹고, 한쪽 팔이 타들어가는데도 아무 느낌도 받지 못했다. "충격을 받아서 얼이 빠진 거야" 하고 사람들이 말했다. 불이 좀 누그러지기 시작했지만, 이반은 계속 한 가지 말만 되풀이하고 있었다.

"이것 봐! 이게 뭐야? 털어내서……."

아침이 됐을 때 마을 장로가 아들을 보내 이반을 불렀다.

"이반 아저씨, 할아버지가 지금 돌아가실 거 같아요. 아저씨를 불러오라고 했어요."

이반은 자기 아버지에 대해 까맣게 잊고 있었기 때문에 무슨 말인지 알아듣지 못했다.

"누구 할아버지? 누굴 불러오라고?"

"이반 아저씨 오시라고요. 작별 인사 나누러. 할아버지가 지금 우리 집에 계세요. 빨리 가요, 이반 아저씨."

마을 장로의 아들이 이반의 손을 끌며 말했다. 이반은 그를 따라갔다.

노인을 집에서 구해가지고 나올 때 불붙은 지푸라기가 날아오는 바람에 노인이 화상을 입었다. 먼 마을의 장로 집으로 노인을 모셔 갔다. 그 마을은 불타지 않았다.

이반이 자기 아버지를 보러 갔을 때 그 집 가족 중에는 장로의 부인과 아이들만 있었다. 아이들은 난로 위 침상에 있었다. 나머지는 다 불구경을 갔다. 이반의 아버지는 손에 촛불을 들고 벽에 붙은 긴 의자에 누워서 문 쪽으로 눈동자를 향하고 있었다. 아들이 들어오자 아버지는 몸을 움직였다. 장로 부인이 그에게 다가가서 아들이 왔다고 말해주자, 그가 아들을 좀 더 가까이 오게 해달라고 했다. 이반이 가까이 다가가자 아버지가 말을 시작했다.

"그래, 이반아, 내 말이 맞았지? 누가 마을을 다 불살랐어?"

"그놈이 그랬어요, 아버지. 그놈이에요. 불 지르는 걸 내가 봤어요. 내가 보고 있는데 그놈이 불을 지붕에다 얹었어요. 내가 불붙은 지푸라기를 쓸어내서 밟아 끄기만 하면 되는 거였는데! 그랬다면 아무 일 없었을 텐데!"

"이반, 내가 죽을 때가 된 거 같다. 너도 나중에 죽게 될 거야. 누구의 죄냐?"

이반이 아버지에게 시선을 고정시키고 꿀 먹은 벙어리가 됐다. 아무 대답도 할 수가 없었다.

"하느님 앞에서 말해봐라. 누구의 죄냐? 내가 너한테 뭐라고 했었니?"

이반은 그 순간 비로소 정신을 차린 듯 모든 것을 이해했다. 그는 코로 쉭 하고 공기를 한번 들이마시고는 이렇게 말했다.

"저의 죄입니다, 아버지!"

그러고는 아버지 앞에 무릎을 꿇고 울면서 말했다.

"절 용서해주세요, 아버지. 제가 아버지 앞에, 또 하느님 앞에 죄인입니다."

아버지가 손을 움직여 왼손으로 촛불을 잡고 오른손을

이마로 가져가 성호를 그으려 했지만 미처 하지 못하고 움직임을 멈췄다.

"주님께 영광을 돌립니다! 주님께 영광을 돌립니다!"

이렇게 말하곤 다시금 아들 쪽으로 눈동자를 돌렸다.

"이반아, 이반아."

"네, 아버지."

"이제는 어떡해야 되겠냐?"

이반이 계속 울면서 말했다.

"모르겠어요, 아버지. 이제 어떻게 살죠, 아버지?"

아버지가 눈을 감고 입술을 옴직거렸다. 무슨 말을 하기 위해 힘을 모으는 듯했다. 그러다 다시금 눈을 뜨고 말했다.

"살아갈 수 있을 거야. 하느님과 함께 살면 살아갈 수 있어."

아버지가 얼마간 침묵하다가 한번 씩 웃고 나서 말했다.

"이반, 너 말이지, 누가 불 질렀는지 말하지 마라. 남의 죄는 덮어줘야 하는 거야. 그러면 하느님께서 네 죄도 용서해 주실 거야."

이 말을 하고 나서 아버지는 양초를 쥔 양손을 가슴 밑에 올리고 한숨을 쉬더니, 기지개를 켜듯 몸을 한번 쭉 펴고는 숨을 거두었다.

이반은 가브릴로가 불을 질렀다고 아무한테도 이야기하지 않았다. 그래서 왜 불이 났는지 아무도 몰랐다.

이반은 가브릴로에 대한 악감정이 누그러졌고, 가브릴로

는 자기 행동에 대해 이반이 아무에게도 이야기하지 않은 것에 놀랐다. 처음엔 가브릴로가 이반의 눈치를 보는 입장이었으나 나중에 가서는 익숙해졌다. 그들은 더 이상 싸우지 않았고, 또 그들의 가족들도 더 이상 싸우지 않게 됐다. 집들을 새로 짓는 동안 두 가족이 한 농장에 머물렀다. 마을 건축 공사가 끝나고 농장 공간이 더 넓어졌을 때, 이반과 가브릴로는 다시금 한 울타리 안의 이웃으로 남게 되었다.

이반은 가브릴로와 좋은 이웃으로 지내게 됐다. 그들의 아버지들이 살아 있을 때처럼. 그리고 이반 셰르바코프는 항상 염두에 두었다. 아버지의 말씀과 하느님이 지시하신 바를. 불을 끄려면 처음에 꺼야 한다는 것을.

만약 누가 그에게 나쁜 일을 행하면 그는 어떻게 해서든 복수하려고 하는 것이 아니라, 어떻게 해서든 상황을 바로잡으려고 애쓴다. 그리고 누가 그에게 나쁜 말을 내뱉으면 그는 더 나쁜 말로 대응하려고 하지 않고, 나쁜 말을 하지 않도록 가르치려고 애쓴다. 여자들과 아이들도 그렇게 하도록 가르친다. 결국 이반 셰르바코프는 자신이 처한 상황을 추스르는 데 성공하여 전보다 더 잘살게 되었다.

The best stories of
L. N. Tolstoy

바보 이반*

* 원제는 〈바보 이반과 그의 두 형, 곧 싸움꾼 세몬과 배불뚝이 타라스, 또 벙어리 누이 말라니야와 늙은 악마와 도깨비 새끼 세 마리에 대한 이야기〉다.

어느 왕국에 한 부자가 살았다. 부자에게는 아들 셋과 딸 하나가 있었다. 아들은 싸움꾼 세묜, 배불뚝이 타라스, 바보 이반이었고, 딸은 벙어리 노처녀 말라니야였다. 싸움꾼 세묜은 왕에게 충성하느라 전쟁에 나갔고, 배불뚝이 타라스는 장사를 하러 도시와 장사치들 세계로 갔고, 바보 이반은 누이와 함께 집에 남아서 일을 했다. 싸움꾼 세묜은 높은 관직과 영지를 얻어 귀족의 딸과 결혼했다. 돈도 많이 받고 영지도 컸지만 생계를 겨우 이어나갔는데, 왜냐하면 남편이 돈을 모으는 족족 아내가 흥청망청 써버렸기 때문이다. 그래서 돈이 계속 없는 상태였다. 싸움꾼 세묜이 소득을 걷으러 영지에 왔더니 영지 관리인이 이렇게 말했다.

"소득이 있어야 드릴 돈이 있죠. 여기 뭐, 양이 있나, 농기구가 있나, 말이 있나, 소가 있나, 쟁기가 있나, 써레가 있나? 그런 걸 다 갖다 놓아야 소득이 생길 테죠."

그 말을 듣고 싸움꾼 세묜이 아버지한테 가서 말했다.

"아버진 돈도 많은데 나한테 아무것도 준 게 없어요. 재산의 3분의 1만 달라고요. 내 영지에다 투자 좀 하게요."

아버지가 말했다.

"넌 집으로 갖고 오는 것도 없으면서 어떻게 재산의 3분의 1을 달라고 하는 거냐? 이반하고 네 누이가 어떻게 생각하겠어?"

세묜이 말했다.

"그놈은 바본데, 뭐. 누이는 노처녀에 벙어리고. 걔들한테 뭐 특별히 필요한 게 있겠어요?"

그러자 아버지가 말했다.

"이반한테 물어볼게."

이반은 이렇게 대답했다.

"가져가라고 하죠, 뭐."

싸움꾼 세묜이 집에 있던 재산을 가져가 영지에 투자하고, 다시금 왕에게 충성하러 떠났다.

배불뚝이 타라스는 돈을 많이 벌어서 상인 여자와 결혼했다. 그런데도 모든 게 다 모자랐다. 그래서 아버지한테 와서 말했다.

"내가 내 몫을 가져가도 되는 거지요?"

아버지는 타라스에게 재산을 내주고 싶지 않아서 이렇게 말했다.

"네가 우리 집으로 갖고 오는 것도 없으면서 뭘 그래? 지금 우리 집에 있는 것은 다 이반이 만들어놓은 거야. 그런데 그걸 네가 갖고 가면 이반하고 누이가 어떻게 생각하겠어?"

그 말을 듣고 타라스가 말했다.

"아, 이놈한테 필요한 게 뭐 있겠어요? 바본데. 결혼도 못 하지. 누가 이놈한테 시집오려고 하겠어? 또 벙어리 누이한테 필요한 게 뭐 있어요? 야, 인마, 이반, 곡물 반은 내가 가져간다. 농기구는 안 가져가도 되니까. 음…… 가축 중에서는 회색 말 수놈 한 마리면 돼. 농사지을 때 필요도 없을 거 아냐?"

이반이 웃으면서 말했다.

"뭐, 그러든지. 내가 또 일해서 만들어놓으면 되니까."

그렇게 해서 타라스한테도 재산을 내주게 되었다. 타라스가 곡물과 회색 수말을 가지고 도시로 떠났다. 이반은 늙은 암말 한 마리만 가지고 계속 농사를 지어 부모를 먹여 살려야 했다.

■■■

형제들이 다투지 않고 평화롭게 재산을 나누자 늙은 악마는 속이 상했다. 그래서 도깨비 새끼 세 마리를 불러 이렇게 소리쳤다.

"야, 이것들아, 저것 좀 봐! 싸움꾼 세묜, 배불뚝이 타라스, 바보 이반, 이렇게 삼 형제가 살고 있잖아? 저것들이 하라는 싸움질은 하지 않고 저렇게 평화롭게 살고 있어. 사이 좋게 서로 나눠 주면서 말이야. 내가 이거 체면이 서야 말이지! 이게 다 저 바보 때문이야! 너희들 셋이 가서 한 놈씩 맡아. 저놈들이 서로 눈깔을 파내면서 싸우게 좀 하라고. 어때, 할 수 있겠어? 어떻게들 해야 되는지 감이 잡혀?"

그러자 도깨비 새끼들이 말했다.

"이렇게 하면 될 거 같은데. 먼저 재산을 다 탕진하게 만드는 거야. 먹고살 게 없도록 말이야. 그다음에 한 군데에 다 몰아놓으면 자기네들이 안 싸우고 배기겠어?"

이 말을 듣고 늙은 악마가 말했다.

"음, 그거 괜찮겠군. 너희들 일 좀 할 줄 아는데! 자, 그럼 출동! 저놈들 사이를 다 휘저어놓기 전에는 나한테 돌아올 생각도 하지 마! 안 그러면 너희들 하나하나 가죽을 발겨놓을 줄 알아!"

도깨비 새끼들이 모두 늪으로 가서, 어떻게 일을 실행할 것인지 의논했다. 가능하면 자기가 더 쉬운 일을 맡고 싶어서 마구 실랑이를 벌이다가 결국 누가 누굴 맡을 것인지 제비를 뽑아 결정하기로 했다. 그리고 각자 자기 일이 해결되는 대로 아직 해결을 못한 다른 도깨비 새끼를 도와주러 오기로 했다. 제비를 뽑고 기한을 정했다. 그 기한이 되면 다시 늪에 모여서 누가 일을 해결했으니 누구를 도우러 가야 할지 이야기하기로 했다.

기한이 되자 약속한 대로 도깨비 새끼들이 늪에 모여, 일 처리가 어떻게 되어가는지 서로 이야기하게 되었다. 싸움꾼 세묜한테 갔었던 첫 번째 도깨비 새끼가 이렇게 이야기했다.

"내 일은 잘돼가. 세묜이 내일 자기 아버지를 만나러 가게 돼 있어."

다른 도깨비 새끼들이 물어보았다.

"어떻게 한 건데?"

"어떻게 했냐 하면, 먼저 세묜한테 자신감을 줘서 그놈이 자기가 온 세상을 정복하겠다고 왕한테 호언장담하게끔 했어. 그러자 왕이 세묜에게 사령관 직위를 줘서 인디언 왕국에 쳐들어가게 했지. 그래서 전쟁을 하게 됐거든. 그런데 세묜이 이끄는 군대의 화약 전부를 전날 밤에 내가 살포시 적셔놨지. 그리고 인디언 왕국으로 가서 지푸라기로 병정들을 수도 없이 많이 만들어놨어. 지푸라기 병정들한테 완전히 포위된 것을 알게 된 세묜의 병정들은 사기가 떨어졌지. 게다가 세묜이 발사 명령을 내렸을 때 대포며 총이 하나도 발사가 안 되는 거야. 세묜의 병정들이 겁을 집어먹고 걸음아 날 살려라 하고 달아나기 시작했지. 인디언 왕국에서 보기 좋게 굴욕을 당하고 돌아온 세묜은 영지를 압수당하고 내일 사형당하게 됐어. 내가 할 일은 하루 치밖에 안 남았지. 세묜이 탈옥해서 집으로 도망가도록 해야 되거든. 내일이면 일을 끝낼 수 있으니까, 너희 둘 중 누구를 도우러 가야 되는지 말만 하라고."

타라스한테 갔었던 두 번째 도깨비 새끼 역시 자기 일에 대해 이야기했다.

"나는 도와줄 필요 없어. 내가 맡은 일도 잘되고 있거든. 타라스는 앞으로 일주일도 더 살지 못할 거야. 내가 일단 그 놈 배를 불룩하게 해놓고, 그놈한테 욕심을 잔뜩 불어넣었어. 그래서 다른 사람이 뭘 갖고 있는 것을 보기만 하면 그 놈은 꼭 그걸 사고 싶어 하게 됐어. 지금 그놈은 자기 돈으로 살 수 있는 걸 다 샀고, 아직도 계속 사는 중이야. 이젠 돈을 빌려가면서까지 사게 됐어. 빌린 돈이 어찌나 많은지 헤어나지 못할 정도야. 일주일 후면 갚아야 될 기한이 다가오는데, 그놈이 가진 물건들을 내가 다 똥으로 만들어버릴 거거든. 그러면 갚을 방법이 없으니까 자기 아버지 집을 찾아오게 되겠지."

이반한테 갔었던 세 번째 도깨비 새끼에게 질문이 돌아왔다.

"너는 어떻게 되고 있는데?"

세 번째 도깨비 새끼가 대답했다.

"내 일은 잘 안 풀리고 있어. 나는 일단 음료수가 든 병에 다 침을 뱉어놨거든. 그거 마시고 그놈 배 아프라고. 그다음에 그놈이 일구는 밭에 가서 땅을 돌처럼 굳혀놨어. 그놈이 아무리 일을 해도 안 되게 말이지. 그래서 난 그놈이 땅을 일구지 못할 줄 알았거든. 근데 그 바보 놈이 쟁기를 가지고 와서 땅을 깨부수기 시작했어. 배가 아파서 끙끙거리면서도 계속 일구는 거야. 내가 쟁기 하나를 부러뜨렸더니 그 바보 놈이 집에 가서 새 막대기를 대서 쟁기를 고쳐가지고 다시 일구기 시작하더군. 내가 땅 밑으로 들어가서 쟁깃날을 꼭 잡고 있었는데도 일을 못하게 만들 수가 없데! 그 놈이 쟁기를 온몸으로 누르는데, 쟁깃날이 또 오죽 날카로워? 나 손이 다 까졌다고! 그놈이 땅을 거의 다 일궈서 지금 달랑 한 줄 남았어. 너희들 날 좀 도와주러 와야겠어. 안 그러면 그놈 하나 때문에 우리의 모든 노력이 물거품이 될 테니까 말이야. 만약 그 바보 놈이 계속 농사일을 하게 된다면 나머지 놈들도 먹고살 수 있을 거라고. 바보 놈이 나머지 두 형제를 먹여 살릴 테니까."

싸움꾼 세묜한테 갔었던 도깨비 새끼가 다음 날 도와주러 가겠다고 약속했다. 도깨비 새끼들은 그것으로 모임을 마치고 해산했다.

■■■

이반이 밭을 거의 다 일구어서 이제 한 줄 남았다. 그걸마저 일구려고 하는데 갑자기 배가 아파왔다. 그래도 하긴 해야 했다. 쟁깃날을 땅에다 박고 일구기 시작했다. 한 방향으로 가면서 일구다가 뒤로 돌아서 다시 시작하려는데 쟁기가 무슨 뿌리에 걸린 것 같은 느낌이 왔다. 뭔가가 질질 끌렸다. 도깨비 새끼가 쟁깃날 고정부를 붙잡고 매달려 발을 땅에다 질질 끌고 있었기 때문이다. 이반은 '이런 해괴한 일을 봤나? 여기에 뿌리 같은 건 없었는데, 갑자기 뭐지?' 하고 생각했다. 고랑으로 손을 집어넣어봤더니 무언가 물렁한 것이 만져졌다. 잡아서 끄집어내보니 뿌리처럼 시꺼먼데 그 위에서 뭔가 움직이는 게 보였다. 자세히 보니, 말로만 듣던 도깨비 새끼가 아닌가? 이반이 "어쭈, 이런 재수 없는 놈을 봤나!" 하면서 들어 올렸다가 모서리에 냅다 꽂으려고 하는데, 그 순간 도깨비 새끼가 빽 소리를 질렀다.

"살려줘! 원하는 거 다 해줄게!"

"뭘 해줄 건데?"

"뭘 원하는지 말만 해."

이반이 머리를 긁적긁적하다가 말했다.

"나 지금 배가 아픈데 안 아프게 해줄 수 있어?"

"물론이지."

"그럼 어서 고쳐줘."

도깨비 새끼가 몸을 구부려 고랑 속으로 들어가 오랫동안 발톱으로 뒤지다가, 세 가닥으로 갈라진 뿌리 하나를 찾아내어 이반에게 주면서 말했다.

"자, 누구나 이거 한 가닥만 삼키면 어떤 통증도 사라지게 돼 있어."

이반이 한 가닥을 찢어서 목구멍으로 삼켰다. 그러자마자 복통이 사라졌다.

도깨비 새끼가 이반에게 애원했다.

"이젠 날 놔줘. 땅속으로 꺼져서 다신 안 나타날게."

"뭐 그러든지. 가려면 가. 너에게 하느님의 가호가 있길!"

이반이 하느님 얘기를 꺼내자마자 도깨비 새끼는 마치 돌이 물속에 잠기듯 땅속으로 냉큼 꺼져버렸다. 그 자리에 뻥 뚫린 구멍만 남았다. 이반은 뿌리의 나머지 가닥들을 모자에 집어넣고 나서 땅을 마저 일구기 시작했다. 한 줄을 끝까지 일구고 나서 쟁기를 정리하여 집으로 갔다. 마구를 풀고 집 안으로 들어왔더니 큰형인 싸움꾼 세묜이 자기 아내와 함께 와서 저녁을 먹고 있었다. 영지를 빼앗기고 옥에서 겨우 탈출하여 아버지 집에서 살려고 온 것이다.

세묜이 이반을 보고 말했다.

"나 여기서 살러 왔어. 새 영지가 나올 때까지 네가 나와 네 형수를 좀 먹여 살려야겠다."

"뭐, 그러시죠. 여기서 지내시죠."

이반이 의자에 앉으려는데, 이반한테서 풍기는 냄새가 거슬렸는지 형수가 세묜에게 말했다.

"난 냄새 나는 남자하고 같이 저녁 못 먹어."

세묜이 말했다.

"네 형수가 너한테서 안 좋은 냄새가 난대. 너 저쪽으로 좀 나가서 먹으면 안 될까?"

"알았어요. 그러지 않아도 어차피 말 먹이러 갈 시간이었어요."

이반이 빵을 집어 들고 긴 외투를 입고 말을 먹이러 갔다.

■■■

싸움꾼 세묜한테 갔었던 도깨비 새끼가 그날 밤, 약속한 대로 바보 이반을 맡은 도깨비 새끼를 돕기 위해 왔다. 밭으로 와서 동생 도깨비 새끼를 찾고 또 찾았으나 아무 데도 없었고, 구멍 하나가 보일 뿐이었다.

'이 새끼가 뭐가 잘못됐구먼. 내가 대신 해야겠네. 밭은 다 일군 것 같으니, 풀 베는 데 가서 바보 놈을 괴롭혀야겠구먼.'

도깨비 새끼는 풀밭으로 가서 이반이 풀을 벨 곳에 강물이 넘치도록 만들어놓았다. 초원이 온통 개흙으로 더러워졌다. 이반이 야간 방목을 마치고 날이 채 밝지 않은 때 돌아와 벌낫을 가지고 초원으로 갔다. 초원에서 풀을 베기 시작했는데, 낫질을 한 번 하고 두 번 하니 낫이 무뎌져서 베어지지가 않았다. 날을 갈아야 했다.

"아무래도 집에 가야겠네. 날 세우는 도구들을 갖고 와야겠어. 빵도 좀 갖고 오고. 일주일이 걸리더라도 벌초 끝내기 전까진 여길 안 떠날 거야."

도깨비 새끼가 이 말을 듣고 혼잣말로 중얼거렸다.

"이 바보 놈이 고집이 보통이 아니네. 뭔가 다른 수를 써봐야겠는걸."

이반이 와서 낫날을 세우고 다시 풀을 베기 시작했다. 도깨비 새끼는 풀숲 가운데로 들어가서, 낫날이 구부러지는 부분을 잡고 날 앞쪽이 자꾸만 땅에 박히게 만들었다. 이반은 힘이 들었으나 그래도 다 베었고, 풀은 늪에 잠긴 일부만 남았다. 도깨비 새끼는 늪으로 들어가며 생각했다.

'내 발이 베이는 한이 있어도 저놈이 풀을 못 베게 해야지.'

이반이 늪으로 들어가보니 풀이 무성하지 않아서 낫질이 쉽지 않을 것 같았다. 이반은 성이 나서 온힘을 다해 낫을 휘두르기 시작했다. 도깨비 새끼는 점점 힘이 달렸다. 이제 그만 떨어져 나가려고 보니까, 몸이 덤불 가운데 박혀 있었다. 이반이 벌낫을 휘둘러 덤불을 쉭 가를 때, 도깨비 새끼 꼬리의 반이 싹둑 잘려나갔다. 이반은 풀을 끝까지 다 베고 누이에게 긁어모으라고 시킨 뒤에 호밀을 베러 갔다.

이반이 갈퀴를 가지고 나섰을 때, 꼬리가 싹둑 잘린 도깨비 새끼는 벌써 거기 와 있었다. 갈퀴가 잘 들지 않도록 호밀을 다 헝클어놓았다. 그러자 이반은 도로 돌아와 작은 낫을 가지고 가서 베기 시작했다. 결국 호밀을 다 베었다.

"자, 그럼 이젠 귀리 차례네."

꼬리 잘린 도깨비 새끼는 이 말을 듣고 생각했다.

'호밀을 벨 땐 내가 졌지만 귀리 벨 땐 어림없을걸. 그래, 내일 아침에 보자고.'

도깨비 새끼가 다음 날 아침에 귀리밭으로 달려갔더니 귀리가 벌써 다 베어져 있었다. 곡식 낟알들이 이삭에서 더 떨어져 나가기 전에 이반이 밤에 벤 것이다. 도깨비 새끼는 잔뜩 성이 났다.

"저 바보 놈 내 꼬리도 잘라버리고 말이야! 내가 전쟁 중에도 이런 변은 당한 적이 없어! 이 자식아, 넌 잠도 없냐? 그렇게 빨리 해결해버리면 어떡해? 오냐, 이제 호밀 가리로 가서 저놈이 쌓아놓은 거 다 썩게 만들 테다."

도깨비 새끼는 호밀 가리로 가서 단 사이로 기어들어가 호밀을 썩히기 시작했다. 가리가 뜨뜻해졌고, 도깨비 새끼 몸도 뜨뜻해졌다. 도깨비 새끼는 그대로 잠이 들고 말았다.

그때 이반은 호밀 단 쌓아놓은 것을 나르기 위해 말에 수레를 매어 누이와 함께 출발했다. 호밀 단 쌓아놓은 곳에 와서 수레에 단을 싣기 시작했다. 두 단을 싣고 나서 쇠스랑을 호밀 가리에 쑤셔 넣으니 쇠스랑이 도깨비 새끼의 엉덩이에 닿았다. 쇠스랑을 들어 올리니 거기 도깨비 새끼가 얹혀 있는 게 아닌가! 꼬리가 싹둑 잘린 채 말이다. 도깨비 새끼가 버둥거리고 몸을 비비 꼬면서 뛰어내리려 기를 썼다.

"어쭈, 이런 재수 없는 놈을 봤나! 또 너냐?"

"또 나 아니거든? 너한테 붙었던 놈은 내 동생이라고. 난 네 형 세묜한테 붙었었고."

"그래, 뭐가 어떻든 네놈도 똑같이 처리해주겠어!" 하고 이랑에다 냅다 꽂으려는데, 도깨비 새끼가 이반한테 애원했다.

"놔줘. 앞으로 안 그럴게. 네가 원하는 거 다 해줄게."

"뭘 해줄 수 있는데?"

"난 무엇이든지 병정들로 만들 수 있어."

"병정들 갖고 뭐 하는데?"

"뭐든지 하라고만 하면 다 해."

"노래 연주도 할 수 있어?"

"할 수 있어."

"뭐, 그럼 그러든지."

그러자 도깨비 새끼가 말했다.

"네가 호밀 단을 들고 한쪽 끝을 땅에다 치면서, '나의 종이 명하노라, 호밀 단이 아니라 줄기 수만큼의 병정이 될지니라' 하고 말하기만 하면 돼."

이반이 단을 들고 도깨비 새끼가 시킨 대로 했다. 그랬더니 단이 푸드득 흩어지면서 병정들로 변했다. 그중 앞에 선 고수와 나팔수가 음악을 연주했다. 이반이 웃음을 터뜨렸다.

"어쭈, 이것 봐라. 괜찮은데! 여자애들은 이런 거 재밌어 한다고."

"자, 이젠 됐지? 놔줘."

"안 돼. 도로 단으로 만들어야 돼. 안 그러면 곡식이 없게 되잖아. 어떻게 하면 다시 호밀 단으로 만들 수 있는지 가르쳐줘. 이제 탈곡해야지."

도깨비 새끼가 말했다.

"'병정 수만큼 호밀 줄기가 될지어다. 나의 종이 명하노라, 다시금 호밀 단으로 변할지니라' 하고 말하면 돼."

이반이 그렇게 말했더니 다시금 호밀 단이 되었다. 도깨비 새끼가 다시 애원했다.

"이젠 가게 해줘."

"뭐, 그러든지."

이반이 도깨비 새끼를 이랑에다 눕힌 다음 손으로 눌러 쇠스랑에서 빼내며 말했다.

"하느님의 가호가 너에게 있길!"

이반이 하느님 얘기를 꺼내자마자 도깨비 새끼는 마치 돌이 물속에 잠기듯 땅속으로 냉큼 꺼져버렸다. 뻥 뚫린 구멍만 남았다.

이반이 집에 왔더니, 작은형 타라스도 형수와 같이 와서 저녁을 먹고 있었다. 배불뚝이 타라스는 돈을 못 갚아 빚쟁이들을 피해서 아버지 집으로 온 것이었다. 타라스가 이반을 보고 말했다.

"이반아, 내 형편이 좀 나아질 때까지 네가 나와 네 형수를 좀 먹여 살려야겠어."

"뭐, 그러시죠. 여기서 지내시죠."

이반이 외투를 벗고 식탁 앞에 앉았다. 그러자 형수가 말했다.

"난 바보하고 같이 식사 못하겠어. 땀 냄새 나."

배불뚝이 타라스가 말했다.

"너한테서 안 좋은 냄새가 나. 너 저쪽으로 좀 나가서 먹어라."

이반은 빵을 들고 마당으로 나가면서, "알았어요. 어차피 말 먹이러 갈 시간이었으니까" 하고 말했다.

그날 밤 타라스에게 붙었던 도깨비 새끼도 타라스에게서 떨어져 나와, 약속한 대로 자기 형제들을 도와 바보 이반을 괴롭히러 왔다. 밭에 가서 형제들을 찾고 또 찾았으나 아무도 없었고 구멍만 발견했다. 풀밭에 갔더니 늪에 꼬리가 하나 떨어져 있고, 호밀 수확한 곳에 또 하나의 구멍이 있었다.

'보아하니 형제들이 변을 당했군그래. 내가 대신해서 바보 놈을 손봐야겠군.'

도깨비 새끼는 이반을 찾으러 갔다. 그러나 그때 이반은 벌써 들을 벗어나 숲에서 나무를 하고 있었다.

형제들이 같이 살기에 집이 너무 비좁아서 바보 이반에게 나무를 베어서 따로 집을 지으라고 했던 것이다.

도깨비 새끼가 숲으로 와서 나뭇가지 사이에 들어가, 이반이 나무를 베어 넘어뜨리는 것을 방해하기 시작했다. 이반은 나무가 맨땅에 넘어지도록 방향을 잘 잡아서 베었는데, 정작 나무는 딴 방향으로 넘어져서 다른 나뭇가지들에 걸리게 되었다. 그러자 이반은 긴 장대를 만들어가지고, 다른 나뭇가지들에 걸린 나무를 굴려서 땅에 넘어지게 했다.

이반이 또 한 그루의 나무를 베어 넘어뜨리는데 똑같은 일이 벌어졌다. 이반은 또 애를 써서 나무를 가지에서 빼냈다. 또 한 그루의 나무를 베었는데도 똑같았다. 원래는 나무를 쉰 그루쯤 벨 생각이었는데, 열 그루도 베지 못한 채 밤이 되었다. 녹초가 된 이반의 몸에서 김이 무럭무럭 올라와 마치 숲속에 낀 안개처럼 보이는데도, 이반은 그만둘 줄을 몰랐다. 이반은 나무 한 그루를 더 베어 넘어뜨렸다. 허리가 아파서 도저히 더 이상은 일을 할 수 없게 되자 그는 도끼를 나무에 박아놓고 쉬기 위해 앉았다. 이반이 일을 하는 소리가 들리지 않자 도깨비 새끼는 '이제 힘이 빠졌군. 그만두고 갈 테지. 이젠 나도 좀 쉬자' 생각하고, 나뭇가지에 기마자세로 앉아서 마음껏 쉬었다. 그때 이반이 일어나 도끼를 빼내어 휘둘러서 나무의 반대쪽을 찍자 나무가 쩍 소리와 함께 부러지면서 쿵 하고 넘어졌다. 도깨비 새끼는 방심하고 있었기 때문에, 타고 앉아 있던 나뭇가지에서 다리를 미처 빼내지 못하여 나뭇가지가 부러져 떨어질 때 한쪽 다리가 깔렸다. 이반이 나무의 가지를 치다보니 도깨비 새끼가 보이는 게 아닌가! 이반이 놀라 말했다.

"어쭈, 이런 재수 없는 놈을 봤나! 또 너냐?"

"또 나 아니거든? 난 네 형 타라스한테 붙었었어."

"그래, 뭐가 어떻든 네놈도 똑같이 처리해주겠어!" 하고 이반이 도끼를 쳐들어 날이 서지 않은 쪽으로 패려는데, 도깨비 새끼가 애원했다.

"패지 마. 네가 원하는 거 다 해줄게."

"뭘 해줄 수 있는데?"

"너한테 돈을 얼마든지 만들어줄 수 있어."

"뭐, 그럼 한번 만들어봐!"

어떻게 하면 되는지 도깨비 새끼가 이반에게 가르쳐줬다.

"이 참나무에서 잎사귀를 좀 따서 손바닥 사이에 놓고 비벼봐. 그러면 금화가 땅으로 떨어질 거야."

이반이 잎사귀를 따서 비볐더니 금화가 쏟아졌다.

"친구들하고 모여 놀 때 이거 있으면 좋겠구먼."

"이제 풀어줘."

"뭐, 그러든지. 하느님의 가호가 너에게 있길!"

이반이 장대를 들어 도깨비 새끼를 풀어주며 말했다. 이반이 하느님 얘기를 꺼내자마자 도깨비 새끼는 마치 돌이 물속에 잠기듯 땅속으로 냉큼 꺼져버렸다. 뻥 뚫린 구멍만 남았다.

형제들은 집을 지어서 각각 따로 살기 시작했다. 이반은 추수를 하여 맥주를 빚어서 같이 마시기 위해 형들을 초대했다. 그런데 형들은 이반의 집에 가기 싫어했다. '남정네들끼리 모여서 술 마시는 데 이골이 났다'는 것이었다.

그래서 이반은 다른 사람들을 초대하여 대접하고 자기도 마셨다. 얼큰히 취해서 밖으로 나간 이반은 빙 둘러 손을 잡고 빙글빙글 돌며 춤추고 있는 무리 쪽으로 다가갔다. 그리고 여자들에게 자기 자랑을 늘어놓았다.

"나는 여러분들이 평생 한 번도 보지 못한 걸 드릴 수 있어요."

여자들이 낄낄대며 이반에게 장단을 맞춰주기 시작했다.

"그래, 어디 한번 줘봐."

"네, 지금 가져올게요" 하고는 바구니를 들고 숲으로 달려갔다. 여자들이 한바탕 웃으며 말했다.

"바로 저래서 바보인 게지!"

그러고는 이반에 대해선 잊어버리고 자기들끼리 놀기 시작했다. 그런데 이반이 도로 이쪽으로 달려오는 게 보였다. 들고 있는 바구니에 뭔가가 가득 차 있었다.

"왜? 선물 나눠 주려고?"

"선물 받으세요."

이반이 금화를 한 줌 쥐어 여자들에게 던졌다. "에구머니나!" 하면서 여자들이 정신없이 줍기 시작했다. 남자들도 달려들었다. 서로 뺏고 난리가 났다. 한 할머니는 사람들한테 깔려 거의 죽을 뻔했다. 이반이 비웃으며 말했다.

"여보시오, 바보들! 할머니는 왜 깔아뭉개고 그래요? 뭘 그렇게 안달들이서? 내가 또 줄 텐데."

이반이 금화를 또 던지기 시작했다.

사람들이 몰려들었다. 이반이 바구니에 든 것을 다 쏟아 놓았다. 그런데도 사람들이 더 달라고 했다. 이반이 말했다.

"지금은 됐고요, 다음에 더 줄게요. 자, 이제 춤을 추고 노래를 부릅시다."

여자들이 노래를 불렀다. 그러자 이반이 말했다.

"노래들이 별로 좋지 않네요."

"그럼 어떤 노래가 좋은데?"

"내가 지금 보여줄게요."

이반이 탈곡장으로 가 짚단을 꺼내 들고 탁탁 치면서 말했다.

"좋아, 짚단이 아니라 줄기 하나하나가 병정이 되게 해라."

곡식 단이 흩어지면서 병정들로 변해, 북을 치고 나팔을 불었다. 이반이 병정들에게 노래를 연주하라고 명령하고 그들을 앞세워 거리로 나섰다. 사람들이 다 입을 헤벌렸다. 병정들이 연주를 끝내자 이반이 다시 병정들을 탈곡장으로 데리고 갔다. 사람들에게는 자기를 따라오지 말라고 했다. 탈곡장에서 병정들을 다시금 짚단으로 만들어 쌓아놓고는 집에 와서 아랫목에 누워 잠들었다.

다음 날 아침에 이 이야기를 들은 싸움꾼 세몬이 이반한테 가서 말했다.

"너 병정들을 어디서 데리고 왔다가 어디로 보낸 건지 말해봐."

"그건 알아서 뭐하게?"

"알아서 뭐하냐고? 야, 나는 병정들 부리는 게 일이잖아. 병정들만 있으면 나라를 정복할 수 있다고."

이 말을 들은 이반이 놀라서 말했다.

"진짜야? 진작 말하지 그랬어. 내가 형이 원하는 만큼 병정들을 만들어줄게. 나와 누이가 곡식 단을 많이 갖다 놓길 잘했네."

이반이 형을 탈곡장으로 데리고 가서 말했다.

"잘 봐, 내가 병정들을 만들 테니까. 그럼 형이 데리고 가라고. 알았지? 안 그러면 병정들을 먹여 살려야 될 텐데, 아마 마을 전체를 하루 만에 먹어치울걸."

싸움꾼 세묜이 병정들을 데리고 가겠다고 약속했다. 그러자 이반이 병정들을 만들기 시작했다. 탈곡장을 짚단으로 탁 치니 중대 하나가 나왔다. 다른 짚단으로 치니 또 한 중대가 나왔다. 들판 하나를 가득 메울 만큼 병정들을 만들었다.

"이 정도면 됐어?"

세묜이 만면에 웃음을 띠고 말했다.

"됐어. 고마워, 이반아."

"만일 더 필요하면 날 찾아와. 더 만들어줄게. 짚은 많으니까."

싸움꾼 세묜이 병정들을 이끌고 전쟁을 하러 갔다.

싸움꾼 세묜이 떠나기가 무섭게 배불뚝이 타라스가 왔다. 역시 어제 있었던 일에 대해서 듣고 동생에게 물어보러 온 것이다.

"너 금화가 어디서 났는지 좀 말해줘. 그런 남는 돈이 나한테 있다면 그걸로 온 세상 돈을 다 모아들일 수 있겠다."

이반이 놀라서 말했다.

"진짜야? 진작 말하지 그랬어. 형이 원하는 만큼 비벼줄게."

타라스가 날아갈 듯한 기분이 되어 말했다.

"나한테 세 바구니 정도만이라도 좀 줘."

"그러지, 뭐. 숲으로 가자. 말에 수레도 매어야 할걸. 안 그러면 못 들고 갈 테니까."

숲으로 가서 이반이 참나무 잎사귀들을 비비기 시작했다. 결국 거대한 금화 더미가 쌓였다.

"이 정도면 됐어?"

타라스는 뛸 듯이 기뻐했다.

"일단 이 정도면 될 것 같다. 고맙다, 이반아."

"만일 더 필요하면 날 찾아와. 더 비벼줄게. 잎사귀가 많이 남았으니까."

배불뚝이 타라스가 수레 하나 가득 돈을 싣고 장사를 하러 떠났다. 두 형이 다 떠난 것이다. 세묜은 전쟁을 하러, 타라스는 장사를 하러.

싸움꾼 세묜은 전쟁을 하여 나라를 하나 얻었고, 배불뚝이 타라스는 장사를 하여 떼돈을 벌었다.

두 형이 모여 서로 비밀을 털어놓았다. 세묜은 병정들을 어디서 얻었으며 타라스는 돈을 어디서 얻었는지를.

싸움꾼 세묜이 동생에게 말했다.

"내가 전쟁을 해서 나라를 얻어 잘살고 있지만, 돈이 부족한 게 흠이야. 병정들을 먹여 살려야 될 거 아니야?"

그러자 배불뚝이 타라스가 말했다.

"나는 돈방석 위에 올라앉았는데, 한 가지 부족한 게 있다면, 돈을 지킬 사람이 없어."

싸움꾼 세묜이 말했다.

"동생 이반을 찾아가면 되겠다. 병정들을 더 만들어달라고 할게. 그래서 너한테 넘기면 되잖아. 네 돈 지키라고. 넌 이반한테 돈을 더 비벼달라고 해. 병정들 먹여 살리려면 돈이 있어야 되니까."

그래서 그들은 이반을 찾아갔다. 세묜이 이반에게 말했다.

"야, 나 병정들이 더 필요해. 좀 만들어줘. 볏짚 두 가리 정도라도 좀 해줘."

이반이 고개를 가로저었다.

"더 이상 그냥은 병정 안 만들어줄 거야."

"왜? 만들어준다고 했잖아."

"그러긴 했는데, 그래도 안 해줄래."

"야, 이 바보야, 왜 안 해주는 건데?"

"형네 병정들이 사람을 죽였거든. 며칠 전 길가에서 밭 갈고 있는데 웬 여자가 꺼이꺼이 울면서 관을 메고 가잖아. '누가 죽었어요?' 하고 물어봤지. 여자가 하는 말이, '세묜의 병정들이 전쟁을 일으켜 내 남편이 죽었어요'라는 거야. 병정들은 노래를 연주해야지, 사람을 죽이면 안 된다고 나는 생각했어. 형한테 더 안 줄 거야."

이반은 그렇게 못을 박고 더 이상 병정들을 만들지 않았다. 이번엔 배불뚝이 타라스가 금화를 더 만들어달라고 부탁하기 시작했다. 이반이 고개를 가로저었다.

"더 이상 그냥은 안 비벼줘."

"왜? 비벼준다고 했잖아."

"그러긴 했는데, 그래도 안 해줄래."

"야, 이 바보야, 왜 안 해주는 건데?"

"형의 금화 때문에 미하일로브나가 젖소를 빼앗겼기 때문이야."

"빼앗겼다니?"

"빼앗겼어. 미하일로브나한테 젖소가 있어서 아이들이 우유를 먹을 수 있었는데, 며칠 전 그 집 아이들이 나한테 와서 우유 좀 달라네. '너희 젖소는 어쩌고?' 물었더니 아이들이 그러는 거야. '배불뚝이 타라스의 관리인이 와서 우리 엄마한테 금화 세 닢을 주고 젖소를 데려갔어. 이젠 우리 마실 우유가 없어.' 난 또 형이 금화 가지고 재밌게 놀려는 줄 알았지. 근데 형은 아이들한테서 젖소를 빼앗았어. 더 이상 안 줄 거야!"

바보 이반은 그렇게 못을 박고 더 이상 주지 않았다. 형들은 그냥 갈 수밖에 없었다. 가면서 형제는 어떻게 하면 자기들의 형편이 나아질 수 있을지 이야기하기 시작했다. 세묜이 말했다.

"우리 이렇게 하자. 네가 나한테 병정들 먹여 살릴 돈을 주면 난 너한테 나라의 절반을 줄게. 네 돈 지킬 병정들도 딸려서."

타라스는 좋다고 했다. 형제가 자기 것을 나눠 가져서 둘 다 왕이 되고 둘 다 부자가 됐다.

■■■

한편 이반은 집에서 살면서 부모를 봉양했으며, 벙어리 누이와 함께 밭에서 일했다.

한번은 이반이 집에서 키우는 늙은 잡종견이 병들어 털이 빠지고 기진맥진했다. 이반은 개가 불쌍하게 생각되어서 벙어리 누이한테 빵을 좀 달라고 한 뒤 모자에 받쳐서 개한테 갖다 줬다. 그런데 모자가 찢어지면서 빵과 함께 뿌리 하나가 떨어졌다. 늙은 개가 뿌리를 빵과 함께 먹어치웠다. 그런데 뿌리를 삼키자마자 개가 벌떡 일어나 뛰어놀고 짖고 꼬리를 쳤다. 건강해진 것이다.

아버지, 어머니가 그걸 보고 놀라 물었다.

"뭘 줬길래 개가 병이 나은 거냐?"

이반이 대답했다.

"뿌리가 두 개 있었는데요, 어떤 병이라도 다 고치는 뿌리예요. 그중 하나를 개가 먹은 거예요."

그런데 그즈음 왕의 딸이 병에 걸렸다. 그래서 왕은 모든 도시와 촌락에 방을 붙였다. 공주를 낫게 해주는 자에게 상을 내리겠노라고. 그리고 만일 그 사람이 미혼이면 공주와 결혼시키겠다고. 이반이 사는 마을에도 방이 붙었다.

아버지, 어머니가 이반을 불러 말했다.

"왕께서 뭐라고 하셨는지 들었니? 너한테 뿌리가 있다고 했잖아? 가서 공주님의 병을 고쳐. 그럼 계속 남부럽지 않게 살 수 있을 거야."

"뭐, 그럼, 그래볼까요?"

그렇게 하여 이반은 길 떠날 준비를 했다. 옷을 입고 문을 나서자 팔이 비틀어진 여자 거지 한 명이 서 있었다. 거지가 이렇게 말했다.

"너 병을 고친다고 들었는데, 내 팔 좀 고쳐줘. 지금은 혼자 신발도 못 신을 정도야."

"그럼 그래보지, 뭐."

이반은 뿌리를 꺼내 거지한테 주면서 먹으라고 했다. 거지가 뿌리를 먹고 팔이 나았다. 이젠 손을 흔들 수도 있게 됐다. 아버지, 어머니가 왕궁으로 가는 이반을 배웅하려고 나가보니, 이반이 하나 남은 뿌리를 벌써 써버려서 공주의 병을 고칠 것이 안 남았다고 했다. 아버지, 어머니는 그 말을 듣고 이반을 혼내기 시작했다.

"거지가 그렇게 불쌍해? 공주는 불쌍하지 않고?"

그러자 이반은 공주도 불쌍하다는 생각이 들었다. 말에 수레를 매서 지푸라기를 궤짝에 넣어 싣고 말에 올라탔다.

"야, 이 바보야, 어딜 또 간다는 거야?"

"공주님 병 고치러요."

"야, 뭘 가지고 고친다는 거야?"

"글쎄, 뭐, 어떻게 되겠죠."

그러곤 말을 출발시켰다.

왕궁에 도착해서 막 들어가려던 참에 공주가 병이 나았다.

왕이 크게 기뻐하며 이반을 불러오라고 명했다. 이반이 오자 옷을 근사하게 입히고 나서 말했다.

"내 사위가 돼주게."

"뭐, 그럼 그래보죠."

그리하여 이반은 공주와 결혼했다. 그리고 얼마 지나지 않아 왕이 죽었다. 그래서 이반이 왕이 되었다. 결과적으로 세 형제가 다 왕이 된 것이다.

세 형제가 다 왕이 되어 나라를 다스리며 살았다.

맏형인 싸움꾼 세묜은 잘살았다. 그는 지푸라기 병정 말고도 진짜 병정을 모집하였다. 그가 나라 전체에 명을 내리기를, 농가 열 채당 한 사람씩 병정을 모집한다고 했고, 병정은 키가 크고 몸이 희고 얼굴이 깨끗한 사람이어야 된다고 했다. 그는 그런 병정들을 많이 모아서 다 군사 교육을 거치게 했다. 만약 그중 누군가가 자기한테 반대 의견을 내는 경우, 당장 귀양을 보내거나 자기 하고 싶은 대로 다 했다. 그래서 병정들이 그를 무서워하게 되었다.

그리고 그는 원 없이 살았다. 뭔가 갖고 싶은 것이 생겼을 때 그것에 눈길을 주기만 하면 다 그의 것이 되었다. 병정들을 보내기만 하면 병정들이 알아서 다 빼앗아 오는 것이었다. 그것이 물건이든 사람이든 말이다.

배불뚝이 타라스도 아주 잘살았다. 그는 이반한테서 받았던 돈을 탕진하지 않고, 그 돈을 이용하여 재산을 늘렸다. 그는 자기 나라에 아주 유익한 제도를 만들어놓았다. 왕인 자기의 돈은 자기 집 궤짝 속에 보관하고, 국민들한테서 돈을 걷는 것이었다. 농노세, 주세, 결혼세, 장례세, 통행세, 짚신세, 각반세, 짚신끈세를 매겨서 돈을 걷었다. 뭘 갖고 싶다고 생각만 하면 그걸 곧 가질 수 있었다. 돈은 누구에게나 필요했으므로, 돈을 얻기 위해 사람들이 그에게 뭘 갖다 바치거나 일거리를 구하러 오곤 했다.

바보 이반도 잘살았다. 장인 장례를 치르자마자 그는 자기가 왕으로서 입던 옷을 다 벗어서 궤에 넣어두라고 아내에게 주었다. 그리고 삼베로 만든 윗도리와 바지를 입고 짚신을 신고 일을 하기 시작했다.

"가만있는 건 지루해. 배도 나오기 시작했고, 밥도 잘 안 먹히고 잠도 잘 안 와."

이반은 부모님과 벙어리 누이를 데리고 와서 다시 일을 하며 살기 시작했다. 사람들이 그에게 와서 말했다.

"군주가 그러시면 아니 되옵니다!"

"그건 그렇지만 군주도 먹고살아야 되거든."

그에게 대신이 와서 말했다.

"관가에 급여를 지불할 돈이 없습니다."

"그래? 그러면 급여를 지불하지 마."

"그러면 사람들이 관가에서 근무를 안 할 텐데요."

"그런가? 그러면 관가에서 근무를 하지 말라고 해. 자기 하고 싶은 일을 하는 게 그 사람들한테 더 나을 거야. 근데 똥은 좀 치우라고 해. 똥이 너무 많이 쌓였어."

이반에게 사람들이 찾아와서 재판을 해달라고 말했다.

"이 사람이 제 돈을 훔쳤어요."

이반이 말했다.

"그래? 필요했나보지."

이반이 바보라는 사실을 모든 사람들이 알게 되었다. 아내가 그에게 말했다.

"사람들이 당신 바보래."

"그런가보지."

이반의 아내가 곰곰이 생각에 잠겼다. 그런데 사실 그녀도 바보였다.

'내가 남편을 거스를 건 또 뭔가? 바늘 가는 데 실도 가야지.'

그녀는 왕비 옷을 벗어 궤에 넣어두고, 이반의 벙어리 누이한테서 일을 배워 남편을 돕기 시작했다.

똑똑한 사람들은 이반의 왕국에서 다 떠나고 바보들만 남았다. 돈을 가진 사람은 아무도 없었다. 일을 해서 거둬들인 것을 먹으면서, 마음씨 착한 사람들에게 먹을 것을 주곤 했다.

늙은 악마는 도깨비 새끼들이 세 형제를 망하게 했다는 소식이 들려오기를 기다리고 또 기다렸다. 그런데 아무리 기다려도 소식이 없었다. '이것들이 다 어디 가 있는 거지?' 싶어서 늙은 악마는 직접 찾으러 나섰다. 아무리 찾아도 보이지 않았다. 구멍 세 개만 남아 있을 뿐이었다. '보아하니 힘에 부쳤던 모양이군. 아무래도 내가 직접 해야겠어' 하고 늙은 악마는 생각했다.

악마가 세 형제를 찾으러 갔지만 본래 살던 곳에서 그들을 찾지 못했다.

알고 보니 그들은 서로 다른 왕국에 각자 살고 있었다. 셋 다 왕이 되어 있었다. 늙은 악마는 그게 아주 못마땅했다.

"그래, 어디 한번 내가 직접 나서볼까!"

악마는 먼저 세묜 왕한테 갔다. 본래 자기 형상이 아니라 군사령관으로 둔갑해서 찾아갔다. 악마가 세묜 왕에게 말했다.

"세묜 왕께서 위대한 장군이라고 들었소. 제가 군사 방면에 일가견이 있어, 왕께 충성을 다할 각오로 왔소."

세묜 왕이 그에게 여러 가지 질문을 해보고, 똑똑한 사람 같아서 자기 수하에 두기로 했다.

세묜 왕의 새 군사령관이 어떻게 하면 강한 군대를 모집할 수 있을지 설명했다.

"무엇보다도 병정들을 되도록 많이 모집해야 하오. 보아하니 이 나라에 놀고먹는 사람들이 많더이다. 젊은 사람들은 죄다 징병해 들여야 하오. 그러면 원래 있던 군대보다 다섯 배는 강한 군대가 만들어질 거요. 그다음에 해야 할 것은 총과 대포를 새것으로 구비하는 일이오. 내가 왕께 한꺼번에 총알 100개가 나가는 총을 만들어드리리다. 총알이 콩알처럼 쏟아져 나올 거요. 그리고 불이 나가는 대포를 만들어드리리다. 사람이나 말이나 성벽이나 할 것 없이 죄다 불살라버리는 대포 말이오."

세묜 왕이 새 군사령관의 말을 듣고는 젊은이들을 모두 징집하라고 명령을 내렸다. 그리고 새 공장을 세워 새 총과 대포를 많이 만들었다. 그러자마자 이웃 나라에 쳐들어갔다. 이웃 나라 군대가 맞서자 세묜 왕은 병정들에게 총과 불대포를 쏘라고 명령했다. 곧바로 많은 부상자가 생겼고, 군대의 반이 불에 탔다. 이웃 나라 왕이 겁을 먹고 굴복하여 자기 나라를 바쳤다.

세묜 왕이 기세등등하여 말했다.

"이제는 내가 인디언 왕국을 정복할 수 있겠다."

인디언 왕국의 왕은 세묜 왕에 대한 소식을 듣고, 세묜 왕이 짠 작전을 그대로 따라했다. 거기에 자신의 작전도 덧붙였다. 인디언 왕국의 왕은 청년 남자들만 징집한 게 아니라 여자들까지 징집한 것이다. 그래서 세묜 왕의 군대보다 더 큰 군대가 만들어졌다. 그리고 총과 대포 만드는 기술을 세묜 왕한테서 그대로 가져왔고, 뿐만 아니라 하늘을 날아다니며 폭탄을 떨어뜨리는 기술도 개발하였다.

세묜 왕은 이웃 나라를 정복했던 것처럼 인디언 왕국도 정복할 수 있으려니 했으나 한번 성공했다고 계속 성공하리라는 법은 없었다. 세묜의 군대가 화기를 사용하기도 전에 인디언 왕국의 왕이 여군들을 보내 공중에서 세묜의 군대에 폭탄을 떨어뜨리도록 했다. 여군들이 마치 바퀴벌레에 붕사를 뿌리듯 세묜의 군대에 폭탄을 뿌려댔다. 세묜의 군대가 모두 흩어지고 세묜 혼자 남았다. 인디언 왕국의 왕이 세묜의 왕국을 정복했고, 싸움꾼 세묜은 앞뒤 신경 쓰지 않고 줄행랑을 쳐버렸다.

세 형제 중 맏형에게 본때를 보인 늙은 악마는 다음으로 타라스 왕에게 갔다. 악마는 상인으로 둔갑하여 타라스의 왕국에 살면서 기업을 세워 돈을 방출하기 시작했다. 어떤 물건을 사든지 돈을 후하게 주자 모든 백성들이 이 상인에게 와서 돈을 받으려 하였다. 결국 백성들 모두 돈이 아주 많아져서, 미납 세금을 다 갚고 모든 세금을 밀리지 않고 내기 시작했다.

타라스 왕은 기쁨에 겨워 이렇게 생각했다.

'저 상인 아주 잘하고 있는데! 이젠 나한테 돈이 더 많아져서 살림이 더 부유해지겠군!'

타라스 왕이 새로운 계획을 세워, 자기가 지낼 새 궁전을 짓기 시작했다. 백성들에게 나무와 돌을 가지고 와서 일을 하라고 시켰고, 모든 것의 가격을 높이 매겼다. 타라스 왕은 전처럼 백성들이 돈을 얻기 위하여 자기한테 몰려들어 일을 할 것이라 생각했으나, 가만 보니 나무와 돌을 다 상인에게 가져갔고 노동력이 다 상인에게 집중되었다. 타라스 왕이 가격을 올렸더니 상인은 더 올렸다. 타라스 왕에게는 돈이 많았지만 상인에게는 더 많았다. 상인의 가격이 왕의 가격을 넘어섰다. 왕궁 건설이 중단되었다. 타라스 왕은 궁궐 안에 정원을 만들 생각이었다. 가을이 왔다. 타라스 왕이 백성들에게 정원에 나무를 심으러 오라고 공고를 냈는데 아무도 오지 않았다. 백성들이 다 상인에게 가서 연못을 파고 있었다. 겨울이 왔다. 타라스 왕이 새 모피코트를 짓기 위해 흑담비 모피를 살 생각으로 사람을 보냈더니, 그 사람이 돌아와 이렇게 말했다.

"흑담비 모피가 없습니다. 다 상인한테 가 있습니다. 상인이 큰돈을 주고 흑담비 모피를 사서 그걸로 양탄자를 만들었습니다."

한번은 타라스 왕이 말을 살 일이 생겼다. 사람을 보냈더니 그가 돌아와서 하는 얘기가, 좋은 말들이 다 상인한테 가 있고 상인의 연못을 채우기 위해 물을 나르는 데에 사용되고 있다는 것이었다. 왕의 모든 일들이 멈춰버렸다. 왕을 위해 일을 해주는 사람이 하나도 없고, 다 상인의 일만 해주고 있었다. 왕에게는 상인의 돈이 세금으로 들어올 뿐이었다.

왕은 돈이 너무 많이 쌓여서 둘 데가 없어졌다. 그런데 삶은 어려워졌다. 이제는 왕이 어떤 계획을 세워도 의미가 없게 됐다. 어떻게 해서든 살아남는 것만이 중요했다. 그런데 그것도 어려웠다. 삶이 계속 왕을 옥죄어왔다. 모두 다 왕을 떠났다. 요리사들도, 마부들도, 종들도 왕을 떠나 상인에게로 갔다. 먹을 것도 모자라게 되었다. 뭘 좀 사 오라고 사람들을 시장에 보내면 시장에 아무것도 없다고 했다. 상인이 모두 사버렸기 때문이다. 그리고 왕에게는 세금으로 돈만 갖다 바쳤다.

타라스 왕이 화가 나서 상인을 나라 밖으로 내쫓았다. 그러자 상인은 바로 국경 지역에 자리를 잡고 똑같은 행위를 일삼았다. 전과 마찬가지로 모든 것이 상인의 돈으로 인해 왕한테서 상인한테로 옮아갔다. 왕은 상황이 보통 나빠진 게 아니었다. 며칠째 먹지를 못했다. 게다가 상인이 왕의 부인마저 사들이려고 한다는 소문이 돌았다. 타라스 왕은 기가 죽어서 뭘 어떻게 해야 할지 몰랐다.

그에게 싸움꾼 세묜이 와서 말했다.

"내 왕국이 인디언 왕국에 먹혔어. 네가 날 좀 도와줘야겠어."

하지만 자기 코가 석 자인 타라스 왕은 이렇게 대답했다.

"난 지금 이틀째 아무것도 못 먹었거든."

늙은 악마는 두 형제를 제대로 손보고 나서 이제 이반에게 갔다. 군사령관으로 둔갑한 늙은 악마는 나라에 군대를 키워야 한다고 이반을 설득하기 시작했다.

"군대도 안 가진 왕이 어디 있소? 나한테 명령만 내리시오. 내가 백성들 중에서 병사들을 뽑아 군대를 만들겠소."

이반이 그의 말을 끝까지 다 듣고 나서 말했다.

"뭐, 그러든지. 그래, 한번 만들어봐. 노래 연주하는 걸 잘 가르치도록 해. 나 그거 좋아하니까."

늙은 악마가 이반의 왕국을 돌아다니며 지원군을 받기 시작했다. 머리를 빡빡 밀라고 했다. 그러면 술 한 병씩을 주고 빨간 모자를 준다고 했다.

바보 왕국에 사는 바보들이 그 말을 듣고 킬킬댔다.

"술이야 얼마든지 있는데, 뭐. 우리가 직접 만들어 마신다고. 또 모자는 뭐, 여자들이 우리가 만들어달라는 대로 다 만들어주잖아. 울긋불긋한 것도 만들고, 게다가 술 달린 것도 만들어주는데, 뭐."

그래서 지원자가 아무도 없었다. 늙은 악마가 이반한테 와서 말했다.

"이 나라 바보들이 스스로 원해서 오지는 않을 모양이오. 힘으로 몰아와야겠소."

"뭐, 그러시든지. 힘으로 몰아와봐."

그래서 늙은 악마는 모든 바보들이 군대에 지원해야 된다는 공고를 냈다. 만약 오지 않는 자가 있으면 이반이 사형을 내릴 거라고 했다. 바보들이 군사령관을 찾아와 말했다.

"우리가 군대를 안 가면 왕이 우리를 사형시킬 거라고 하는데, 그럼 군대를 가면 우리가 어떻게 될지는 왜 말 안 해? 군인은 원래 전쟁 나가서 죽는 거라며?"

"혹 그렇게 될 수도 있겠지."

바보들이 이 말을 듣고 완강하게 나왔다.

"안 가! 어차피 언젠간 죽을 텐데, 죽을 바에야 차라리 집에서 죽는 게 낫지."

그러자 늙은 악마가 말했다.

"바보들! 아이고, 이 바보들아! 군인이 되면 전쟁 나가서 죽을 수도 있고 혹 안 죽을 수도 있지만, 군대 안 가면 이반이 꼭 죽인다니까!"

바보들이 이 말을 듣고 생각에 잠겼다. 그러다 바보 이반 왕에게 직접 물어보러 왔다.

"군사령관이 우리더러 다 군대 오라고 그러던데요. '군인이 되면 전쟁 나가서 죽을 수도 있고 혹 안 죽을 수도 있지만 군대 안 가면 이반이 꼭 죽인다니까!' 이러던데요. 그게 사실인가요?"

이반이 웃음을 터뜨렸다.

"나 한 사람이 너희들을 어떻게 다 죽이겠어? 아이고, 내가 바보만 아니었다면 너희들한테 어떻게라도 설명을 해줬을 텐데, 근데 나 바보거든. 지금 일이 어떻게 돌아가는 건지 나도 모르겠어."

"그럼 우리 군대 안 가는 걸로 할래요."

"뭐, 그러든지. 가지 마."

바보들이 군사령관한테 가서 군대에 가지 않겠다고 했다. 늙은 악마 생각대로 되는 일이 없었다. 하는 수 없이 바퀴벌레 왕국의 왕에게 찾아가 감언이설을 늘어놓았다.

"가서 이반의 왕국을 점령하는 거요. 이반의 왕국에는 돈만 없지, 곡식이며 가축이며 여러 가지 좋은 게 많소이다."

바퀴벌레 왕국의 왕이 전쟁을 일으켰다. 큰 병력을 모으고 총기와 대포를 장전하여 국경을 넘어 이반의 왕국에 쳐들어왔다.

이반에게 보고가 들어왔다.

"바퀴벌레 왕국의 왕이 우리나라에 쳐들어왔습니다."

"뭐, 그러시라 그래. 오려면 오고."

바퀴벌레 왕국의 왕이 군대를 이끌고 국경을 넘어 선발대를 보내 이반의 군대를 찾도록 했다. 찾고 또 찾았지만 아무리 찾아도 이반의 군대가 보이지 않았다. 아무리 기다려봐도 어디서도 나타나지 않았다. 군대에 대한 말이 들리지도 않았다. 누구와 싸운단 말인가? 바퀴벌레 왕국의 왕이 마을들을 점령하라는 명령을 내렸다. 군대가 한 마을에 들어왔더니 남자 바보들과 여자 바보들이 나와서 병정들을 보고 놀란 표정을 지었다. 병정들이 바보들에게서 곡식과 가축을 빼앗기 시작했다. 바보들은 내줬다. 아무도 맞서지 않았다. 병정들이 다른 마을에 들어갔다. 역시 마찬가지였다. 병정들이 하루를 그렇게 다니고, 이틀째 그렇게 다니는데도 어딜 가나 마찬가지였다. 다 내준다. 아무도 맞서지 않고, 오히려 다들 자기 집에 들어와 살라고 했다.

병정들이 여길 가보고 저길 가봐도 이 나라 군대는 어디에도 없었다. 그래도 백성들은 살고 있었다. 자기도 먹고살고 남도 먹여 살렸다. 누가 와서 빼앗아도 맞서지 않고, 오히려 자기 집에 들어와 살라고 하면서.

병정들은 허무했다. 그래서 자기네 왕에게 가서 말했다.

"우리 이 전쟁 못하겠어요. 우릴 다른 데로 데려가줘요. 좀 싸우는 게 있고 그래야 전쟁을 할 맛이 나지, 이건 뭐 칼로 물 베기니……. 더 이상 우리 여기서 전쟁 못하겠어요."

바퀴벌레 왕국의 왕이 화가 나서, 병정들에게 왕국 전체를 다니면서 마을과 집들을 약탈하고 곡식을 불사르고 가축들을 다 죽이라고 명령하면서 이렇게 말했다.

"내 명령을 듣지 않으면 너희들을 다 사형에 처하겠다!"

병정들이 겁을 집어먹고 왕의 명령대로 하기 시작했다. 집들과 곡식을 불사르고 가축들을 죽였다. 그래도 바보들은 맞서지 않았다. 울기만 했다. 할아버지, 할머니, 조그만 아이들 할 것 없이 다 울면서 말했다.

"우리한테 왜 이러는 거예요? 이 아까운 것들을 왜 괜히 없애는 거예요? 필요하면 차라리 가져가라고요."

병정들은 이게 도대체 뭔가 싶었다. 더 이상 정벌하러 가지 않고 다들 뿔뿔이 흩어져버렸다.

그래서 늙은 악마는 그냥 그렇게 후퇴했다. 병정들을 동원했지만 이반을 움직이지 못했다. 그 대신 늙은 악마는 멋쟁이 신사로 둔갑하여 이반의 왕국에 살기 시작했다. 배불뚝이 타라스한테 그랬듯이 이반을 돈으로 움직여볼 생각이었다. 그가 이반한테 와서 말했다.

"나는 이 나라 백성들에게 좋은 일을 하려고 하오. 내가 하려고 하는 일은 교육이오. 이 나라에 건물을 지어서 학교를 열겠소."

"뭐, 그러시죠. 이 나라에서 사세요."

신사가 하룻밤을 자고 다음 날 아침 광장으로 나가 금화 한 자루와 종이 한 장을 펼쳐놓고 말했다.

"여러분들은 마치 밥만 먹고 잠만 자는 돼지처럼 사시는군요. 어떻게 살아야 할지 내가 가르쳐드리리다. 여기 이 설계대로 건물을 지으시오. 여러분은 일을 하시고, 나는 어떻게 해야 할지 가르쳐드리고, 또 이 금화로 보수를 지불하겠소."

그러면서 바보 백성들에게 금화를 보여주었다. 바보들이 입을 쩍 벌렸다. 바보들은 돈 같은 건 갖고 있지 않았으며, 서로 물건을 바꾸거나 물건에 대하여 노동으로 보상하면서 살고 있었기 때문이다. 그러니 금화를 보고 놀랄 수밖에 없었다.

"아주 멋진 물건인데!" 하고 그들은 말했다.

그들은 금화를 받고 이 신사에게 물건들을 내주거나 일을 해주기 시작했다. 늙은 악마는 타라스한테 갔을 때 그랬던 것처럼 금화를 계속 찍어냈다. 늙은 악마는 기뻤다.

'드디어 내 일이 자리를 잡기 시작했어! 이젠 타라스를 망하게 만든 것처럼 저 바보를 망하게 만들 수 있겠어. 저놈과 저놈 나라의 떨거지들을 내가 깡그리 사버려야지.'

바보들은 금화를 가져다가 여자들에게 목걸이를 만들라고 줬고, 처녀들은 땋은 머리에 장식으로 썼다. 남자 아이들은 길거리에서 금화를 갖고 놀았다. 모두들 충분히 갖게 되자 더는 안 가지려 했다. 신사의 건물은 아직 반밖에 안 지어졌고, 먹고 쓸 곡식과 가축이 1년 치도 쌓이지 않은 상태였다. 그래서 신사는 자기한테 일하러 오라고, 곡식과 가축을 가지고 오라고, 가지고 온 모든 물건들과 모든 노동에 대하여 많은 금화를 주겠노라고 계속 공고를 내는 중이었다. 그런데 아무도 일하러 오지 않고, 아무것도 가지고 오지 않았다. 어린이가 와서 달걀을 금화로 바꾸는 일이 종종 있을까, 그 외에는 아무도 오지 않았다. 그러다보니 그에게는 먹을 것이 남지 않게 되었다. 신사는 허기가 졌다. 마을을 돌면서 먹을 것을 좀 사려고 했다. 한 농장에 들어가서 닭을 사려고 금화를 냈더니 여주인이 안 받는다고 했다.

"안 그래도 많은데 뭘."

혼자 사는 여자의 집에 가 청어를 좀 살까 하여 금화를 내밀었더니 여자가 말했다.

"미안하지만 이런 거 필요 없어요. 내가 아이들이 없어서, 이런 걸 갖고 놀 만한 사람이 없거든요. 그래도 그거 세 개는 벌써 갖고 있죠. 진기한 물건인 것 같아서."

빵을 사기 위해 농부의 집에 갔는데 농부도 금화를 안 받는다고 했다.

"나한텐 필요 없어요. 하지만 그리스도의 마음을 닮아야 되니 빵은 드리지요. 잠깐 기다리세요. 마누라한테 빵을 좀 갖다드리라고 할게요."

악마는 자기가 등장하는 욕을 한번 내뱉고 농부 집을 떠났다. 그리스도의 마음을 닮기 위해 주는 뭔가를 받는다는 건 악마로서 상상도 할 수 없는 일인 데다가, 그리스도라는 말 한마디를 듣는 것만으로도 칼을 맞는 느낌이었다.

아무튼 악마는 빵을 얻지 못했다. 금화를 더 갖겠다는 사람은 없었다. 늙은 악마가 어디를 가든 돈을 받고서 뭘 준다는 사람은 없었다. 모두 이렇게만 말했다.

"우린 그런 거 필요 없어요. 세금 내는 것도 없는데 금화를 어디다 쓰게요?"

늙은 악마는 저녁을 못 먹고 잠자리에 누웠다.

바보 이반이 백성들의 말을 듣고 상황을 알게 되었다. 백성들이 와서 이렇게 말한 것이다.

"우리 어떡해야 되나요? 멋쟁이 신사가 한 명 나타났어요. 맛있는 음식도 좋아하고 멋을 내서 옷 입는 것도 좋아하는데 일하는 건 싫어해요. 그리스도의 마음으로 뭘 주십사 부탁하는 적도 없고 만날 금으로 된 것들만 준다고 해요. 우리가 그걸 충분히 가질 때까진 그 사람한테 뭔가를 줘왔는데, 이제 더 이상 그 사람한테 뭘 주는 사람이 없어요. 그 사람 어떻게 해야 되나요? 굶어 죽진 말아야 할 텐데."

이반이 다 듣고 나서 말했다.

"뭐 어쩌겠어? 먹여 살려야지. 그 사람보고 사람들 집에 두루 다니면서 얻어먹으라고 해."

늙은 악마는 별수 없이 이 집 저 집을 다니게 됐다. 이반의 집에 갈 차례가 됐다. 늙은 악마는 이반 집 벙어리 처녀가 차려주는 밥을 먹으러 왔다. 보통은 사람들이 그녀에게서 밥을 얻어먹을 때, 게으른 사람들이 일도 안 하고 먼저 와서 밥을 다 먹어버리는 적이 많았다. 그래서 그녀는 꾀를 하나 냈다. 먹으러 온 사람이 일을 했는지 안 했는지 손을 보고 구별하는 것이었다. 손에 굳은살이 박였으면 식탁에 앉히고, 굳은살이 안 박였으면 남이 먹다 남은 것만 주었다. 늙은 악마가 식탁에 앉으려 하자 벙어리 처녀가 그의 손을 잡아서 살펴보았다. 굳은살이 없었다. 손이 깨끗하고 매끈했다. 게다가 손톱이 길었다. 벙어리 처녀가 소 울음소리 비슷한 소리를 한 번 내고는 그를 식탁에서 쫓아냈다.

이반의 아내가 그에게 말했다.

"미안해요, 신사 양반, 우리 시누이가 손에 굳은살 없는 사람은 식탁에 못 앉게 해요. 조금만 기다리세요. 이분들이 드신 다음에 남은 게 있으면 그때 드시면 돼요."

늙은 악마는 토라졌다. 명색이 왕의 집인데 손님에게 돼지들 먹는 걸 준다고 하니 말이다. 그가 이반에게 가서 말했다.

"이 나라 법은 진짜 바보 같네요. 아니, 사람들이 다 손으로만 일한단 말이오? 왕이 바보 같으니 그딴 법을 만들지. 아니, 사람들이 다 손으로만 일한답디까? 똑똑한 사람들은 무엇으로 일한다고 생각해요?"

이반이 말했다.

"우리 같은 바보들이 그런 걸 어찌 알겠냐? 우린 그저 허리 구부리고 손으로 주로 일을 해."

"그건 댁들이 바보이기 때문이지! 내가 머리로 일하는 방법을 가르쳐드릴까? 머리로 일하는 게 손으로 일하는 것보다 얼마나 더 세련되고 말쑥한지 알게 될걸."

이반이 놀라서 말했다.

"아, 우리를 바보라고 하는 게 다 이유가 있었네!"

늙은 악마가 설명하기 시작했다.

"하지만 머리로 일하는 게 결코 쉽진 않지. 댁들이 나한테 먹을 걸 안 주는 게 내 손에 굳은살이 없기 때문이라지만, 머리로 일하는 게 백배는 더 어렵다는 사실은 알지 못하지. 어떤 때는 머리가 빠개지기도 한다니까!"

이반이 잠시 생각하다가 말했다.

"불쌍하기도 하지. 왜 그렇게 힘들게 살아? 그래, 머리가 빠개진단 말이지? 그럼 좀 더 쉬운 일을 하지 그래? 허리 구부리고 손으로 일하는 게 더 쉽잖아."

악마가 말했다.

"댁들 같은 바보들이 불쌍해서 내가 이렇게 힘들게 사는 거요. 내가 힘들게 살지 않으면 댁들은 백날 바보일 수밖에 없을걸. 하지만 내가 머리로 일을 했으니, 이젠 댁들을 가르칠 수 있소."

이반이 놀라서 말했다.

"가르쳐줘. 손이 지쳤을 때 머리로 대신하게."

악마가 가르쳐주겠다고 약속했다.

그래서 이반이 온 나라에 알렸다. 멋쟁이 신사가 머리로 일하는 방법을 모든 사람들에게 가르칠 것이고, 손으로 일하는 것보다 머리로 일하는 것이 더 큰 결과를 가져다준다니까 다들 배우러 오라고.

이반의 왕국에 높은 석탑이 있었는데, 거기까지 일직선으로 올라가는 층계가 있고 맨 위에는 사람이 설 수 있는 공간이 있었다. 사람들에게 잘 보이도록, 이반이 신사를 그곳으로 안내했다.

신사가 탑 위에 서서 말하기 시작했다. 바보들이 모여들었다. 바보들은 손을 쓰지 않고 머리로 어떻게 일을 하는지 신사가 실제로 보여줄 것이라고 생각했다. 그런데 신사, 즉 늙은 악마는 말로만 가르치는 것이었다. 일을 안 하고 어떻게 살 수 있는지를.

바보들은 하나도 이해하지 못했다. 계속 올려다보기만 하다가 각자 흩어져 자기 일들을 하러 갔다.

늙은 악마는 하루 종일 탑 위에 서 있었고, 그다음 날도 서서 계속 이야기를 했다. 그러다보니 배가 고팠다. 하지만 바보들이 탑 위로 빵을 갖다줘야 된다는 생각을 할 리가 없었다. 바보들은 만일 그가 손이 아니라 머리로 일을 더 잘할 수 있다면, 자기가 먹을 빵을 머리로 구하는 것은 식은 죽 먹기일 것이라고 생각했다. 늙은 악마는 이틀 동안 탑 위에 서서 계속 말을 했다. 한편 바보들은 한번 와서 잠시 보다가 가버렸다. 이반이 물었다.

"그래, 신사가 머리로 일을 하기 시작했나?"

"아직 일은 안 하던데요. 아직 말만 계속 하고 있어요."

늙은 악마는 탑 위에 하루를 더 서 있었다. 이젠 힘이 빠졌다. 갑자기 몸이 휘청하더니 머리를 기둥에 부딪혔다. 그것을 한 바보가 보고는 이반의 아내에게 말했고, 이반의 아내는 밭을 갈고 있는 남편에게 달려갔다.

"어서 가봐요. 신사가 머리로 일을 하기 시작했대요."

이반이 놀라서 "진짜야?" 했다.

말을 타고 탑으로 향했다. 탑에 이르니 늙은 악마는 이미 배고픔에 녹초가 되어 있었다. 비틀거리면서 머리를 기둥들에 탁탁 부딪히고 있었다. 이반이 가까이 가기가 무섭게 악마는 발을 헛딛고 넘어지면서, 마치 계단이 몇 개인가 세기라도 하듯 머리로 한 계단 한 계단 박아가며 떨어졌다.

이반이 말했다.

"멋쟁이 신사께서 거짓말을 한 게 아니었구먼. 이러다가 머리가 빠개지겠어. 이건 뭐 손에 굳은살 박이는 정도가 아닌데. 이렇게 일하다간 머리에 근육 생기겠어."

늙은 악마는 층계 밑으로 떨어지면서 땅에 머리가 처박혔다. 이반이 가까이 가서 그가 일을 얼마나 해놓았나 보려고 했더니, 갑자기 땅이 갈라지면서 늙은 악마가 땅 밑으로 꺼졌다. 구멍만 덩그러니 남았다. 이반이 몸을 긁적긁적 긁으며 말했다.

"어쭈, 이런 재수 없는 놈을 봤나! 또 그놈이었구먼! 몸집을 보아하니 저번 놈들의 두목 격이겠는걸!"

이반은 지금도 계속 살고 있고, 사람들이 자꾸만 그의 왕국으로 몰려든다. 형들도 그에게 왔고, 이반이 형들을 먹여 살리고 있다. 누군가가 와서 "우리 좀 먹여 살려줘" 하면, "뭐, 그러시든지. 여기서 사시죠. 여긴 다 풍족하니까요" 하고 말한다.

그의 왕국에는 단 한 가지 풍습이 있다. 손에 굳은살이 박인 사람은 식탁에 앉아 먹을 수 있고, 그렇지 않은 사람은 남들이 먹던 걸 먹는 풍습이다.

The best stories of
L. N. Tolstoy

사람에게는 얼마만큼의 땅이 필요한가

도시에 사는 언니가 시골에 사는 동생네 집에 왔다. 언니는 상인에게 시집가서 도시에 살고 있었고, 동생은 농부에게 시집가서 시골에 살고 있었다. 두 자매는 차를 마시며 대화를 나눴다. 언니가 자기의 도시 생활을 자랑하기 시작했다. 도시가 살기에 얼마나 널찍하고 깨끗한지, 아이들에게 어떤 옷을 입히는지, 어떤 맛있는 음식을 먹고 마시며 어디를 놀러 다니고 무슨 구경을 다니는지 이야기했다.

샘이 난 동생은 상인들의 삶이 얼마나 안 좋고 농민들의 삶이 얼마나 좋은지 늘어놓기 시작했다.

"아무리 그래도 난 여기 생활이 훨씬 나아. 좀 지루하다지만 그 대신 안정돼 있잖아. 도시 생활이 얼마나 세련됐는지는 몰라도, 상인들이 장사를 하다보면 돈을 많이 벌어 성공하거나 아니면 돈을 잃고 망하거나 둘 중 하나잖아. 속담에도 있지. '손해는 이익의 큰형님이다'라고. 오늘 돈 많던 사람이 내일은 창 밑에 앉아 구걸하게 될 수도 있는 거 아냐? 그에 비해 우리 농민들 삶에는 그런 게 없지. 농부의 배는 말랐어도 끈기가 있고, 부자는 못 될지언정 배불리 먹고살 수는 있어."

그러자 언니가 이렇게 말했다.

"배부름이 어떤 배부름인지가 문제지. 돼지들과 송아지들과 함께하는 배부름? 하하! 시설도 없고 드나듦도 없는 곳에서? 바깥양반이 뼈 빠지게 일을 해봤자 거름 더미 속에서 살다가 거름 더미 속에서 죽는 거야. 자식들도 똑같을 테고."

"그게 뭐 어때서? 우리 하는 일이 그래. 그 대신 든든하잖아. 누구한테 아부를 해야 하는 것도 아니고, 누구 앞에서 벌벌 떨어야 하는 것도 아니고 말이야. 도시 생활엔 유혹이 많아. 오늘은 잘살다가 내일은 재수 옴 붙을 수도 있는 거야. 언니 남편이 도박에 미칠지, 술에 미칠지, 여자에 미칠지 어떻게 알아? 그러면 이제 잿더미 위에 올라앉는 거지. 그렇게 되지 말라는 법 있어?"

이 집 바깥양반인 파콤이 난로 위 침상에 누워 있다가 여자들이 수다 떠는 것을 듣고 말했다.

"맞아, 맞는 말이야. 우리 형을 봐. 어릴 때부터 땅만 일구니까 잡생각은 머릿속에 들어오지도 않잖아. 땅이 좀 작은 게 흠이지. 땅만 크다면 난 무서울 게 없어. 도깨비도 무섭지 않다고!"

여자들이 차를 다 마시고 옷 얘기로 수다를 좀 더 떤 뒤에 찻잔을 치우고 잠자리에 들었다.

그런데 실은 이때 도깨비가 난로 뒤에 앉아서 이야기를

다 듣고 있었다. 농부가 자기 아내의 얘기에 장단을 맞추다가 '땅만 크다면 도깨비도 무섭지 않다'고 건방지게 말하는 걸 듣고 도깨비는 코웃음을 쳤다.

'그래, 어디 한번 보자. 내가 땅을 한번 크게 줘볼 테니 말이야. 바로 그 땅 때문에 넌 망하게 될 거야.'

■■■

한 귀족 여자가 농부들과 이웃하여 살고 있었다. 그녀에게는 땅이 120데샤티나(1데샤티나는 1만 제곱미터—옮긴이) 정도가 있었다. 그녀는 농부들과 잘 지내왔고, 농부들을 친절하게 대해줬다. 그러다가 퇴역 군인 한 사람이 그녀 대신 관리인으로 일하게 되었는데, 그가 농부들에게 벌금을 매겨서 농부들을 괴롭히기 시작했다. 파홈이 아무리 조심을 해도, 말이 귀리밭에 들어간다든지 암소가 정원에 들어간다든지 송아지들이 초원에 들어간다든지 하는 모든 일에 벌금을 물어야 했다.

벌금을 낸 날이면 파홈은 집안 식구들을 야단치고 때렸다. 여름 내내 이 관리인 때문에 파홈의 성격이 많이 못돼졌다. 전에는 집에 가축이 있다는 것만으로도 참 기뻐하곤 했는데 말이다. 사료 값은 들어도 마음은 든든하지 않았겠는가.

겨울이 되자 이 귀족 여자가 땅을 파는데, 큰길가에 사는 농장주가 살 거라는 소문이 돌았다. 농부들이 그 소문을 듣고 한숨을 쉬면서 생각했다.

'땅이 그 농장주 소유가 되면 귀족 여자보다도 벌금을 더 세게 물리겠지. 그렇다고 우리가 떠나서 살 수 있는 것도 아니고, 그저 이 땅에서 먹고살아야 되잖아.'

그리하여 농부들이 귀족 여자를 찾아와서 공손히 부탁했다. 땅을 농장주한테 팔지 말고 자기들한테 내달라고. 가격은 더 높이 쳐주겠다고. 귀족 여자가 그러겠다고 했다. 농부들은 그렇게 땅 전체를 다 살 생각이었다. 그래서 회의를 한다고 두 번쯤 모였는데 의견이 모아지지 않았다. 도깨비가 그들을 방해하며 의견을 분열시켜놓아서 합의가 안 되는 것이었다. 그래서 농부들은 각자가 살 수 있는 만큼 땅을 따로따로 사기로 했다. 귀족 여자가 그렇게 해도 된다고 했다. 파홈이 듣자 하니, 이웃 사람이 귀족 여자에게서 20데샤티나를 샀는데 귀족 여자가 땅값의 반을 몇 년간 나눠서 내도록 해줬다고 했다. 그 말을 듣고 샘이 난 파홈은 이렇게 생각했다.

'이러다 너도 나도 조금씩 사서 결국 땅 전체가 다 팔리겠군. 그럼 나만 거지 신세 되는 거 아냐?'

아내에게 어떻게 하면 좋겠느냐고 물었더니 아내가 말했다.

"다들 땅을 사는데 우리도 한 10데샤티나쯤은 사야 되는 거 아닌가? 안 그러면 살아갈 방법이 없잖아. 관리인이 벌금으로 다 쏙쏙 빼먹고 말이야."

파홈은 땅을 어떻게 살 수 있을지 방법을 찾기 시작했다. 땅 사는 데 쓸 수 있는 돈이 100루블 있었고, 말을 팔았고, 양봉을 하던 벌도 반만 남기고 팔았고, 아들을 품팔이로 넘겨 품삯을 선불로 받았고, 동서한테서도 돈을 빌렸다. 그랬더니 전체 대금의 반이 모였다.

돈을 모은 파홈이 땅을 살 지역을 선택했다. 임야 15데샤티나를 사기로 하고 귀족 여자와 흥정을 하러 갔다. 흥정을 잘 마치고 착수금을 줬다. 그러고 나서 시내로 나가 매매계약서를 작성하고, 총액의 반을 지불하고, 나머지 반은 앞으로 2년에 걸쳐 지불하겠다고 했다.

그렇게 해서 파홈은 땅을 소유하게 되었다. 그는 씨앗을 가져다가 사들인 땅에 뿌렸다. 식물이 잘 자랐다. 1년 만에 귀족 여자와 동서에게 빚을 갚았다. 이제 파홈은 지주였다. 자기 땅을 갈아 씨를 뿌리고 자기 땅에서 풀을 베고 자기 땅에서 나무를 하고 자기 땅에서 가축을 먹였다. 완전히 자기 것이 된 이 땅에서 그는 밭을 일구고, 새싹이 나는 것을 지켜보고, 풀밭을 지켜보았다. 아무리 오래 보아도 기쁘기만 했다. 자기 땅에서 나는 것은 풀 한 포기라도, 꽃 한 송이라도 왠지 특별해 보였다. 전에도 이 지역을 지나다니곤 했지만 지금은 이 땅이 완전히 특별한 의미를 갖게 되었다.

■■■

파콤은 그렇게 살면서 기쁨을 누렸다. 다 좋았지만, 다만 다른 농부들이 파콤의 경지와 풀밭을 침해하는 일이 생겼다. 아무리 인간적으로 부탁을 해도 막무가내였다. 목동들이 소들을 풀밭에 들어가게 놓아두는가 하면, 야간에 풀을 뜯던 말들이 곡식이 자라는 밭에 들어가기도 했다. 파콤은 쫓아내기만 하고 다 용서해줬다. 이런 일로 재판을 신청하진 않았다. 그러나 참다 참다 도저히 안 되겠어서 지방법원에 소송을 냈다. 파콤은 농부들이 갖고 있는 땅이 좁아서 가축들이 어쩌다 그의 땅으로 넘어오는 것이 아니라, 농부들이 고의로 가축을 그의 땅에 들여보낸다는 것을 알고 '봐주면 안 돼. 내 땅을 다 망쳐버릴 거야. 혼을 좀 내줘야 돼' 하고 생각했다.

그래서 재판을 통해서 한두 번 혼을 내고, 한두 명이 벌금형을 받도록 했다. 그러자 그 농부들이 파콤한테 독을 품게 되었다. 한번은 일부러 보란 듯이 침입을 했다. 어떤 사람이 밤중에 임지에 들어가서 인피섬유를 얻으려고 피나무 열 그루를 베었던 것이다. 파콤이 임지를 돌다보니 뭔가 허연 게 보였다. 가까이 가보니 껍질이 벗겨진 피나무들이 뒹굴고 있고 그루터기들이 드러나 있었다. 베려면 숲 가장자리에 있는 것이나 벨 일이지, 그래도 하나 정도는 남겨둘 일이지, 어떤 망할 놈이 남김없이 베어버렸다. 파콤은 분노가

이글이글 타올랐다.

'누가 한 짓인지 알아내기만 하면 꼭 그대로 갚아주겠다!'

파콤은 과연 누구 짓일지 머리를 막 굴려보았다.

'세몬 말고는 이런 짓을 할 놈이 없어.'

세몬의 농장에 가서 여기저기 뒤져보았다. 아무것도 찾아내지 못하고 욕만 먹었다. 그럴수록 파콤은 더욱더 세몬의 짓이라는 확신이 들었다. 소송을 걸고 재판에 출두했다. 여러 번의 재판을 거쳐 결국 세몬은 무죄로 판명되었다. 증거가 없다는 것이었다. 파콤은 화가 치밀어서 장로와 판사들에게 대들었다.

"당신들 지금 도둑놈 편을 드는 거야? 당신들 스스로가 정직하게 사는 사람들이라면 과연 도둑놈을 무죄라고 했을까?"

결과적으로 파콤은 판사들과도 이웃들과도 관계가 나빠졌다. 집에 불을 질러버리겠다는 위협까지 당하는 처지가 되었다. 가진 땅은 넓었지만 인간관계는 각박해졌다.

그 무렵, 사람들이 새로운 곳으로 이사를 간다는 소문이 돌았다. 파콤은 생각했다.

'나는 내 땅을 떠날 이유가 없고, 사람들이 다른 데로 가면 여긴 더 널찍해지겠구먼. 그 사람들 땅을 내가 사면 되겠네. 땅이 더 넓어지면 살기도 더 좋아질 거고 말이야. 이건 뭐 부대끼느라고 살 수가 있어야지!'

한번은 파콤이 집에 있을 때, 지나가던 나그네 한 사람이 그의 집에 들렀다. 파홈은 그에게 잠자리를 마련해주고 먹을 것도 주었다. 어디서 오는 길이냐고 물어봤더니, 아래 지방 볼가 강 너머에서 일을 하다가 오는 길이라 했다. 나그네는 사람들이 그쪽 지방으로 이주하고 있다는 이야기를 꺼냈다. 자기 고향 사람들이 그쪽 지방에 눌러앉아 살게 되었고, 한 사람당 10데샤티나씩 배당받았다고 했다.

"거기 토질이 어떤지 알아요? 호밀씨를 뿌리기만 하면 당장 줄기가 나와요. 말을 써서 밭을 가는 것도 아닌데 빽빽하게 자란다고요. 씨앗 다섯 줌 뿌리잖아요? 그러면 한 단이 나와요. 어떤 사람은 가난해서 맨손으로 왔는데 지금은 말이 여섯 마리에다 소가 두 마리나 돼요."

파홈은 흥분해서 생각했다.

'그럼 여기서 이렇게 허접스럽게 살 게 뭐 있어? 잘살 수 있는 방법이 있는데 말이야. 여기 땅하고 집을 팔아가지고 그 돈으로 거기 가서 자리 잡고 일하면 되겠네. 여긴 영 비좁아서 사람들끼리 아웅다웅 골치 썩는 일이 많았잖아!'

여름이 오자 파홈은 짐을 챙겨서 떠났다. 배를 타고 볼가 강 하류를 향해 사마라까지 간 다음 400베르스타(1베르스타는 약 1킬로미터—옮긴이)쯤을 걸어서 결국 도착했다. 와서 보니 과연 듣던 대로였다. 사람들이 다 널찍널찍하게 살고 있었다. 한 사람당 10데샤티나씩을 배당받은 것이다. 그리고 새로 오는 사람들을 흔쾌히 맞아주는 분위기였다. 또 배당받은 것 말고도 3루블만 있으면 좋은 땅을 얼마든지 살 수 있었다.

파콤은 알아볼 만큼 다 알아보고 나서 가을쯤에 집으로 돌아왔다. 그는 갖고 있는 것을 다 팔기 시작했다. 이익을 남겨 땅을 팔고, 집과 농장을 팔고, 가축도 다 팔고, 마을 조합에서 탈퇴하고, 봄이 되길 기다렸다가 가족과 함께 새로운 곳으로 떠났다.

■■■

파콤은 가족과 함께 새로운 곳에 와서 마을 조합에 입회를 신청했다. 나이 많은 어르신들에게 술도 대접하고 필요한 서류도 다 정리했다. 조합은 파콤을 받아들여서, 다섯 사람분의 땅, 곧 총 50데샤티나를 풀밭을 제외한 여러 군데에 다 배당해주었다. 파콤은 자리를 잡고 가축을 들였다. 그가 갖게 된 땅은 한 사람 몫부터가 전의 땅보다 세 배는 더 넓었다. 그리고 더 기름졌다. 전보다 열 배는 더 나은 생활을 하게 되었다. 경작지도 풀밭도 풍부하게 널려 있었다. 가축이 아무리 많아도 괜찮을 정도였다.

파콤은 자리를 잡고 일을 시작한 이곳이 처음에는 아주 좋기만 했다. 하지만 좀 지내고 나니 이 땅도 좁게 느껴졌다. 첫해에 파콤은 배당받은 땅에다 밀을 심어서 좋은 수확을 보았다. 밀 씨뿌리기에 재미를 붙이고 나니까 배당받은 땅이 작고 적합하지 않게 느껴졌다. 그 지방에서 밀은 보통 일구어진 적이 없는 땅이나 오래 묵힌 땅에만 씨를 뿌렸다. 1~2년 씨를 뿌리고 나서는 나래새가 다시 자랄 때까지 그냥 가만히 뒀다. 그러한 땅을 갖고 싶어 하는 사람들이 많아서, 모든 사람들에게 다 돌아가지 않았다. 그래서 또 싸움이 일어나곤 했다. 돈이 많은 사람은 스스로 씨를 뿌리고 싶어 하고, 돈이 없는 사람은 상인들에게 넘겨서 세를 받았다. 파홈은 씨를 많이 뿌리고 싶었다. 다음 해에 상인을 찾아가 땅을 1년 기한으로 빌렸다. 씨뿌리기를 많이 했고, 많이 거둬들였다. 하지만 새 땅은 마을에서 멀기 때문에, 농작물을 15베르스타가 넘게 운반해 가야 하는 것이 흠이었다. 그런데 가만히 살펴보니 군내 상인들이 농장을 중심으로 작은 마을들을 이루어 살면서 부를 쌓고 있었다. 그걸 보고 파홈은 생각했다.

'나도 소유지를 마련해서 농장을 짓고 마을을 꾸며야겠는걸. 없는 게 없도록 말이야.'

그래서 파홈은 완전한 자기 소유의 땅을 살 궁리를 하기 시작했다.

그러면서 3년이 흘렀다. 그는 빌린 땅에 밀씨를 뿌렸고 풍년 덕에 밀을 잘 거둬들였다. 그러면서 돈이 모였다. 계속 만족스럽게 살 수 있을지도 몰랐지만, 파홈은 매년 사람들에게서 땅을 사들이고 땅 때문에 사람들과 실랑이하는 것이 지겨웠다. 좋은 땅이 있으면 어느새 사람들이 우르르 몰려와서 야금야금 다 사버리기 때문에, 큰 땅을 한 번에 살 기회가 없었다. 그래서 씨를 뿌릴 곳이 없게 되는 것이다. 3년째 되던 해, 상인과 반반씩 돈을 내어 농부들에게서 풀밭을 사들여 다 일구어놓았더니 농부들이 소송을 걸어 그때까지 해놓은 게 다 쓸모없어져버렸다.

'내 개인 소유의 땅이 있으면 아무에게도 굽실거리지 않아도 되고 싸우는 일도 없을 텐데.'

그래서 파홈은 자기 소유의 땅을 어디서 살 수 있을지 알아보기 시작했다. 그러다가 한 사람을 알게 됐는데, 그는 100데샤티나짜리 땅을 다섯 군데에 사놓았다가 파산하여 그 땅을 싸게 판다고 했다. 파홈은 그와 친분을 트고 몇 번에 걸쳐 흥정을 하여 1,500루블에 합의를 보고, 그중 반은 나중에 주기로 했다. 그렇게 거래가 거의 끝날 즈음이었는데, 하루는 지나가던 상인이 파홈의 농장에 가축을 먹이러 들렀다. 그와 함께 차를 마시며 이야기를 나누게 됐다. 상인이 하는 말이, 자기가 바시키르 인들이 사는 먼 곳에서 오는 길이라 했다. 거기서 바시키르 인들한테서 5,000데샤티나쯤 되는 토지를 샀는데 다 해봐야 1,000루블밖에 안 들었다고 했다. 파홈이 어떻게 그렇게 살 수 있었는지 물었더니 상인이 말했다.

"노인들한테 잘 보인 것밖에 없어요. 가운, 양탄자를 100루블어치 돌렸고, 또 차 한 상자 주고, 술 마시는 노인들한테는 포도주를 대접했죠. 그랬더니 1데샤티나당 20코페이카씩에 살 수 있었어요."

그가 매매계약서를 보여주고는 계속 이야기했다.

"내를 끼고 있는 데다가 전부 일군 적 없는 땅이에요."

파홈이 더 자세히 캐물었더니 상인이 대답했다.

"거기 땅은 1년 걸려도 한 바퀴 다 못 돌아요. 그게 다 바시키르 인들 땅이에요. 근데 그 사람들이 좀 맹하기 때문에, 거의 공짜로 얻을 수 있어요."

그 말을 듣고 파홈은 생각했다.

'내가 내 돈 1,500루블로 500데샤티나밖에 못 사고 왜 빚까지 져야 해? 지금 이 사람이 말하는 곳에서 1,000루블에 땅을 얼마나 살 수 있는지 생각해보면, 그럴 이유가 전혀 없잖아.'

■■■

파홈은 그곳에 어떻게 하면 갈 수 있는지 자세히 물은 다음, 상인을 배웅하자마자 떠날 준비를 했다. 집을 아내에게 맡긴 채 일꾼을 한 명 데리고 길을 떠났다. 시내에 들어가 상인이 말해준 그대로 차 한 상자와 다른 선물들과 포도주를 샀다. 길을 가고 또 가서 500베르스타쯤 갔다. 7일째 되던 날, 바시키르 인들의 마을에 이르렀다. 상인이 말한 그대로였다. 그들은 모두 내가 흐르는 초원에, 펠트로 짠 원형 천막 안에서 살고 있었다. 밭을 일구지도 않고 곡식을 먹지도 않았다. 초원에는 말과 다른 가축 들이 떼를 지어 다녔다. 원형 천막 뒤쪽에는 망아지들이 매어져 있는데, 하루 두 번 암말들을 끌고 와서 망아지들에게 젖을 먹였다. 말 젖을 짜서 마유주(馬乳酒)를 빚었다. 여자들은 마유주를 흔들어 치즈를 만들고, 남자들은 마유주와 차를 마시고 양고기를 먹고 피리를 불었다. 다들 살이 올라 있고 떠들썩하며 여름 내내 명절인 듯했다. 교육을 받지 못했고 러시아 말을 모르지만 태도는 친절했다.

바시키르 인들은 파콤을 보자마자 원형 천막에서 나와 그를 삥 둘러섰다. 통역하는 사람이 한 명 있었다. 파콤이 그에게 땅 때문에 왔다고 말했다. 바시키르 인들이 반가워하면서 파콤을 부축하듯 하여 화려한 원형 천막 안으로 데리고 들어갔다. 양탄자 위에 깃털을 넣은 방석을 깔고 앉게 한 후 그를 삥 둘러앉아서 차와 마유주를 대접했다. 양을 잡아서 양고기도 대접했다. 파콤이 마차에서 꺼낸 선물들을 바시키르 인들한테 돌렸다. 그리고 차도 줬다. 그들은 기뻐했다. 자기들끼리 무슨 말을 잔뜩 하더니 통역하는 사람한테 전하라고 했다. 그러자 통역하는 사람이 이렇게 말했다.

"당신이 마음에 들었다는데. 우리는 손님을 즐겁게 해주고 손님한테 선물을 주는 풍습이 있다고 말하래. 당신이 우리한테 선물을 줬으니까, 이제 말해봐. 우리한테 있는 것 중에서 뭐가 갖고 싶어? 뭘로 보답할까?"

파콤이 말했다.

"내가 무엇보다 갖고 싶은 건 여러분들의 땅이에요. 우리 사는 곳엔 땅이 얼마 없어요. 게다가 이미 경작했던 땅이에요. 여러분들은 땅이 많은 데다 좋은 땅이기도 하네요. 이런 땅은 본 적이 없어요."

통역하는 사람이 그의 말을 전했다. 그걸 듣더니 바시키르 인들이 자기들끼리 계속 뭐라고 말했다. 파콤은 무슨 말인지는 못 알아들었지만 다들 기분이 좋은 것 같다고 느꼈다. 그들은 큰 소리로 떠들고 웃고 하다가 말을 멈추고 파콤을 쳐다봤다. 그때 통역하는 사람이 말했다.

"어떤 사람들은 땅 문제를 반드시 족장하고 의논해야 된다고 하고, 또 어떤 사람들은 안 그래도 된다고 하네."

■■■

바시키르 인들은 계속 논쟁을 하다가, 여우 털 모자를 쓴 사람이 나타나자 갑자기 모두 말을 멈추고 일어섰다. 통역하는 사람이 말했다.

"저분이 바로 족장님이셔."

파콤은 가장 좋은 가운과 거의 네 근쯤 되는 차를 족장에게 바쳤다. 족장은 선물을 받고 나서 상석에 앉았다. 그러자 바시키르 인들이 족장에게 말하기 시작했다. 계속 듣고 있던 족장이 다들 조용히 하라는 뜻으로 고개를 까딱하고는 파콤에게 러시아 말로 이야기하기 시작했다.

"그렇다면 좋다. 가져라. 땅은 많으니까, 맘에 드는 곳을 가져라."

파콤은 생각했다.

'내가 갖고 싶은 만큼 갖는 건 좋지만, 무슨 증표가 있어야 할 것 아닌가? 내 땅이라 말해놓고 나중에 도로 빼앗으면 어떡해?'

"친절하게 허락해주셔서 감사합니다. 여기는 땅이 아주 많지만, 저한테는 조금만 있으면 됩니다. 다만, 어디서부터 어디까지가 제 땅이 될 것인지 알고 싶습니다. 어떻게든 측량을 해서 제 땅이라고 표시를 해야 하지 않겠습니까? 죽고 사는 건 신께 달렸습니다. 마음씨 좋으신 여러분들이 저한테 땅을 주셔도, 여러분들이 돌아가신 후 여러분들의 자식들은 저한테서 땅을 빼앗을지도 모르지 않습니까?"

족장이 말했다.

"네 말이 맞다. 표시를 할 수 있다."

파콤이 말했다.

"상인 한 명이 여기 왔었다고 들었습니다. 그 상인한테 땅을 파시고 매매계약서를 써주셨듯이, 저한테도 그렇게 해주시면 좋겠습니다."

족장이 그 말을 이해하고 말했다.

"그렇게 할 수 있다. 우리한테 서기도 있고, 도시에 가서 필요한 도장을 찍을 수도 있다."

"가격은 어떻게 되는지요?"

"가격은 한 가지다. 하루에 1,000루블."

파홈이 무슨 말인지 몰라서 다시 물었다.

"하루라는 게 무슨 단위입니까? 하루 안에 몇 데샤티나가 포함되는 건데요?"

"우리는 그런 거 모른다. 그냥 하루 단위로 파는 거다. 네가 하루 동안 걸어서 한 바퀴 도는 만큼 네 땅이 되는 거다. 가격은 하루에 1,000루블이다."

파홈이 놀라서 말했다.

"아니, 하루 동안 걸어서 한 바퀴 도는 만큼이라면 대단히 넓은 땅이 될 텐데요."

족장이 웃음을 터뜨리고 말했다.

"그래! 그거 다 네 땅 해라! 단, 조건이 있다. 걷기 시작한 지점으로 되돌아오지 못하면 넌 돈을 그냥 날리게 된다."

"제가 걸어간 길을 어떻게 표시하면 되는데요?"

"네가 고른 장소에 우리가 서 있을 거다. 넌 걸어서 한 바퀴 돌면 되는 거다. 삽을 가지고 가서 필요한 곳에 표시를 해라. 네가 방향을 바꾸는 곳마다 구멍을 파고 장갑을 놔둬라. 나중에 구멍과 구멍 사이를 쟁기로 파서 경계를 삼을 거다. 네가 얼마나 크게 한 바퀴를 도느냐에 따라서 네가 가질 땅의 크기가 정해지는 거다. 단, 해가 지기 전까지 시작 지점으로 돌아와야 된다. 네가 한 바퀴 뻥 도는 땅이 네 땅이 될 거다."

파콤은 기뻤다. 다음 날 이른 아침에 출발하기로 했다. 이야기를 더 나누고 마유주를 마시고 양고기를 먹고 차를 마시니 밤이 되었다. 바시키르 인들이 파콤을 새털 요에 눕게 한 뒤, 각자 자러 갔다. 날이 채 밝지 않았을 때 모여서 해가 뜨기 전까지 시작 지점으로 나가기로 했다.

파콤은 새털 요에 누워 잠을 청했지만 잠이 오지 않았다. 머릿속에 땅 생각만 계속 맴돌았다.

'땅을 크게 한 바퀴 돌아야지. 하루에 50베르스타 정도는 걸을 수 있을 거야. 지금은 해가 긴 때니까. 그 정도 걸으면 충분한 땅이 나올 거야. 그중에서 별로 안 좋은 땅은 팔거나 소작농을 들이고, 좋은 땅은 내가 갖고 거기다 집을 지어야지. 쟁기 두 개를 끌 만큼 황소를 사들이고, 일꾼을 두 명쯤 고용해야지. 50데샤티나 정도 경작하고 나머지 땅에는 가축들을 풀어놔야지.'

파콤은 밤새 한잠도 못 자다가 날이 밝기 직전 깜빡 잠이 들었다. 꿈에서도 그는 바로 이 원형 천막에 누워 있었다. 그런데 밖에서 누가 큰 소리로 웃는 게 들렸다. 누가 저렇게 웃는지 보고 싶어졌다. 그래서 일어나 천막을 나가보니, 바로 그 바시키르 인들의 족장이 천막 앞에서 양팔로 배를 움켜쥐고 데굴데굴 구르며 웃고 있었다. 가까이 가서 물었다.

"뭐가 그렇게 우스워요?"

가만히 보니 그 사람은 족장이 아니라, 얼마 전 그의 집에 들러 땅 얘기를 해줬던 상인이다. 상인에게 "여긴 언제 또 왔소?" 하고 묻고 보니, 상인이 아니라 그전에 아래 지방에서 왔다며 들렀던 나그네다. 또다시 보니 나그네가 아니고 악마다. 뿔이 달리고 발굽이 있는 악마가 앉아서 껄껄 웃고 있다. 그 앞에 윗옷과 바지를 입은 웬 사람이 맨발로 엎어져 있다. 파홈은 그게 누군지 자세히 살펴보았다. 그 사람은 죽어 있었다. 그런데 그건 바로 자기 자신이었다. 파홈은 화들짝 놀라 잠에서 깼다. '꿈에 뭔들 안 나오겠어?' 하고 넘겼다. 고개를 돌려보니 빠끔 열린 문 사이로 벌써 훤해지는 게 보였다. 날이 밝고 있는 것이다.

'사람들을 깨워야겠다. 갈 시간이다.'

파홈은 일어나서 마차에서 자고 있는 일꾼을 깨웠다. 일꾼에게 말을 마차에 매라고 시켜 바시키르 인들을 깨우러 갔다.

"땅 경계 정하러 초원으로 나갈 시간입니다."

바시키르 인들이 하나둘 일어나서 다 모였다. 족장도 왔다. 그들이 또 마유주를 마시고 파홈에게 차를 대접하려고 했으나 파홈은 시간이 아까웠다.

"시간이 다 됐으니 지금 움직이죠."

바시키르 인들이 갈 준비를 마치고, 어떤 이들은 말에 올라타고 어떤 이들은 마차를 타고 길을 떠났다. 파홈은 일꾼과 함께 자기 마차를 타고 갔다. 삽도 가지고 갔다. 초원에 이르니 아침노을이 번져 있었다. 작게 솟아오른 산 위에 올랐다. 이 산을 바시키르 말로 '시한'이라고 했다. 마차와 말에서 내린 사람들이 한데 모였다. 족장이 파홈에게 가까이 와서 땅을 손으로 가리키며 말했다.

"저기 보이는 모든 땅이 우리 거다. 어디든 고르면 된다."

파홈의 눈이 불타올랐다. 저 땅이 다 처녀지인 것이다. 평평하기가 손바닥 같고, 시커멓기가 양귀비씨 같고, 완만히 경사진 계곡에는 높이가 가슴까지 오는 풀들이 자라고 있었다.

족장이 여우 털 모자를 벗어 땅에 내려놓았다.

"이걸 표지로 삼자. 여기서 출발해서 여기로 돌아와라. 한 바퀴 도는 그 땅이 다 네 것이 될 것이다."

파홈이 돈을 꺼내 모자에 넣었다. 긴 외투를 벗고 간편한 겉옷만 입은 채 배 밑으로 띠를 꽉 졸라맸다. 빵이 든 주머니를 품에 넣고 물병을 띠에 매달고 장화 끈을 조여 맸다. 일꾼한테서 삽을 건네받아 갈 준비를 마쳤다. 어느 방향으로 갈까 생각해봤다. 어디든 좋을 것 같았다.

'다 마찬가지네. 해가 뜨는 쪽으로 가볼까?'

파콤은 해가 뜨는 쪽으로 돌아서서 몸을 좀 풀고, 태양이 지평선에서 모습을 드러내기를 기다렸다.

'시간을 헛되이 쓰지 말아야지. 선선할 때 걷기가 좋을 테니까.'

태양 광선이 지평선 너머로부터 새어나오자마자 파콤은 삽을 어깨에 짊어지고 초원으로 발을 디뎠다.

파콤은 그리 느리지도 빠르지도 않게 걸었다. 1베르스타를 조금 덜 가서 멈춰 구멍을 파고 장갑을 포개어놓았다. 그리고 다시 길을 갔다. 몸을 좀 풀고 걸음을 빨리하기 시작했다. 좀 걷다가 다시 구멍을 팠다.

파콤이 뒤돌아보니 태양빛에 산이 잘 드러나 보였다. 사람들이 서 있고, 마차 바퀴의 쇠가 번득였다. 5베르스타는 온 것 같았다. 몸에 온기가 오르기 시작했다. 겉옷을 벗어서 어깨에 걸치고 계속 갔다. 5베르스타쯤을 더 갔다. 이젠 아주 따뜻해졌다. 태양을 쳐다보니 아무래도 아침 먹을 시간이 된 것 같았다.

'쉴 때가 된 것 같긴 하지만, 세 번만 쉬는 걸로 하자. 방향을 틀기엔 아직 이르지. 신발만 벗어야지.'

파콤은 앉아서 장화를 벗어 띠에 매달고 계속 갔다. 걷기가 더 편해졌다.

'5베르스타쯤 더 가서 왼쪽으로 돌자. 아주 좋은 땅이라 놓치기 아까워. 멀리 갈수록 좋지.'

파콤은 계속 직진했다. 뒤돌아보니 산이 겨우 보이고, 산 위의 사람들은 마치 개미 새끼들처럼 작고 까맣게 보였으며, 무언가 약간씩 번쩍이기도 했다.

'이 방향으로는 충분히 왔어. 이제 돌아야 돼. 땀을 많이 흘렸더니 목이 마르구먼.'

멈춰 서서 구멍을 크게 파고 장갑을 놨다. 물병을 끌러 물을 실컷 마시고 왼쪽으로 방향을 틀었다. 계속 가다보니 키 큰 풀들이 자라는 곳에 이르렀다. 아주 더워졌다.

파홈은 지치기 시작했다. 태양을 쳐다보았더니 마침 점심시간이었다. '좀 쉬어야겠어' 생각하고 파홈은 쪼그려 앉았다. 빵과 물을 조금 먹었다. 하지만 눕지는 않았다. 누우면 잠들 것 같았기 때문이다. 조금 앉아 있다가 다시 길을 재촉했다. 처음엔 걷기가 괜찮았다. 음식을 먹으니 힘이 좀 났던 것이다. 그러나 너무 더웠고, 자꾸만 잠이 왔다. 그래도 계속 걸었다. 앞으로의 긴 삶을 위해 조금만 참고 견디자는 생각으로 걸었다.

계속 걷다가 이 방향으로도 충분히 왔다 싶어 왼쪽으로 꺾으려고 보니, 조금 떨어진 곳에 시원한 계곡이 보였다. 저걸 놓친다고 생각하니 아까웠다. '여기엔 아마를 심으면 잘 될 거야' 하고 계속 앞으로 갔다. 계곡을 다 지나 구멍을 파고서 두 번째로 방향을 틀었다. 출발 지점인 산 쪽을 쳐다보았다. 더운 기운 때문에 뿌옇게 보였다. 공중에 아지랑이 같은 것이 아른아른하고, 연무 너머로 산 위의 사람들이 아득하게 눈에 들어왔다. 15베르스타는 족히 될 것 같았다.

'충분히 많이 왔으니까 이번 방향은 좀 짧게 잡아야겠다.'

파콤은 사각형의 세 번째 변을 잇기 시작했다. 걸음을 좀 빨리했다. 태양을 보니 벌써 낮과 저녁의 중간쯤 위치에 와 있었다. 그런데 세 번째 변에서는 이제 2베르스타 조금 못 되게 걸었을 뿐이었다. 도착 지점까지는 계속 15베르스타 넘게 남아 있었다.

'안 되겠다. 비뚤어진 땅이 돼도 할 수 없으니 지금부터는 직선으로 이동해야겠어. 더 많이 갖고 싶지만 할 수 없지. 뭐, 이 정도면 충분히 큰 땅이기도 하고.'

파콤은 재빨리 구멍을 파고 나서 산을 정면으로 보도록 방향을 틀었다.

파콤이 똑바로 산 쪽을 향해 가기 시작했다. 이미 걷기가 힘들어졌다. 진이 빠질 대로 빠졌고, 신발을 신지 않아 발이 많이 째지고 멍들었으며 다리가 흐느적거렸다. 쉬고 싶은데 쉴 수는 없었다. 해 질 때까지 도착하지 못하면 어떡한단 말인가? 해는 기다려주지 않는다. 계속 밑으로, 밑으로 내려가고 있었다.

'내가 잘못했나? 지나치게 많이 가지려 한 걸까? 만약 시간 안에 못 가면 어쩌지?'

앞쪽의 산을 쳐다보고 태양을 쳐다보았다. 가야 할 길은 먼데, 태양은 지평선에서 그리 멀지 않았다.

파콤은 계속 걸었다. 힘들지만 발걸음을 재촉할 수밖에 없었다. 걷고 또 걷는데도 아직 까마득했다. 거의 뛰다시피 빠른 걸음으로 걷기 시작했다. 겉옷을 내던지고, 장화, 물병, 모자를 던져버렸다. 삽만 들고서, 그걸로 땅을 짚어가며 걸었다.

'어휴, 내가 욕심을 너무 부렸어. 일을 다 망쳐버렸네. 해 질 때까지 못 갈 거 같아.'

이런 생각을 하자 겁이 더럭 나서 마음이 더 조마조마해졌다. 파콤은 달리기 시작했다. 윗옷과 바지가 땀에 젖어 몸에 달라붙고, 입안은 바싹 말랐다. 가슴속에서는 허풍선이 부푸는 듯하고 심장은 쿵쾅쿵쾅하며 다리는 내 다리 같지 않게 자꾸만 주저앉으려 했다. 파콤은 어쩔 줄 몰랐다. '몸에 무리가 와서 죽는 거 아닐까?' 하는 생각이 들었다.

죽을지도 모른다고 생각하면서도 멈출 수는 없었다.

'이렇게 계속 뛰어왔는데 지금 와서 멈춰버린다면 분명히 바보 소리를 들을 거야.'

달리고 또 달렸다. 이미 꽤 가까이 왔다. 바시키르 인들이 빽빽 소리치는 게 들렸다. 그 소리를 들으니 가슴이 더욱더 쿵쾅거렸다. 그는 젖 먹던 힘을 다하여 달렸다. 태양은 이미 지평선에 가까워져서 안개 너머로 더욱 크고 빨갛게 보였다. 핏빛이었다. 이제 곧 꼴딱 넘어가리라. 태양이 가까웠다. 도착 지점까지도 이제 그리 멀지 않았다. 산 위에서 사람들이 파콤에게 손을 흔드는 것이 보였다. 빨리 오라고 재촉하는 것이다. 땅에 놓인 여우 털 모자가 보이고, 거기에 있는 돈이 보였다. 족장도 보였다. 불룩한 배를 손으로 잡고 땅바닥에 앉아 있었다. 그 순간 전날 꿨던 꿈이 기억나면서 이런 생각이 들었다.

'땅은 많다. 하지만 그 땅에 살도록 신이 허락하실까? 젠장, 내가 일을 그르쳤어. 끝까지 못 갈 거 같아.'

파콤이 태양으로 눈을 돌렸더니 태양이 땅에 닿아 있었다. 아래쪽이 지평선 너머로 넘어가기 시작했기 때문에 궁형으로 잘려 보였다. 파콤은 마지막으로 남은 힘을 짜냈다. 상체가 앞으로 기울어지고, 엎어지기 직전에 다리가 겨우 겨우 좇아 들어오는 식이었다. 파콤이 산에 이르렀을 때 갑자기 주위가 캄캄해졌다. 고개를 돌려보니, 태양은 이미 진 뒤였다. 파콤의 마음이 무너져 내렸다. '여태까지 쏟아부은 노력이 다 허사가 됐구나!' 싶어 멈추려는데, 아직까지 바시키르 인들이 계속 소리치는 것이 들렸다. 밑에 있는 사람이 보기엔 해가 이미 졌지만 산 위에서 보면 아직 지지 않은 건지도 모른다는 생각이 들었다. 파콤은 숨을 훅 들이쉬고 산 위로 달려 올라갔다. 산 위는 아직 환했다. 파콤의 눈에 모자가 보였다. 모자 앞에 족장이 앉아서 껄껄 웃고 있었다. 팔로 자기 배를 부여잡고서. 파콤은 꿈을 기억해내고 외마디 신음과 함께 손으로 모자를 짚으면서 앞으로 고꾸라졌다.

“야, 너 정말 대단하다! 엄청난 땅을 손에 넣었구나!” 하고 족장이 소리쳤다.

파콤의 일꾼이 달려와 그를 일으키려 했다. 하지만 그의 입에서 피가 흐르고 있었다. 고꾸라져 죽은 것이다.

바시키르 인들이 혀를 끌끌 차면서 안됐다고 했다.

일꾼이 삽을 집어 파콤의 묘를 파주었다. 발끝에서 머리끝까지 들어가도록 땅을 팠다. 한 길이었다. 거기에 그를 묻었다.

대자(代子)*

* 세례 · 견진 성사를 받을 때, 신친(神親) 관계를 맺는 피후견인의 남자.

또 눈은 눈으로, 이는 이로 갚으라 하였다는 것을 너희가 들었으나, 나는 너희에게 이르노니, 악한 자를 대적치 말라.(마태복음 5:38—39)

원수 갚는 것이 내게 있으니, 내가 갚으리라.(로마서 12:19)

한 가난한 농부에게서 아들이 태어났다. 농부는 기뻐하며 이웃 사람에게 아이의 대부가 되어달라고 했다. 이웃 사람은 거절했다. 가난한 농부 아들의 대부가 되기 싫었던 것이다. 가난한 농부는 다른 사람에게 갔지만 또 거절당했다.

온 마을을 다 돌아다녔지만 아무도 대부가 되어준다는 사람이 없었다. 농부는 다른 마을로 갔다.

가는 길에 맞은편에서 걸어오는 사람을 만났다. 그가 가던 길을 멈추고 물었다.

"안녕하신가, 농부 양반? 어디를 가시는 길인가?"

"주께서 나한테 자식을 주었네. 젊은 시절 보살피고 늙어서 위안이 되라고, 또 죽어서 영혼의 안녕을 빌어주라고 말일세. 하지만 내가 가난해서, 우리 마을에서는 아무도 아이의 대부가 되어준다는 사람이 없지 뭔가. 아이 대부가 되어줄 사람을 찾으러 가는 길일세."

맞은편에서 오던 사람이 말했다.

"내가 아이의 대부가 되면 안 되겠나?"

농부는 기뻐하며 그에게 고맙다고 하고 나서 말했다.

"그럼 대모가 될 만한 사람은 혹시 알고 있나?"

"상인의 딸을 대모로 삼게. 읍내에 가면 광장에 돌로 지은 집이 있네. 상점이 딸린 집일세. 입구에서 상인한테 부탁하게. 딸이 아이의 대모가 되게 해달라고."

농부가 픽 웃으며 말했다.

"이보게, 우리 아이 대부 될 사람아, 나보고 돈 많은 상인한테 가라고? 딸이 우리 아이 대모가 되게 해주기는커녕 날 본 척도 안 할 걸세."

"왜 미리 걱정을 하나? 가서 부탁해보게. 내가 내일 아침에 대부가 되러 갈 테니까 준비하고 있게."

가난한 농부는 발길을 돌려 집으로 갔다가 말을 몰고 읍내로 상인을 찾아갔다.

말을 마당에 매고 있을 때 상인이 나와서 물었다.

"뭐가 필요한가?"

“예, 상인 나리, 주께서 제게 자식을 주셨습니다. 젊은 시절 보살피고 늙어서 위안이 되라고, 또 죽어서 영혼의 안녕을 빌어주라고 말입니다. 따님이 우리 아이 대모가 되게 해 주십시오.”

“명명식이 언젠데?”

“내일 아침입니다.”

“그래, 알았네. 가보게. 내일 아침에 딸이 갈 걸세.”

다음 날 대모가 될 사람과 대부가 될 사람이 와서 아이의 명명식을 치렀다. 식이 끝나자마자 대부가 그 자리를 떠났기 때문에, 그가 누군지 아무도 몰랐다. 그때 이후로 아무도 그를 보지 못했다.

■■■

아이는 부모의 보살핌 속에서 잘 자랐다. 힘이 세고 일도 잘하고 똑똑하고 온순했다. 아이가 만 열 살이 되었을 때 부모가 아이를 학교에 보냈다. 다른 아이들이 5년 걸려 배울 것을 이 아이는 1년 만에 뗐다. 그래서 더 이상 배울 것이 없게 되었다.

성주간(聖週間)이 되었을 때 소년이 대모를 찾아가 부활절을 축하하는 세 번의 입맞춤을 하고 집으로 와서 물었다.

“아버지, 어머니, 제 대부는 어디 사세요? 대부도 찾아뵙고 부활절 인사를 드리고 싶은데."

아버지가 그에게 말했다.

"얘야, 우리는 네 대부가 어디 사는지 모른단다. 우리도 정말 알고 싶지만 말이야. 네 명명식이 끝난 이후로 쭉 네 대부를 못 봤단다. 소식도 모르고, 어디 사는지도 모르고, 살아 있는지조차 몰라."

아들이 아버지와 어머니께 절을 올리며 말했다.

"절 보내주세요, 아버지, 어머니. 제가 대부를 찾으러 갈래요. 찾아서 부활절 인사를 드리고 싶어요."

부모가 아들을 보내줬다. 그래서 소년은 대부를 찾으러 길을 나섰다.

소년이 집을 나와 길로 나섰다. 한나절을 걸으니 맞은편에서 사람이 한 명 걸어왔다.

오던 사람이 멈춰 서서 물었다.

"얘야, 어디를 가는 거냐?"

소년이 대답했다.

"대모님께 부활절 인사를 드리러 갔다가 집에 와서 부모님께 제 대부는 어디 사시냐고, 대부께도 부활절 인사를 드리고 싶다고 말씀드렸더니, 부모님께서 저에게, '얘야, 우리는 네 대부가 어디 사는지 모른다. 네 명명식이 끝나자마자 떠나버렸고, 소식도 모르고, 살아 있는지조차 모른다' 하고 말씀하셨어요. 저는 대부님을 뵙고 싶어서 이렇게 찾으러 가는 거예요."

그러자 오던 사람이 말했다.

"내가 네 대부란다."

소년이 기뻐서 대부와 부활절을 축하하는 세 번의 입맞춤을 하고 물었다.

"대부님, 이제 어디로 가실 건데요? 우리 집 쪽으로 가시는 거라면 우리 집엘 들르세요. 만일 댁으로 가시는 거라면 저도 함께 갈래요."

그러자 대부가 말했다.

"내가 지금 너희 집에 갈 여유가 없구나. 마을에 가볼 일이 있단다. 내가 내일 우리 집에 갈 거니까 그때 네가 우리 집에 오면 되겠다."

"대부님 댁을 어떻게 찾으면 되는데요?"

"해가 뜨는 방향으로 계속 가면 숲이 나올 텐데, 숲속에 빈터가 있을 거야. 그 빈터에 앉아 쉬면서, 거기서 일어나는 일을 지켜보아라. 숲에서 나오면 정원을 보게 될 테고, 정원 안에 지붕이 금으로 된 집이 있을 거야. 그게 우리 집이란다. 네가 대문 가까이 오면 내가 널 만나러 나가마."

대부는 그렇게 말하고 나서 대자의 시야에서 사라져버렸다.

■■■

소년은 대부가 일러준 대로 길을 갔다. 가고 또 가니 숲이 나왔다. 숲속의 빈터에 이르러서 보니 한가운데에 키 큰 소나무가 한 그루 서 있는데, 소나무 가지에 밧줄이 매여 있고, 80근이 족히 넘어 보이는 참나무 재질의 통나무 하나가 그 밧줄에 매달려 있었다. 통나무 밑에는 꿀이 든 구유가 놓여 있었다. 소년이 왜 꿀이 저기 있고 통나무가 매달려 있나 생각하는 순간 숲이 갈라지면서 곰들이 나타났다. 어미 곰이 앞장을 섰고, 그 뒤를 따라 생후 1년 된 새끼, 또 그 뒤로 작은 새끼 곰 세 마리가 나왔다. 어미 곰이 코를 킁킁대며 냄새를 맡더니 곧바로 구유 쪽으로 갔다. 새끼들은 그 뒤를 따라갔다. 어미 곰이 입을 꿀에 넣었다 빼더니 새끼들을 불렀다. 새끼 곰들이 달려와서 구유에 달라붙었다. 통나무가 약간 비켜났다가 돌아오면서 새끼 곰들을 툭 밀었다. 어미 곰이 그걸 보고 앞발로 통나무를 휙 치웠다. 통나무가 멀리 달아났다가 다시 돌아오면서, 새끼 곰들이 모여 있는 가운데를 쳤다. 한 새끼 곰은 등을 얻어맞고 다른 새끼 곰은 머리를 얻어맞았다. 새끼 곰들이 으르렁 소리를 내면서 흩어졌다. 어미 곰이 큰 소리로 울부짖으며 양발로 통나무를 잡고는 저 멀리 휙 보내버렸다. 통나무가 높이 솟아올랐다. 1년 된 새끼가 구유로 달려와 꿀에다 주둥이를 박아 넣고 쩝쩝거리며 먹었다. 다른 새끼들도 다가오기 시작했다. 새끼들이 다가오기가 무섭게 통나무가 다시 돌아오면서 1년 된 새끼의 머리를 정통으로 갈겼다. 새끼는 즉사했다. 어미 곰이 아까보다 더 큰 소리로 울부짖으며 통나무를 있는 힘껏 잡아 온힘을 다하여 날려 보냈다. 통나무가 그것이 묶여 있는 나뭇가지보다도 더 높이 솟아올랐다. 팽팽하던 밧줄이 곡선으로 구부러졌다. 어미 곰이 구유로 다가왔고, 새끼들도 그 뒤를 따랐다. 위로, 위로 솟아오르던 통나무가 허공에 잠시 멈추었다가 아래로 내려가기 시작했다. 내려갈수록 가속도가 붙었다. 엄청나게 속력이 붙은 통나무가 어미 곰의 머리를 때렸다. 빽 소리가 났다. 어미 곰은 나동그라져 다리를 버둥거리다가 숨을 거두었다. 새끼 곰들은 뿔뿔이 흩어졌다.

■■■

이 모습을 보고 놀란 소년은 다시 길을 떠났다. 커다란 정원에 이르렀다. 정원 안에 지붕이 금으로 된 높은 집이 있었다. 대문 앞에 대부가 서서 미소 짓고 있었다. 대부가 대자를 맞이하여 대문 안으로 들여보내 정원을 돌게 했다. 소년은 이 정원에서 풍기는 아름다움과 밝은 분위기를 꿈에서도 느껴본 적이 없었다.

대부가 소년을 방들로 안내했다. 방들은 더욱 화려했다.

대부가 방을 하나하나 보여줄 때마다 소년은 그 아름다움에 놀라고 또 놀랐다. 그러다가 봉인이 된 문 앞에 이르러서 대부가 말했다.

"이 문이 보이지? 이 문엔 자물쇠가 없단다. 봉인돼 있을 뿐이야. 그러니까 열 수는 있다. 하지만 열지 마라. 너는 네가 원하는 대로 어디서든 지내고 거닐며 모든 기쁨을 누릴 수 있지만, 단 한 가지 금지 사항이 있다면, 바로 이 문을 열고 들어가지 말라는 것이다. 그래도 만약 들어가게 된다면, 네가 숲에서 봤던 것을 기억해내라."

대부는 이 말을 하고 떠나버렸다. 대자 혼자 남아서 살기 시작했다. 그는 너무 즐겁고 기쁜 나머지 이곳에서 세 시간밖에 안 지냈다고 생각했는데, 사실은 30년이 흘러 있었다. 30년이 지났을 때 대자는 봉인된 문에 다가가서 생각했다.

'대부님이 왜 나보고 이 방에 들어가지 말라고 하신 거지? 한번 들어가서 봐야겠다, 여기 뭐가 있는지.'

문을 밀었더니 봉인이 떨어져 나가고 문이 열렸다. 대자가 들어가보니 다른 방들보다 더 크고 좋았다. 가운데에 금으로 된 왕좌가 있었다. 대자는 방을 이리저리 돌아보다가 계단을 올라서 왕좌에 앉아보았다. 앉아서 보니 왕좌 옆에 지팡이가 세워져 있었다. 대자는 지팡이를 손에 들었다. 그와 동시에 방의 벽 네 개가 한꺼번에 무너져 내렸다. 대자가 주위를 둘러보니 온 세상이 다 보이고 세상에서 사람들이 행하는 일들이 다 보였다. 똑바로 앞을 보니 바다가 있고 배들이 항해하고 있었다. 오른쪽을 보니 크리스트교도들이 아닌 다른 민족들이 살고 있었다. 왼쪽을 보니 크리스트교도들이긴 하나 러시아인들이 아닌 사람들이 살고 있었다. 나머지 한쪽을 보니 러시아 사람들이 살고 있었다. "어디 한번 보자, 우리나라에서 무슨 일이 벌어지고 있는지. 곡식은 잘 자라고 있나?" 하면서 들판을 보니 낟가리들이 있었다. 그는 낟가리가 몇 갠지, 곡식이 많이 수확됐는지 세기 시작했다. 들판에 수레가 하나 있고 거기에 농부가 한 명 앉아 있었다. 대자는 아마 아버지일 거라고 생각했다. 아버지가 밤에 곡식 단을 실으러 간다고 말이다. 그런데 가만히 보니 그는 바실리 쿠드랴쇼프라는 도둑이었다. 도둑이 수레를 타고 가며 곡식 단을 싣고 있었다. 대자는 그걸 보고 어찌할 바를 몰라 하다가 결국 크게 소리쳤다.

"아버지, 들판에서 누가 곡식 단을 훔쳐가요!"

아버지가 말 야간 방목 중에 졸다가 문득 깨어났다. '꿈을 꿨네. 곡식 단을 누가 훔쳐간댔지? 어디 한번 가서 볼까?' 하고 말을 타고 출발했다.

아버지는 들판에서 바실리를 발견하고 소리쳐 농부들을 불러 모았다. 바실리는 뭇매를 맞고 포박당하여 옥으로 보내졌다.

대자는 이번에는 자기 대모가 살던 읍내를 들여다보았다. 대모는 상인에게 시집가 있었다. 대모가 누워서 자는데 남편이 일어나서 정부에게 가고 있는 모습이 보였다. 대자가 대모에게 소리쳤다.

"일어나세요! 남편이 나쁜 짓을 하려고 해요!"

대모가 벌떡 일어나 옷을 입고, 남편이 어디 있나 찾아서 창피를 준 뒤 정부를 때리고 남편을 집에서 쫓아냈다.

대자가 이번에는 자기 어머니를 보니, 어머니가 집에서 자고 있는데 강도가 침입해 궤를 부수기 시작했다.

어머니가 잠에서 깨어 소리를 질렀다. 그걸 본 강도가 도끼를 집어 어머니에게 휘두르려 하였다.

대자가 자기도 모르게 지팡이를 강도에게 던졌다. 지팡이는 곧장 강도의 관자놀이에 박혔고, 그는 즉사했다.

■■■

대자가 강도를 죽이자마자 벽들이 도로 닫혀서 전과 같은 방이 되었다.

문이 열리더니 대부가 들어왔다. 대부가 대자의 손을 이끌어 왕좌에서 내려오게 한 뒤 말했다.

"네가 내 말을 듣지 않았구나. 너의 첫 번째 잘못은 금지된 문을 열었다는 것, 두 번째 잘못은 왕좌에 올라앉아 지팡이를 들었다는 것, 세 번째 잘못은 세상에 많은 악행을 더하였다는 것이다. 네가 만약 한 시간을 더 앉아 있었더라면 아마 세상 사람들 중 절반을 망쳐놓았을 것이다."

그렇게 말하고 나서 대부는 대자를 다시금 왕좌에 앉게 하고, 손에 지팡이를 잡게 했다. 그러자 벽들이 다시금 무너져 내리고 모든 것이 보이게 되었다.

그때 대부가 말했다.

"이제 보아라, 네가 네 아버지에게 무슨 짓을 했는지. 바실리가 1년을 옥에서 지내면서 모든 악행을 배워 완전히 악인이 되어버렸다. 보아라, 그가 네 아버지한테서 말 두 마리를 훔쳤고, 게다가 농장에 불을 지르고 있다. 네 아버지가 저런 일을 당하도록 만든 건 너다."

대자가 아버지의 농장이 불타오르는 것을 보자마자 대부가 그 장면을 가리고 다른 쪽을 가리키면서 말했다.

"보아라. 네 대모의 남편이 자기 아내를 버린 지 1년이 지났다. 다른 여자들과 만나고 다닌다. 대모는 속이 상해서 술에 손대기 시작했다. 남편의 정부였던 여자는 어디론가 완전히 사라졌다. 네 대모의 삶이 저렇게 된 것도 너 때문이다."

대부가 그 장면 역시 가리고, 대자의 집을 가리켰다. 어머니가 당신의 죄로 인하여 울고 있는 것이 보였다. "차라리 그때 강도가 나를 죽이는 게 나았을 걸……. 그러면 내가 이만큼 죄를 많이 안 지을 수 있었는데……" 하면서 한탄하고 있었다.

"네 어머니를 저렇게 만든 게 너다."

대부가 이 장면도 가리고 이번에는 아래쪽을 보게 했다.

보초 두 명이 감옥 앞에서 강도를 붙들고 있었다. 대부가 대자에게 말했다.

"이 사람은 사람 아홉 명을 죽였다. 이 사람 스스로 자기 죗값을 치러야 했는데, 네가 이 사람을 죽인 거야. 이 사람의 모든 죄가 너한테로 넘어왔기 때문에 그 죗값을 너 스스로 치러야만 돼. 바로 네가 너 자신을 그렇게 만든 거야. 이제 너한테 30년의 시간을 주겠다. 세상에 나가서 강도의 죗값을 치러라. 치르지 못하면 그 사람이 갈 자리에 네가 가야 한다."

그 말을 듣고 대자가 말했다.

"어떻게 하면 그 사람의 죗값을 치를 수 있는데요?"

그러자 대부가 말했다.

"네가 세상에다 더해놓은 만큼의 악을 없애고 나면 너는 네 죗값과 강도의 죗값을 치른 셈이 될 것이다."

대자가 물었다.

"세상에서 악을 어떻게 없앨 수 있는데요?"

대부가 말했다.

"해가 뜨는 쪽으로 똑바로 가면 들판이 나오고, 거기 사람들이 있을 거다. 사람들이 무얼 하는지 보고, 네가 알고 있는 것을 사람들에게 가르쳐라. 그 후 계속 길을 가면서, 네가 보게 되는 것을 잘 기억해둬라. 나흘째 되는 날 숲에 이를 것이다. 숲속에 수도사의 집이 있고, 거기 수도사가 살고 있을 것이다. 네가 겪은 일을 그에게 다 말해라. 그가 너에게 무엇을 하라고 말해줄 것이다. 수도사가 네게 명한 모든 일을 마치고 나면 네 죗값과 강도의 죗값을 치른 셈이 될 것이다."

대부가 그렇게 말하고 대자를 대문으로 내보냈다.

대자는 길을 가면서 생각했다.

'내가 어떻게 하면 세상에서 악을 없앨 수 있을까? 보통 악을 없애기 위해서는 악한 사람들을 유형 보내거나 옥에 가두거나 사형시킨다. 나는 악을 없애기 위해서 무엇을 할 수 있을까? 또 내가 다른 사람들의 죄를 덮어쓰지 않기 위해서는 어떻게 해야 될까?'

대자는 생각하고 또 생각했지만 답을 얻을 수는 없었다.

그는 계속 가다가 밭을 만났다. 밭에 곡식들이 빽빽하게 자라 있어서 이미 추수할 시기였다. 그때 젊은 암소 한 마리가 밭에 들어갔다. 그것을 본 사람들이 각자 말을 타고 밭을 달리며 암소를 이쪽저쪽으로 몰았다. 암소가 밭에서 나갈라치면 다른 사람이 그쪽에서 모는 바람에 놀라서 도로 밭으로 들어갔다. 길에 서 있는 한 여자가 울면서 말했다.

"저 사람들이 우리 암소를 괴롭혀요!"

대자가 그 사람들에게 말했다.

"왜들 그러는 거예요? 밭에서 나가세요. 주인 여자가 자기 암소를 부르면 암소가 올 거라고요."

사람들이 그 말을 듣고 그대로 했다. 여자가 밭 가장자리에 서서 "소야, 소야, 암소야!" 하고 불렀다. 암소가 귀를 쫑긋하고 듣다가 여자에게로 달려와 주둥이를 여자의 치맛자락에 갖다 댔다. 그 바람에 하마터면 여자가 쓰러질 뻔했다. 어쨌든 소가 돌아왔으니, 소를 몰던 남자들도 기쁘고, 여자도 기쁘고, 소도 기뻤다.

대자는 계속 길을 가면서 생각했다.

'보아하니 악이 악 때문에 더 커지는구나. 사람들이 악을 쫓아버리려다 오히려 더 많은 악을 퍼뜨리는구나. 그러니까 악을 악으로 없앨 수는 없구나. 그렇다면 무엇으로 악을 없앤단 말인가? 모르겠다. 암소가 주인의 말을 들어서 참 다행이네. 만약 듣지 않았으면 과연 어떻게 오게 할 수 있었을까?'

대자는 생각하고 또 생각했지만 답을 얻지 못했다. 가던 길을 계속 갔다.

계속 가다보니 마을을 만났다. 마을 맨 가장자리에 있는 집에 들어가 재워줄 수 있냐고 물었다. 여주인이 들어오라고 했다. 집 안에 아무도 없고 여주인 혼자서 청소를 하고 있었다.

대자는 난로 위 침상에 올라가서 여주인이 무엇을 하는지 지켜보기 시작했다. 여주인은 바닥을 물걸레로 닦은 후 이제는 물에 적신 행주로 식탁을 닦기 시작했다. 다 닦고는 더러운 행주로 물기를 닦아내기 시작했다. 잘 닦이지 않았다. 행주가 더러워서 식탁에 더러운 자국이 길게 남았다. 더러운 자국을 닦아내면 다른 곳에 또 더러운 자국이 남았다. 그 자국을 닦아내면 또 다른 곳에 자국이 남았다. 행주가 더러웠기 때문에, 한 번의 행주질로 하나의 더러운 자국은 닦아내되 다른 더러운 자국이 생기는 것이다. 그걸 대자가 계속 보고 있다가 말했다.

"아주머니, 지금 뭐 하시는 거예요?"

"보면 몰라요? 명절 준비 하느라 식탁을 닦고 있잖아요. 근데 왜 이리 안 닦이는지……. 아무리 닦아도 계속 더러워요. 힘들어 죽겠어요."

"행주를 한번 빨지 그러세요. 그러면 잘 닦아낼 수 있을 텐데."

여주인이 그렇게 했다. 그러자 금방 식탁이 깨끗하게 닦였다.

여주인이 "알려줘서 고마워요"라고 했다.

아침이 되어 대자는 여주인과 작별하고 계속 길을 갔다. 가다보니 숲을 만났다. 남자들이 나무를 구부려 바퀴 테를 만들려 하고 있었다. 대자가 가까이 다가가서 보니 남자들이 계속 도는데도 나무가 구부러지지 않고 있었다.

자세히 보니 남자들이 사용하는 지탱목이 같이 돌고 있어서 그런 것이었다. 고정이 안 돼 있었기 때문이다. 대자가 말했다.

"아저씨들 뭐 하시는 거예요?"

"나무를 구부려서 바퀴 테를 만들려고 하는데, 두 번이나 증기를 쐬었는데도 구부러지지가 않네. 아주 힘들어 죽겠어."

"아저씨들, 지탱목을 고정시키세요. 지금 지탱목하고 같이 돌고 계시잖아요."

남자들이 그 말을 듣고 지탱목을 고정시켰더니 작업이 순탄히 진행되었다.

대자는 그들이 묵는 데에서 잠을 자고 나서 계속 길을 갔다. 밤낮을 걸어 날이 밝을 무렵 소를 치는 목동들을 만나서 그 근처에 누워 쉬려 했다. 목동들은 소들이 풀을 뜯게 놓아둔 채 불을 피우고 있었다. 마른 나뭇가지들을 집어다가 불을 붙인 후, 충분히 타오를 때까지 기다리지도 않고 바로 축축한 땔나무를 놓았다. 땔나무에서 쉭 소리가 나고 불이 꺼졌다. 목동들은 마른 나뭇가지들을 더 가져다가 불을 붙이고 다시 축축한 땔나무를 놓아서 또다시 불을 꺼뜨렸다. 오랫동안 애를 썼지만 불을 피우지 못했다.

대자가 말했다.

"땔나무를 너무 서둘러 놓지 마세요. 먼저 불이 잘 타오르게 하세요. 불이 타올라서 더워지면 그때 땔나무를 놓으세요."

목동들이 그렇게 했다. 불이 세게 타올랐을 때 땔나무를 놓았다. 땔나무에 불이 붙었고 모닥불이 피어올랐다. 대자는 그들과 어느 정도 함께 있다가 계속 길을 갔다. 그는 자기가 본 세 가지 일이 과연 무엇을 뜻하는지 계속 생각해봤지만 답을 얻지 못했다.

대자는 해 질 녘까지 계속 걸었다. 숲에 이르러보니 숲속에 수도사의 집이 있었다. 대자는 집으로 다가가 문을 두드렸다. 집 안에서 묻는 소리가 들렸다.

"누구요?"

"큰 죄인입니다. 다른 사람의 죗값을 치르러 가는 중입니다."

수도사가 나와서 물었다.

"다른 사람의 죄를 지고 있다고? 어떤 죄인데?"

대자는 그에게 모든 것을 이야기해주었다. 대부에 대해서, 어미 곰과 새끼 곰들에 대해서, 봉인된 방 안의 왕좌에 대해서, 대부가 내린 명에 대해서, 밭에서 남자들이 곡식을 다 밟아놓은 것에 대해서, 그리고 암소가 주인 여자에게 스스로 걸어 나온 것에 대해서 이야기했다.

"저는 악으로써 악을 없앨 수 없다는 걸 알았어요. 그런데 어떻게 악을 없애야 하는지는 아직 모르겠어요. 저한테 가르침을 주세요."

그러자 수도사가 말했다.

"네가 오던 중 또 무엇을 보았는지 말해봐라."

대자는 그에게 여자가 어떻게 청소를 했는지, 남자들이 어떻게 나무를 구부려 바퀴 테를 만들고 있었는지, 목동들이 어떻게 불을 피우고 있었는지 이야기했다. 수도사가 이야기를 다 듣고 나서 집으로 들어가더니, 이 빠진 도끼 한 자루를 갖고 나와서 말했다.

"가자."

수도사가 집에서 조금 떨어진 나무로 대자를 데리고 가서 그 나무를 가리키며 말했다.

"베어라."

대자가 나무를 베자 나무가 쓰러졌다.

"이젠 삼등분을 해라."

대자가 나무를 삼등분했다. 수도사가 다시 집으로 돌아가 불을 가지고 와서 말했다.

"이 나무 조각 세 개를 다 태워라."

대자가 불을 붙여 나무 조각 세 개를 태웠다. 다 타서 세 덩이의 재만 남았다.

"한쪽 끝만 땅에 묻어라."

대자가 묻었다.

"저기 산 아래에 강이 흐르는 게 보이지? 저기서 물을 입에 담아가지고 와서 여기 뿌려라. 이 나무 재에 물을 뿌리되, 네가 여자를 가르치던 것처럼 뿌려라. 이 나무 재에는 물을 뿌리되, 네가 바퀴를 만들던 사람들을 가르치던 것처럼 뿌려라. 그리고 이 나무 재에는 물을 뿌리되, 네가 목동들을 가르치던 것처럼 뿌려라. 이 세 나무에 다 싹이 터서 재에서 사과나무로 변하는 그날, 사람들 속에서 어떻게 하면 악을 없앨 수 있는지 네가 알게 되리라. 그때에 죗값도 치를 수 있으리라."

이 말을 마치고 수도사는 자기 집으로 갔다. 대자는 생각하고 또 생각했으나, 수도사가 자기에게 한 말의 의미를 이해할 수 없었다. 하지만 하라고 한 대로 하기 시작했다.

■■■

대자는 강으로 가서 입안 가득히 물을 담아 와 나무 재에다 뿌렸다. 그리고 또 물을 뜨러 갔다. 하나의 나무 재 주변의 땅이 젖을 때까지 계속 왔다 갔다 했다. 그다음에 또 왔다 갔다 하면서 다른 두 개의 나무 재에도 물을 뿌렸다. 대자는 힘이 빠졌고 배가 고팠다. 수도사한테 먹을 것을 좀 달라고 하기 위해 그의 집으로 갔다. 문을 열어보니 수도사가 벽에 붙은 긴 의자 위에 누운 채 죽어 있었다. 대자는 주위를 살펴서 말린 빵을 찾아내어 먹었다. 그리고 가래를 찾아내어 수도사의 묘를 파기 시작했다. 밤에는 물을 날라서 재에 붓고, 낮에는 묘를 팠다. 묘를 다 파서 장사를 지내려는 참에, 마을에서 사람들이 왔다. 수도사에게 먹을 것을 갖다 주러 온 것이다.

사람들은 수도사가 죽었으며, 그가 자기를 대신하도록 대자를 축복해줬다는 것을 알았다. 사람들이 수도사를 장사 지내고 대자에게 곡식을 주고는 더 가져오겠다고 말하고 돌아갔다.

그리하여 대자는 수도사가 살던 곳에서 살기 시작했다. 사람들이 가지고 오는 먹을 것을 먹고 살면서, 행하라고 주어진 일을 행했다. 강물을 입에다 담아 와서 나무 재에 뿌리는 일 말이다.

대자는 그렇게 1년을 살았다. 그에게 많은 사람들이 다녀가게 되었다. 그를 칭송하는 말이 돌기 시작했다. 숲속에 성자가 한 명 사는데 수행 중이며 산 아래에서 입에다 물을 담아가지고 와서 타버린 나무 조각에 뿌린다고. 많은 사람들이 그를 찾아오기 시작했다. 부유한 상인들도 선물을 들고 그를 방문하기 시작했다. 대자는 자기에게 꼭 필요한 것 외에는 갖지 않고, 가난한 다른 사람들에게 나눠 주었다.

그렇게 대자는 한나절 동안 입에 물을 담아 나르며 나무 재에 뿌리고, 나머지 한나절은 쉬면서 찾아오는 사람들을 맞이하곤 했다.

대자는 그렇게 살라는 명을 받았으니 그렇게 삶으로써 악을 없애고 죗값을 치른다고 생각하게 되었다.

그렇게 또 1년을 살았다. 물을 뿌리는 일을 하루도 쉬지 않았다. 그러나 어떤 나무 재에서도 싹이 나지는 않았다.

하루는 그가 집에 있는데, 말을 타고 근처를 지나면서 노래를 부르는 사람이 있었다. 대자가 나와서 누군가 보았더니 젊고 힘센 사람이었다. 좋은 옷을 입었고 말과 안장도 비싼 것이었다.

대자가 그를 멈추게 한 뒤, 누구이며 어디를 가느냐고 물었다.

그 사람이 멈춰 서서 말했다.

"나는 강도다. 길을 다니면서 사람들을 죽이는 게 내 일이지. 사람들을 많이 죽이면 죽일수록 더욱 즐겁게 노래를 부르지."

대자가 깜짝 놀라 생각했다.

'이런 사람한테서 어떻게 악을 없앨 수 있을까? 날 찾아오는 사람들한테 말하는 것이야 쉽지. 스스로 참회하는 사람들이니까. 하지만 이 사람은 자기의 악함을 자랑하고 있잖아.'

대자는 아무 말도 없이 그에게서 떨어져 생각했다.

'이제 어떻게 하나? 이 강도가 여기를 지나다니면 사람들이 겁을 먹고 더 이상 나를 찾아오지 않을 텐데. 그러면 그 사람들도 손해고, 나도 먹고살 길이 없어지지.'

대자가 발걸음을 멈추고 강도에게 말했다.

"이곳으로 날 찾아오는 사람들은 자신의 악함을 자랑하러 오는 게 아니라, 참회하고 죄 사함 받으러 오는 거요. 당신도 신이 무섭다면 참회하시오. 혹 참회하기 싫다면 여기를 떠나서 다시는 오지 마시오. 날 불편하게 하지 말고, 날 찾아오는 사람들에게 겁을 주지 마시오. 만약 이 말을 듣지 않으면 신께서 당신을 벌하실 거요."

강도가 그 말을 듣고 껄껄 웃으며 말했다.

"난 신 안 무섭거든. 또 내가 왜 네 말을 들어야 돼? 네가 뭔데 나한테 이래라 저래라 해? 넌 성직자 짓을 해서 먹고 살고, 난 강도짓을 해서 먹고사는 거뿐이야. 누구나 다 먹고살아야 되잖아? 넌 널 찾아오는 부녀자들이나 가르쳐. 날 가르칠 생각 말고. 그리고 네가 나한테 신에 대해 얘기한 대가로 내일 두 명을 더 죽일 거야. 물론 널 죽일 수도 있지만, 지금은 왠지 손에 피를 묻히고 싶지 않네. 하지만 앞으론 내 눈에 안 띄는 게 좋을 거야."

강도는 위협의 말을 내뱉고 떠났다. 그 뒤로는 강도가 그 근처를 지나지 않았다. 그래서 대자는 전처럼 평화롭게 살 수 있었다. 그렇게 8년을 살았다. 그는 그러한 삶이 지루해지기 시작했다.

대자는 새벽에 나무 재에 물을 뿌리고 난 뒤 집에서 쉬면서, 이제나저제나 사람들이 오려나 길을 내다보고 있었다. 그런데 그날은 한 명도 오지 않았다. 대자는 저녁때까지 혼자 앉아 있었다. 매우 지루했다. 그는 자신의 삶에 대해 생각해보게 되었다. 강도가 그에게 성직자 짓을 해서 먹고살고 있다고 막말을 한 것을 기억해냈다. 대자는 자신의 삶을 되돌아보기 시작했다.

'나는 수도사가 명한 대로 살고 있지 못한가보다. 수도사는 나에게 속죄하라는 뜻에서 이렇게 살 것을 명했는데 나는 이러한 삶을 이용해 먹을 것을 얻어먹고, 사람들 가운데서 나의 명성을 떨치고 있구나. 내가 바라는 게 바로 그런 것이기 때문에, 사람들이 안 오면 이렇게 지루한 거구나. 사람들이 찾아와서 나의 거룩함을 칭찬해주기 때문에 기뻤던 거구나. 이렇게 살아선 안 된다. 나도 모르게 인간들 사이에서 명성을 떨치는 일에 혹했구나. 전에 지은 죄들의 값을 치르기는커녕 새로운 죄들만 더 짓고 말았구나. 숲속으로 떠나야겠다. 다른 곳으로 가야겠다. 사람들이 나를 찾지 못하는 곳으로. 혼자 살면서 과거의 죗값을 치러야겠다. 새로운 죄를 짓지 않고.'

대자는 말린 빵이 든 자루와 가래를 가지고 집을 떠나 골짜기로 향했다. 벽지에 움막을 짓고 사람들의 눈을 피해 살 생각이었다.

대자가 걸어가고 있는데, 강도가 말을 타고 그에게 달려왔다. 대자는 겁을 먹고 도망가려 했으나 강도가 그를 따라잡고는 말했다.

"어디 가는 거냐?"

대자는 사람들이 아무도 자기를 찾아오지 못할 만한 곳으로 가려 한다고 말했다. 강도가 놀라서 물었다.

"그럼 이제 어떻게 먹고살 거야, 아무도 널 찾아오지 않으면?"

그러고 보니 대자는 그 문제를 생각해보지 않았다. 강도에게서 그 질문을 듣자 비로소 대자는 먹을 것은 어떻게 해결할 것인지에 대한 의문이 떠올랐다. 대자가 말했다.

"신께서 주시는 대로 먹고살지, 뭐."

강도는 아무 말도 하지 않고 가버렸다.

대자는 생각했다.

'이번에는 내가 저 사람의 삶에 대해서 아무 말도 안 했으니, 어쩌면 저 사람이 참회를 할지도 모르겠군. 오늘은 왠지 저번보다는 덜 사나운데. 죽이겠다는 말도 하지 않고 말이야.'

대자가 강도의 뒤에다 대고 소리쳤다.

"어쨌든 참회는 해야 돼. 신에게서 도망갈 수는 없어."

강도가 말을 돌렸다. 띠에서 칼을 뽑아 들고 대자를 향해 쳐들었다. 대자는 겁을 먹고 숲속으로 도망쳤다.

강도는 쫓아오지는 않고 다만 이렇게 말했다.

"두 번이나 널 살려줬다, 영감탱이. 세 번째로 내 눈에 띄지 않도록 해. 그때는 죽일 거야!"

강도는 그렇게 말하고 말을 타고 가버렸다. 저녁때 대자가 나무 재에 물을 뿌리러 가보니, 한 나무 재에서 싹이 나와 있었다. 사과나무가 자라고 있는 것이었다.

대자는 사람들의 눈으로부터 숨어서 혼자 살기 시작했다. 말린 빵이 다 떨어지자 대자는 생각했다.

'이젠 나무뿌리나 캐 먹어야겠다.'

나무뿌리를 찾으러 출발하자마자 말린 빵이 든 자루가 나뭇가지에 매달려 있는 것이 보였다. 대자는 그걸 가져다가 먹었다.

말린 빵이 다 떨어지자마자 대자는 같은 나뭇가지에서 또 하나의 자루를 발견했다. 대자는 그런 식으로 계속 살아갔다. 한 가지 걱정이 있다면 강도에 대한 것이었다. 강도가 지나가는 소리가 들리기만 하면 대자는 숨어서 생각했다.

'저 사람한테 걸리면 나는 죗값을 치르지도 못하고 죽게 된다.'

대자는 그렇게 10년을 더 살았다. 사과나무가 하나 자라났고, 나머지 나무 재 두 개는 아직 그대로였다.

어느 날 대자는 아침 일찍 일어나 자신의 일을 하러 갔다. 나무 재를 심은 땅을 적시고 난 뒤, 힘이 들어서 앉아 쉬면서 생각했다.

'내가 죄를 지었구나. 죽는 걸 두려워하다니 말이야. 신께서 원하시기만 한다면 죽음으로써 죗값을 치르는 것도 가능할 텐데 말이야.'

이 생각을 하고 있을 때 강도가 욕을 하며 지나가는 소리가 들렸다. 그걸 듣고서 대자는 생각했다.

'신께서 허락지 아니하신다면 누구로 인해서든 나에게 나쁜 일도 좋은 일도 일어날 수 없다.'

대자는 강도 앞에 정면으로 버티고 섰다. 강도는 혼자가 아니라 자기 뒤 안장에 한 사람을 태운 상태였다. 그 사람은 손이 묶여 있고 입에 재갈이 물려 있었다. 그 사람은 말이 없고 강도는 그 사람한테 욕을 하고 있었다. 대자가 강도에게 가까이 가서 말했다.

"이 사람을 어디로 데리고 가는 거요?"

"숲으로 데리고 가는 거다, 왜? 이 자식은 상인의 아들인데, 자기 애비 돈이 어디 숨겨져 있는지 말을 안 하네. 말할 때까지 족칠 거야."

그렇게 말하고 강도는 가던 길을 계속 가려 했다. 그러나 대자가 말 고삐를 잡고 놓아주지 않으며 말했다.

"이 사람을 풀어주시오."

강도가 대자에게 성을 내면서 손을 들어 위협하며 말했다.

"너도 똑같이 해줄까? 내가 너도 죽인다고 했지? 손 놔!"

대자는 겁먹지 않았다.

"놓지 않을 거야. 난 당신이 두렵지 않소. 나는 오직 신만 두려워해. 그런데 신께서 당신을 놓아주지 말라고 하시는군. 이 사람을 풀어줘!"

강도가 눈살을 찌푸리더니 칼로 밧줄을 끊어 상인의 아들을 풀어주고 말했다.

"다 꺼져버려! 너희 둘 다! 다시 내 눈에 띄기만 해봐라!"

상인의 아들이 말에서 뛰어내려 도망갔다. 강도도 제 길을 가려 했으나 대자가 여전히 그를 놓아주지 않고, 죄 많은 삶을 청산하라고 말하기 시작했다. 강도는 멈춰 선 상태로 대자의 말을 끝까지 다 듣더니 아무 대꾸도 하지 않고 제 길을 갔다.

다음 날 아침 대자는 나무 재에 물을 뿌리러 갔다. 또 하나의 나무 재에서 싹이 나 있었다. 이 역시 사과나무로 자라는 것이었다.

또다시 10년이 흐른 어느 날, 대자는 그냥 앉아 있었다.

아무것도 특별히 하고 싶지 않고 아무것도 두려울 것이 없었다. 그는 기뻐하며 생각했다.

'사람들을 향한 신의 은총이 얼마나 큰가! 그래도 사람들은 공연히 자기 자신을 괴롭히곤 한다. 기뻐하기만 하며 살아도 모자랄 판에.'

그는 모든 인간의 악을 생각하고, 사람들이 어떻게 자기 자신을 괴롭히는지 생각했다. 그러자 그는 사람들이 불쌍해졌다.

'내가 지금 이러고 있으면 안 되겠네. 사람들한테 가서 내가 아는 것을 말해줘야지.'

그가 그런 생각을 하고 있을 때 강도가 지나가는 소리가 들렸다. 강도를 그냥 보내면서 대자는 생각했다.

'저 사람한테는 말해봤자 소용없지. 이해하지 못할걸.'

하지만 생각을 고쳐먹고 나가보니, 강도가 침울한 모습으로 말을 타고 가고 있었다. 그는 땅을 내려다보고 있었다. 대자는 그가 불쌍해졌다. 그에게로 달려가서 그의 무릎을 잡고 말했다.

"사랑하는 형제여, 자기 영혼을 불쌍히 여기시오! 나를 신의 영으로 받아들이시오. 당신은 스스로 괴로워하며 다른 사람들도 괴롭게 만들고 있소. 나중엔 더 큰 괴로움을 당할 거요. 그런데 신께서는 당신을 얼마나 사랑하시는지 모른다오. 얼마나 큰 은혜를 주려고 준비해놓으셨는지 모른다오. 형제여, 자신을 망치지 마시오. 자신의 삶을 바꾸시오."

강도가 눈살을 찌푸리더니 고개를 딴 데로 돌리고 말했다.

"귀찮게 하지 마."

대자가 강도의 무릎을 더욱 꼭 붙잡고 눈물을 흘렸다.

강도가 고개를 돌려 대자를 보았다. 계속 보고 있더니 말에서 내려 대자 앞에 무릎을 꿇고 말했다.

"네가 나를 이겼다, 영감탱이. 난 20년을 너와 맞서왔다. 네가 이겼어. 이젠 내가 내 자신을 마음대로 못하겠어. 네가 나를 마음대로 해. 네가 맨 처음에 나를 설득하려 들었을 때는 화만 더 났지. 그러다가 네가 사람들로부터 떠난다고 할 때에야 네 말에 대해서 좀 생각해보게 됐어. 네가 사람들에게서 아무것도 원하지 않는다는 걸 알게 됐어."

그때 대자는, 여자가 행주를 빨고 나서야 비로소 식탁을 깨끗이 닦아낼 수 있었다는 것을 기억해냈다. 그가 자기 자신이 먹고살 것을 신경 쓰지 않고 자기 마음을 깨끗이 했을 때에야 비로소 다른 사람의 마음을 깨끗이 할 수 있었던 것이다.

강도가 또 말했다.

"또 네가 죽음을 두려워하지 않는 것을 보고 내 마음이 움직였어."

그때 대자는, 사람들이 지탱목을 고정시킨 후에야 나무가 구부러져서 바퀴를 만들 수 있었던 것을 기억해냈다. 그가 죽음을 두려워하지 않게 되자 자신의 삶을 신 안에 단단히 고정시킬 수 있었고, 순종하지 않던 마음이 순종하게 된 것이다.

강도가 또 말했다.

"또 내 마음이 완전히 녹은 것은 네가 나를 불쌍히 여겨 내 앞에서 우는 것을 봤기 때문이야."

대자는 기뻐하며 강도를 나무 재가 있는 곳으로 데리고 갔다. 가까이 가보니, 마지막 나무 재에서도 역시 사과나무가 자라기 시작했다. 그때 대자는, 목동들이 큰 불이 일게 한 후에야 축축한 장작이 타기 시작했던 것을 기억해냈다. 자기 마음이 불타오름으로써 다른 사람의 마음도 불타오르게 할 수 있었던 것이다.

대자는 이제 자기 죗값을 치렀으므로 기뻤다.

그는 이 모든 이야기를 강도에게 들려준 뒤에 죽었다. 강도가 그를 장사 지내주고, 대자가 그에게 명한 대로 사람들을 가르치기 시작했다.

The best stories of
L. N. Tolstoy

일꾼 예멜리얀과 빈 북

예멜리야은 주인 밑에서 일꾼으로 일하며 살고 있었다. 한번은 예멜리야이 풀밭에 일을 하러 나갔는데, 앞에서 개구리 한 마리가 뛰어다니고 있는 것이 보였다. 하마터면 개구리를 밟을 뻔했지만 다행히 뛰어넘어 발을 디뎠다. 무슨 소리가 들려서 귀를 기울이니, 누군가가 뒤에서 그를 부르고 있었다. 뒤돌아보니 아름다운 아가씨가 서 있었다. 아가씨가 말했다.

"예멜리야아, 너 왜 장가 안 가니?"

"예쁜 아가씨야, 나보고 어떻게 장가를 가라고? 난 가진 게 몸뚱어리밖에 없어. 아무도 나한테 시집오려고 안 할 거야."

"나를 색시로 맞이하지 않을래?"

예멜리야은 아가씨가 마음에 들었다.

"나야 물론 좋지만, 우리가 살 데가 있어야지."

"살 데야 물론 있지. 단지 일을 열심히 하고 잠을 조금만 잔다면, 그러면 어디서든 옷 잘 입고 먹을 거 잘 먹을 수 있을 거야."

"뭐, 그렇다면 좋아. 결혼하자. 어디 가서 살 건데?"

"도시로 가자."

예멜리얀이 아가씨와 함께 도시로 갔다. 아가씨가 예멜리얀을 도시 변두리의 자그마한 집으로 데리고 갔다. 둘은 결혼해서 거기서 살게 됐다.

하루는 왕이 근교로 행차했다. 예멜리얀의 집 근처를 지날 때 예멜리얀과 그의 아내가 왕의 행차를 구경하러 나왔다. 왕이 예멜리얀의 아내를 보고 '대체 저런 미인이 어디서 왔단 말인가?' 싶어 놀랐다.

왕은 마차를 멈추게 하고 예멜리얀의 아내를 불렀다. 그녀가 가까이 오자 왕이 물었다.

"너는 누구냐?"

"일꾼 예멜리얀의 아내이옵나이다."

"너 같은 미인이 왜 일꾼한테 시집갔느냐? 왕비도 될 수 있었을 텐데."

"성은이 망극하오나 소녀는 일꾼한테 시집가서도 잘살고 있사옵니다."

왕은 그녀와 이야기를 마치고 가던 길을 갔다. 그런데 왕궁으로 돌아오고 나서도 예멜리얀의 아내 생각이 머릿속에서 떠나지 않았다. 밤새 잠도 못 자면서 어떻게 하면 예멜리얀의 아내를 자기 것으로 삼을 수 있을지 생각했다. 그러나 해답을 찾지 못했다. 그래서 자신의 신하들을 불러 해결책을 구해보라고 명령했다. 그러자 신하들이 왕에게 말했다.

“예멜리얀을 왕궁의 일꾼으로 삼으시지요. 저희가 그놈한테 일을 엄청나게 많이 줘서 진이 빠져 죽게 만들면 그의 아내가 과부가 될 테니, 그때 그 여자를 취하시지요.”

왕은 그 말을 따랐다. 예멜리얀이 궁정에서 일하면서 아내와 함께 궁정에 살게끔 그를 데리고 오라고 사람들을 보냈다.

왕이 보낸 사람들이 예멜리얀에게 그렇게 말하자, 아내가 예멜리얀에게 말했다.

“뭐, 그렇다면 가서 하루 일하고 밤엔 집으로 와.”

예멜리얀이 왕궁에 가니 왕궁 관리를 맡은 신하가 물었다.

“왜 혼자 왔소? 아내는?”

“아내를 뭐하러 데려오나요? 아내는 집에 있습니다.”

왕궁에서 예멜리얀에게 일을 주었는데, 두 사람 몫의 일이었다. 예멜리얀은 일을 시작했다. 일을 끝까지 다 못할 줄 알았는데, 하다보니 저녁이 되기 전에 다 끝났다. 그래서 왕궁 관리인은 그다음 날에는 예멜리얀에게 네 사람 몫의 일을 시켰다.

예멜리얀이 집에 와보니 깨끗이 청소가 되어 있고, 난로에는 불이 피워져 있고, 빵과 스프가 준비되어 있고, 아내는 베틀에 앉아 천을 짜면서 남편을 기다리고 있었다. 아내가 남편을 맞이하여 저녁을 차려줬다. 저녁을 먹고 나서 일은 어땠느냐고 물어보니 남편이 대답했다.

“안 좋아. 내가 다 할 수 없을 만큼 일을 맡겨. 날 힘들게 해서 죽일 작정인가봐."

"너 있잖아, 일을 얼마만큼 했는지, 또 앞으로 얼마만큼 더 해야 되는지 생각하지 말고, 그냥 계속 일을 하기만 해. 알았지? 다 해낼 수 있을 거야."

예멜리얀은 잠자리에 누웠다. 아침이 되자 다시 일하러 갔다. 일을 시작하고 나서 얼마만큼 했는지 한 번도 돌아보지 않았다. 그랬더니 저녁이 될 즈음에 다 끝냈다. 아직 컴컴해지기도 전에 집에 왔다.

예멜리얀에게 일이 더욱더 많이 주어지기 시작했다. 그런데도 예멜리얀은 주어진 시간 내에 다 마치고서 집으로 퇴근하곤 했다. 그렇게 일주일이 흘렀다. 왕의 신하들은 육체노동으로 일꾼의 진을 빼기가 쉽지 않다는 걸 알았다. 그래서 교묘하게 머리를 써야 하는 일을 맡기기 시작했다. 그래도 진을 빼지 못했다. 목수 일을 맡겨도, 석수 일을 맡겨도, 지붕 일을 맡겨도, 어떤 다른 일을 맡겨도 예멜리얀은 주어진 시간 내에 다 해내고 아내가 있는 집으로 퇴근했다. 또 일주일이 흘렀다. 왕이 신하들을 불러서 말했다.

"너희는 나라의 녹을 먹고서 하는 일이 뭐냐? 2주가 지났는데 너희가 해놓은 일이 뭐야? 예멜리얀한테 힘든 일을 줘서 죽게 만든다고 했는데, 내가 창문으로 내다보니 그놈이 매일 콧노래를 부르면서 집으로 퇴근하고 있어. 이게 뭐야? 너희들 처음부터 날 놀려먹을 작정이었어?"

왕의 신하들이 변명을 늘어놓았다.

"저희는 온 힘을 다했습니다. 처음엔 육체노동으로 그놈의 진을 빼놓으려 했는데, 아무리 해도 안 됐습니다. 어떤 일이든 그냥 빗자루로 한 번에 싹 쓸듯이 해버리고 전혀 피곤해하지 않더군요. 그래서 저희는 교묘하게 머리를 써야 하는 일을 맡기기 시작했습니다. 그런 일을 하기에는 지혜가 부족할 거라고 생각했는데, 그래도 그놈은 다 해내더라고요. 도대체 어떻게 된 놈인지……. 어떤 일을 시켜도 다 해내요. 어쩌면 그놈 자신의 힘이라기보다는 그 여자가 마법을 부리는 것 같아요. 이젠 저희도 그놈을 보기만 해도 진절머리가 납니다. 그래서 이번엔 그놈이 절대로 해낼 수 없는 일을 생각해냈는데, 뭐냐 하면, 그놈에게 하루 만에 성당을 지으라고 시키는 겁니다. 전하께서 예멜리얀을 불러다가, 왕궁 맞은편에다 하루 만에 성당을 지으라고 명을 내리시는 겁니다. 만약 짓지 못하면 어명을 어긴 죄로 참수형에 처하는 것이 지당할 줄 압니다."

왕이 사람을 시켜 예멜리얀을 불러와서 말했다.

"내 너에게 이러한 명을 내리노라. 왕궁 맞은편 광장에다 새 성당을 지어라. 내일 저녁까지 완성해야 하느니라. 다 지으면 상을 내리겠고, 못 지으면 사형을 내리겠노라."

예멜리얀이 왕의 말을 듣고 집으로 향하면서 생각했다.

'드디어 올 게 왔구나. 난 이제 끝장이다.'

예멜리얀은 집에 와서 아내에게 말했다.

"짐 싸. 일단 도망부터 가고 봐야 돼. 안 그러면 우린 끝장이야."

"뭘 그렇게 겁을 먹고 도망까지 간다고 그래?"

"어떻게 겁을 안 먹을 수 있어? 왕이 나보고 내일 하루 동안 성당을 완성하랬어. 완성 못하면 목을 자르겠대. 도망만이 살 길이야. 시간이 없어!"

아내가 이 말을 심각하게 받아들이지 않고 말했다.

"왕이 거느리는 병사가 얼마나 많은데. 어딜 가도 잡히긴 마찬가지일 거야. 도망갈 길이 없어. 차라리 그냥 명을 받들고 일을 하지그래."

"내가 해낼 능력이 안 되는데 어떻게 명을 받들어?"

"어허, 이봐, 자기야, 뭘 그렇게 걱정을 하고 그래? 어서 저녁 먹고 잠자리에 들기나 해. 내일 아침 일찍 일어나면 다 해낼 수 있을 거야."

예멜리얀이 잠자리에 들었다. 아침에 아내가 그를 깨우며 말했다.

"자기야, 빨리 가서 성당 짓는 거 마무리해. 자, 이 못하고 망치를 가져가. 하루에 끝낼 수 있는 일만 남았어."

예멜리얀이 시내로 들어가 보니 정말로 새 성당이 광장 한가운데에 세워져 있었다. 약간만 미완성이었다. 예멜리얀이 마무리하기 시작했다. 저녁에 이르러 완성하였다.

왕이 잠에서 깨어 왕궁 밖을 내다보니 성당이 세워져 있는 게 아닌가! 예멜리얀이 이리저리 다니면서 군데군데 못질을 하고 있었다. 왕은 성당이 지어진 것이 기쁘기는커녕,

예멜리얀을 사형시킬 명분을 잃었기 때문에 그저 분했다. 그의 아내를 빼앗을 구실이 없어진 것이다.

왕은 다시 신하들을 불러 모았다.

"예멜리얀이 이 일마저 해냈어. 그놈을 사형시킬 명분이 없어졌다고! 그래, 이 일도 어렵지 않게 해냈으니까 말이지, 무슨 교묘한 술수를 생각해내야겠어. 너희들이 생각해내라고! 안 그러면 그놈보다도 너희들을 먼저 사형시켜버릴 거야!"

그러자 신하들이 술수를 생각해내어 말하기를, 왕궁 둘레로 강이 흐르고 그 강을 따라 배들이 다니게 만들도록 시키라고 했다. 왕이 예멜리얀을 불러서 새 일을 시키며 말했다.

"네가 하룻밤 동안 성당을 지은 걸 보니 이 일도 해낼 수 있을 거다. 이 명령이 내일 완전히 준행되도록 해라. 안 그러면 목을 벨 테다."

예멜리얀이 더 심한 고뇌에 빠져 우울한 기분으로 집에 왔다. 아내가 말했다.

"왜 그렇게 우울해? 왕이 또 무슨 일을 줬어?"

예멜리얀이 아내에게 사연을 이야기하고 나서 말했다.

"도망가야 돼."

그러자 아내가 말했다.

"병사들로부터 도망 못 간다니까. 어디서든 잡히고 말 거야. 명을 받들어야 돼."

"어떻게 받들어?"

"어허, 이봐, 자기야, 아무 걱정 하지 마. 어서 저녁 먹고 잠자리에 들기나 해. 아침 일찍 일어나면 다 제시간 내에 해치울 수 있을 거야."

예멜리얀이 잠자리에 들었다. 아침에 아내가 그를 깨우며 말했다.

"왕궁에 가봐. 벌써 다 돼 있어. 왕궁 앞 배 대는 곳에 흙더미만 안 치워져 있을 거야. 가래를 갖고 가서 거기를 고르게 만들어."

예멜리얀이 집을 나서 시내에 와봤더니 왕궁 둘레에 강이 흐르고 배들이 다니고 있었다. 예멜리얀이 왕궁 앞 배 대는 곳으로 가봤더니 땅이 고르지 않았다. 거기를 고르게 만들기 시작했다.

왕이 잠에서 깨어보니 난데없이 강이 만들어져 있고 강을 따라 배들이 다니고 있었다. 예멜리얀은 흙더미를 가래로 고르게 하고 있었다. 왕은 기가 막혔다. 강이 만들어지고 배들이 다니는 것이 기쁘기는커녕, 예멜리얀을 사형시킬 명분을 잃어버린 것이 분하기만 했다.

'저놈이 해내지 못하는 일은 도무지 없구나. 어떻게 한다?'

왕은 신하들을 불러서 머리를 짜내기 시작했다.

"예멜리얀이 해내지 못할 일을 생각해내도록 해라. 여태까지는 우리가 무엇을 생각해내든 저놈이 다 해냈다. 그래서 내가 저놈의 여자를 빼앗을 수가 없구나."

신하들이 궁리하고 또 궁리해서 묘안을 찾아냈다. 그들

이 왕에게 말했다.

"예멜리얀을 부르셔서 이렇게 말씀하셔야 합니다. '어딘지 모르는 곳으로 가서 뭔지 모르는 것을 가지고 와라.' 그러면 그놈도 별수 없을 겁니다. 그놈이 어디를 가든지 전하께서는 거기가 아니라고 말씀하시면 됩니다. 그놈이 무엇을 가지고 오든지 전하께서는 그것이 아니라고 말씀하시면 됩니다. 그러면 그놈을 사형시키고 그놈의 여자를 취하실 수 있습니다."

왕이 기뻐하며 말했다.

"참 좋은 생각이다."

왕이 사람을 시켜 예멜리얀을 불러와 그에게 말했다.

"어딘지 모르는 곳으로 가서 뭔지 모르는 것을 가지고 와라. 가지고 오지 못하면 목을 베리라."

예멜리얀이 아내에게 와서 왕의 명을 전했다. 아내가 깊이 생각에 잠겼다가 말했다.

"죽이지 못해서 안달이 나셨구먼. 지혜롭게 대응할 때네."

아내가 오래 앉아서 궁리한 후 남편에게 말했다.

"멀리 가야 해. 우리 할머니, 곧 농부의 모친이자 병사의 모친이신 나이 많은 할머니를 찾아뵙고 그분의 은총을 빌어야 해. 그분한테서 물건을 받자마자 왕궁으로 가. 나도 거기 가 있을 테니까. 이젠 내가 그 사람들 손을 피해 갈 수 없을 거야. 그 사람들이 힘으로 나를 차지할 텐데, 그게 오래가진 못할 거야. 할머니께서 명하신 바를 네가 다 행하면 곧 나를 구해낼 수 있을 거야."

아내가 남편이 길을 떠나도록 채비를 하여 꾸러미와 함께 물렛가락을 주며 말했다.

"이걸 할머니께 드려. 이걸 보시면 네가 내 남편이란 걸 아실 거야."

아내는 남편에게 어떻게 가야 하는지 가르쳐주었다. 예멜리얀이 길을 떠나 도시를 벗어나 가다보니 병사들이 훈련을 받고 있었다. 예멜리얀은 한동안 서서 구경했다. 병사들이 훈련을 마치고 앉아서 쉬었다. 예멜리얀이 그들에게 가까이 가서 물었다.

"어딘지 모르는 곳으로 어떻게 가야 하는지, 뭔지 모르는 것을 어떻게 가지고 와야 하는지 아시나요?"

이 말을 듣고는 병사들이 놀라서 물었다.

"그렇게 하라고 시킨 사람이 누군데?"

"왕이요."

"우리들도 병사로 근무하기 시작할 때부터 어딘지 모르는 곳으로 가고 있는데, 아직 거기 도착을 못했어. 또 뭔지 모르는 것을 찾고 있는데, 아직 찾아내지는 못했어. 그러니 당신을 도와줄 수가 없구먼."

예멜리얀은 병사들과 한동안 앉아 있다가 계속 길을 갔다. 가고 또 가니 숲이 나왔다. 숲속에 오두막집이 있었다. 오두막집 안에 늙은 할머니가 앉아 있었다. 바로 농부의 모친이자 병사의 모친인 분이었다. 털실을 잣고 있었는데, 침이 아니라 눈물로 실을 적시고 있었다. 할머니가 예멜리얀을 보더니 소리쳤다.

"여긴 뭣하러 왔어?"

예멜리얀이 할머니에게 물렛가락을 주면서, 아내가 보내서 왔다고 말씀드렸다. 그랬더니 누그러진 할머니가 이것저것 물어보기 시작했다. 그래서 예멜리얀은 자기가 어떻게 살아왔으며 어떻게 장가를 들었으며 어떻게 도시로 와서 살게 됐으며 어떻게 왕이 자기를 궁정 일꾼으로 삼았으며 어떻게 왕궁에서 근무했으며 어떻게 성당을 짓고 배들이 다니는 강을 만들었는지 이야기했고, 지금은 왕이 어딘지 모르는 곳으로 가서 뭔지 모르는 것을 가지고 오도록 명했다고 이야기했다.

할머니가 그 말을 다 듣고 나서 울음을 그치고는 혼잣말로 "음, 때가 되었구먼" 하더니 그에게 말했다.

"알겠네. 앉아서 좀 들지."

예멜리얀이 먹을 것을 좀 먹고 나자 할머니가 그에게 말했다.

"이 실타래를 가지고 가게. 이걸 발 앞에 놓고 굴려서, 이게 굴러가는 대로 따라가게. 멀리 가야 될 걸세. 바다가 나올 때까지. 바다에 이르러 큰 도시를 보게 될 걸세. 도시에 들어가서 맨 가장자리에 있는 집에서 재워달라고 하게. 바로 거기서 자네에게 필요한 것을 찾아보게."

"그게 뭔지 제가 어떻게 알 수 있을까요, 할머니?"

"사람들이 자기 부모 말씀보다 더 잘 듣는 것을 자네가 보게 되면, 그것이 바로 자네에게 필요한 것일세. 그것을 왕에게 가져가게. 왕은 자네가 틀린 걸 갖고 왔다고 할 걸세. 그때 왕에게 말하게. '내가 틀린 걸 갖고 왔으니까, 그럼 이걸 깨버려야겠네요.' 그러면서 그걸 치게. 그러고 나서 강으로 가져가 깨부수어서 물에다 버리게. 그러면 자네 아내를 되돌려 받을 수 있을 걸세. 그러면 내 눈물도 마르게 될 테고."

예멜리얀이 할머니와 작별하고 길을 떠났다. 실타래를 계속 굴리면서 따라갔더니 바다에 이르게 되었다. 바닷가에 큰 도시가 있고, 도시 가장자리에 높이 지어진 집이 있었다. 예멜리얀은 그 집에 가서 재워달라고 부탁했다. 들여보내주어서 잠자리에 눕게 되었다. 아침에 일찍 잠을 깨어 귀를 기울여보니 그 집 아버지가 일어나서 아들을 깨우고 있었다. 가서 장작을 패 오라고 하는데, 아들은 말을 듣지 않고 다만 이렇게 말했다.

"아직 시간이 일러요. 나중에 해도 할 수 있어요."

그 집 어머니가 아궁이 곁에 서서 말했다.

"얘야, 네가 가라. 네 아버지는 몸이 뻐근해서 힘드시다. 그런데도 아버지가 가야 하겠니? 네가 가라."

아들은 입술을 움직여 뭐라고 대꾸하는 척만 하고 다시 잠을 청했다. 잠이 들려는 중에 갑자기 밖에서 쿵쾅대는 소리와 뚝딱하는 소리가 났다. 아들은 후다닥 일어나서 옷을 입고 밖으로 나갔다. 예멜리얀도 후다닥 일어나 그 집 아들을 뒤따라 달려 나갔다. 큰 소리를 낸 게 무엇이며, 아들이 부모 말씀보다도 더 잘 듣는 것이 무엇인지 보기 위해서였다.

한 사람이 길을 가고 있는데, 배에 뭔가 둥그런 것을 지니고 막대기들로 그것을 치고 있었다. 바로 거기서 큰 소리가 난 것이었고, 그 소리를 아들이 듣고 일어난 것이었다. 예멜리얀이 가까이 가서 그게 무엇인지 살펴보았다. 나무통처럼 둥그런데 양쪽 옆에 가죽이 팽팽하게 입혀져 있었다. 이것의 이름이 뭐냐고 물었더니, "북"이라는 대답이 돌아왔다. "속이 비었네" 했더니, "비었어" 했다.

예멜리얀이 놀라면서, 이 물건을 자기에게 달라고 부탁했으나 주지 않았다. 예멜리얀은 부탁하기를 그만두고 북 치는 사람 뒤를 따르기 시작했다. 하루 종일 따라다니다가 북 치는 사람이 잠자리에 들자 예멜리얀은 북을 훔쳐서 도망쳤다. 계속 달려서 그가 사는 도시에 도착했다. 아내를 보러 집에 들렀는데 아내가 없었다. 그가 떠난 다음 날 사람들이 아내를 왕에게로 끌고 간 것이다.

예멜리얀은 왕궁으로 갔다. 어딘지 모르는 곳으로 가서 뭔지 모르는 것을 갖고 왔다고 고하라고 했다. 왕은 예멜리얀에게 다음 날 오라고 했다. 예멜리얀은 다시 한번 고해달라고 했다.

"가지고 오라는 것을 내가 가지고 왔다. 왕 나오라고 해라. 안 그러면 내가 직접 들어가겠다."

그러자 왕이 나와 물었다.

"너 어디에 갔었느냐?"

그가 대답했더니 왕이 말했다.

"틀린 곳에 갔었구나. 그래, 뭘 가져왔느냐?"

예멜리얀이 자기가 가져온 것을 보여주려 했더니 왕이 보지도 않고 말했다.

"틀린 걸 가져왔구나."

"틀린 걸 가져왔다면 이걸 깨버려야겠네, 이 몹쓸 것을."

예멜리얀이 북을 가지고 왕궁에서 나와 북을 쳤다. 그러자마자 왕의 모든 병사들이 예멜리얀에게 몰려와서 그에게 경례를 붙이고 그가 명령을 내리기를 기다리고 섰다. 왕이 창문으로 내다보면서 병사들에게 예멜리얀을 따라가지 말라고 소리쳤다. 그러나 다들 왕의 말을 듣지 않고 예멜리얀을 따라갔다. 그걸 보고 왕이 예멜리얀 앞에 그의 아내를 데리고 와서, 자기한테 북을 달라고 부탁했다. 그러자 예멜리얀이 말했다.

"줄 수 없어. 나는 이걸 깨서 그 파편을 강에 버리라는 명을 받았어."

예멜리얀이 북을 들고 강으로 가니 모든 병사들이 그를 따라갔다. 예멜리얀이 강가에서 북을 깨뜨려 산산조각을 낸 다음 강에다 버렸더니 모든 병사들이 흩어져 달아났다. 예멜리얀은 아내를 데리고 집으로 갔다.

그때부터 왕은 그를 귀찮게 하지 않았다. 그 뒤로 그는 좋은 일들은 많이 쌓고 나쁜 일들은 견뎌내며 잘살았다.

The best stories of
L. N. Tolstoy

코르네이 바실리예프

코르네이 바실리예프가 마을에 돌아왔을 때, 그는 만으로 쉰네 살이었다. 그때 그의 숱이 많고 곱슬곱슬한 머리카락에는 흰머리가 단 한 올도 없었고, 다만 광대뼈 주위에 난 검은 구레나룻에 흰 털이 약간씩 보일 뿐이었다. 그의 얼굴은 반질반질했고 혈색이 좋았으며, 목 뒤가 떡 벌어져서 힘이 있어 보였다. 그리고 도시에서 풍족한 식생활을 한 덕에 탄탄한 몸에는 기름기가 돌았다.

그는 20년 전에 군 생활을 마치고 돈을 벌어서 돌아왔다. 처음에는 상점을 차렸다가 접고 가축을 사고파는 일을 시작했다.

그의 집은 가이 촌(村)에 있었다. 석조 건물에 지붕은 철제였다. 그 집에 늙은 어머니와 아내와 아이들(딸 하나, 아들 하나)이 살았고, 또 벙어리 조카가 한 명 살았다. 조카는 고아로 나이는 만 열다섯이었고, 일을 하고 있었다. 코르네이는 결혼 생활이 두 번째였다. 첫 부인은 몸이 약하고 병든 여자였고 아이 없이 세상을 떠났다. 이미 젊다고 할 수 없는

홀아비였던 그는 건강하고 아름다운 아가씨와 결혼하였다. 이웃 마을 가난한 과부의 딸이었다. 아이들은 바로 이 두 번째 아내에게서 얻은 것이다.

코르네이가 최근에 모스크바에서 '상품(가축)'을 판 것이 아주 수지맞는 거래였기 때문에, 그는 돈을 3,000루블 정도 모았다. 파산한 지주가 그의 마을에서 그리 멀지 않은 곳에 있는 임지를 헐값에 판다는 얘기를 고향 사람에게서 듣고, 그는 이 임지를 사기로 했다. 그는 이 임지를 알고 있었으며, 군대에서 근무하기 전에 바로 거기서 관리인 조수로 일했었다.

가이로 들어가기 위해 기차에서 내린 코르네이는 역에서 고향 사람을 만났다. 비뚤이라는 별명을 가진 가이 출신의 쿠지마였다. 쿠지마는 여위고 털이 긴 말 두 필이 끄는 썰매에 누구를 좀 태워볼까 하여, 매번 기차가 오는 시간에 맞춰 가이에서 역까지 나오곤 했다. 쿠지마는 가난했기 때문에, 부자라면 가리지 않고 다 싫어했다. 그중에서도 코르네이를 특히 싫어했다. 코르네이가 코르누시카라는 애칭으로 불리던 시절부터 쿠지마는 그를 알고 있었다.

짧은 코트에다 양가죽 코트를 걸쳐 입고 손에 여행 가방을 든 코르네이는 튀어나온 배를 앞으로 내밀고 역 입구로 나와 서서 숨을 길게 내쉬며 주위를 둘러보았다. 약간 쌀쌀하고 구름이 낀 아침이었으며 주위는 고요했다.

"왜, 타겠다는 사람이 없어, 쿠지마 아저씨? 그럼 내가 좀 타도 될까?"

"그러든지. 1루블 주면 태워다줄게."

"70코페이카면 충분할 거 같은데."

"잘 먹어서 똥배는 나와갖고 가난한 나한테서 30코페이카는 챙기시겠다?"

"아, 알았어, 알았어. 주면 될 거 아냐?"

그렇게 말하고 코르네이는 작달막한 썰매에 여행 가방과 꾸러미를 대충 싣고 뒷좌석에 퍼져 앉았다.

쿠지마는 좁은 마부석에 앉았다.

"가자!"

역 근처의 울퉁불퉁한 땅을 벗어나 매끈한 길로 나왔다.

"그래, 이곳 생활은 좀 어때? 내 고향이긴 하지만 떠나 있으니 이런 걸 물어보게 되네."

"좋은 건 별로 없지."

"왜 별로 없어? 참, 우리 어머닌 살아 계셔?"

"응, 살아 계셔. 며칠 전 교회에서 봤어. 살아 계시더라고. 네 젊은 마누라도 살아 있고. 어떤지 알아? 새 일꾼을 한 명 고용했더라고."

그러면서 쿠지마가 픽 웃었는데, 코르네이는 그 웃음이 왠지 이상하게 느껴졌다.

"무슨 일꾼 말이야? 페트라도 있는데 왜?"

"페트라는 병들었어. 그래서 카멘카 출신의 예프스치그네이 벨르이를 고용했어. 그러니까 바로 자기 고향 사람이지."

"그래?"

코르네이가 마르파를 신부로 데려오려 하던 시절에도 그 동네 여자들이 예프스치그네이가 어쩌고 하면서 수다들을 떨었었다.

"알다시피 말이야, 코르네이 바실리치, 요즘 여자들은 아주 제멋대로가 됐어."

"두말하면 잔소리지! 아저씨네 아줌마도 이제 팍삭 늙었겠네."

코르네이는 이야기를 더 나누고 싶지 않아서 그렇게 덧붙였다.

"늙기는 나도 마찬가지지. 그러니 마누라도 자기 남편 따라가겠지."

쿠지마는 그렇게 답하면서, 다리가 비뚤어진 털북숭이 거세마에게 채찍질을 했다.

도착까지 반쯤 남은 지점에 쉬어 가는 곳이 있었다. 코르네이는 썰매를 멈추게 한 후 건물로 들어갔다. 쿠지마는 빈 구유에 말을 매고 말의 가슴걸이를 바로잡고 있었다. 그는 코르네이가 자기를 부르기를 기다리면서 일부러 다른 쪽을 쳐다보고 있었다.

"이리 들어오지그래, 쿠지마 아저씨. 한잔 걸치라고."

"뭐, 그래볼까?"

쿠지마가 마치 별 관심이 없는 양 건성으로 대답했다.

코르네이가 보드카 한 병을 시켜서 쿠지마에게 갖다주었

다. 쿠지마는 아침부터 그때까지 먹은 게 없었기 때문에 금세 취했다. 술이 취하자 그는 코르네이한테 몸을 기울여가면서, 마을에 도는 소문에 대해서 속삭이는 소리로 이야기하기 시작했다. 코르네이의 아내 마르파가 전 애인을 일꾼으로 고용하여 그와 함께 살고 있다는 것이었다. 술에 취한 쿠지마가 말했다.

"난 말이야, 응? 솔직히 말해서, 네가 참 안됐어. 그래선 안 되는데 말이야, 응? 사람들이 비웃는다고. 죄짓는 게 안 무섭나보지. 난 이러지. '조금만 기다려보라고. 주인장이 올 텐데 말이야.' 난 이런다고. 알겠어, 코르네이 바실리치?"

쿠지마의 말을 잠자코 듣던 코르네이의 짙은 눈썹이 점점 밑으로 내려와서, 석탄처럼 새까맣고 반짝거리는 눈동자 바로 위로 드리워졌다.

"그래, 어떡할 거야? 나 술 더 사줄 거야? 더 사줄 거 아니면 가고."

한 병이 비자마자 쿠지마가 말했다.

코르네이는 주인에게 돈을 지불하고 밖으로 나왔다.

집에 도착했을 때, 날은 이미 어둑어둑해져 있었다. 그를 처음으로 맞이한 사람은 바로 예프스치그네이 벨르이였다. 오는 도중에 코르네이가 딴 생각을 할 수 없도록 만든 장본인 말이다. 코르네이는 그와 인사를 나눴다. 분주해 보이는 예프스치그네이의 마르고 흰 얼굴을 보며 코르네이는 잘 이해가 안 간다는 듯 머리를 가로저었다.

'그 늙은 수캐 같은 영감탱이의 말은 믿을 게 못 돼. 하긴 누가 알겠어? 어쨌든 내가 정확히 알아내겠어.'

쿠지마는 말 근처에 서서 예프스치그네이에게 한쪽 눈으로 윙크를 하고 있었다.

"그래, 자네 우리 집에서 산다고?"

"그게 저…… 어디선가 일을 해야 될 것 같아서 말씀입니다."

"방은 난방이 돼 있나?"

"물론입니다. 사모님이 거기 계십니다."

코르네이가 입구로 올라갔다. 마르파가 목소리를 듣고는 나타났다. 남편을 보고는 갑작스럽게 반가워하면서 매우 상냥하게 인사했다.

"어머님과 내가 얼마나 오래 기다렸다고. 왜 이제 오는 거야?"

마르파는 이렇게 말하고 코르네이를 뒤따라 집 안으로 들어갔다.

"그래, 나 없이 어떻게들 살고 있나?"

"사는 거야, 뭐, 예전 그대로지."

마르파는 치마를 잡아끌면서 젖 달라고 보채는 만 두 살짜리 딸을 안아 올리고는 성큼성큼 걸어 안으로 들어왔다.

코르네이의 어머니는 코르네이만큼이나 새까만 눈을 갖고 있었다. 그녀는 펠트 장화를 신은 발을 겨우 질질 끌면서 방 안으로 들어왔다.

"와줘서 고맙다. 우릴 보러 와줬구나."

코르네이가 어머니에게 자기가 어떤 일로 왔는지 말했다. 그러다가 쿠지마가 밖에 서 있는 걸 기억해내고, 그에게 돈을 지불하기 위해 나갔다. 방에서 문간으로 통하는 문을 열자마자, 마당으로 나가는 문 바로 앞에서 마르파와 예프스치그네이를 발견했다. 그들은 서로 가까이 서 있었고, 마르파가 무슨 말인가 하고 있었다. 코르네이를 보자 예프스치그네이는 마당으로 재빨리 가버렸고, 마르파는 찻주전자가 있는 데로 가서 웅웅 소리를 내는 꼭지를 바로잡으려고 했다.

코르네이는 등을 구부리고 선 그녀의 옆을 말없이 지나쳐 꾸러미를 집어 들고는 쿠지마에게 큰 건물로 차를 마시러 들어오라고 했다. 차를 마시기 전에 코르네이는 모스크바에서 사 온 선물들을 식구들에게 나누어 주었다. 어머니에게는 모직 머릿수건을, 페치카에게는 그림책을, 벙어리 조카에게는 조끼를, 아내에게는 치마를 짤 옥양목을 주었다.

차를 마시면서 코르네이는 눈살을 찌푸리고 말없이 앉아 있었다. 다만 벙어리 조카가 기쁜 기색을 보이면서 다른 사람들까지 웃게 했기 때문에, 코르네이도 그걸 보면서 간간이 억지로 미소를 짓곤 했다. 벙어리 조카는 조끼를 선물로 받은 게 더없이 기쁜 모양이었다. 계속 조끼를 접었다 폈다 하면서, 그걸 몸에 걸치고서 드러난 자기 팔에 입을 맞추고, 코르네이를 쳐다보면서 밝게 웃곤 했다.

차 마시고 저녁 먹는 시간이 끝나자 코르네이는 곧장 방으로 갔다. 마르파와 어린 딸과 같이 자는 방이었다. 마르파는 아직 큰 건물에 남아 식기를 치우는 중이었다. 코르네이는 혼자 식탁에 팔꿈치를 괴고 앉아 기다렸다. 아내에 대한 화가 그의 마음속에서 점점 더 타올랐다. 그는 벽장에서 주판을 꺼내고 호주머니에서 수첩을 꺼내, 마음을 좀 추스르려고 일부러 계산을 하기 시작했다. 계산을 하면서도 그는 문 쪽을 힐끔힐끔 보았고, 큰 건물 쪽에서 들려오는 소리에 자기도 모르게 귀를 기울였다.

큰 건물로 통하는 문이 열리는 소리와 누군가가 문간으로 나오는 소리가 몇 번 들렸으나, 그녀가 나온 것은 아니었다. 그러다 마침내 그녀의 발걸음 소리, 문손잡이 돌아가는 소리, 문 열리는 소리가 들리고, 빨간 치마 차림에 얼굴에 홍조를 띤 아름다운 그녀가 어린 딸을 품에 안고 들어왔다.

"오느라고 고생이 많았겠네."

마치 그의 침울한 표정을 눈치채지 못한 것처럼 그녀가 미소 지었다. 코르네이는 그녀를 힐끔 쳐다보고 다시금 계산을 하기 시작했다. 이미 계산할 게 아무것도 없었지만 말이다.

"벌써 시간이 이렇게 됐네."

그녀가 말하면서 어린 딸을 내려놓고 칸막이 저쪽으로 갔다.

그녀가 침구를 정리하고 딸을 재우기 위해 눕히는 소리

가 들렸다.

코르네이는 "사람들이 비웃는다고. 조금만 기다려보라고" 하던 쿠지마의 말을 기억해내고 가쁜 숨을 간신히 가라앉히고는 천천히 자리에서 일어났다. 이로 물어뜯어 거의 닳은 몽당연필을 조끼 주머니에다 넣고, 주판을 못에 걸고, 양복 상의를 벗고, 칸막이 문 쪽으로 다가갔다. 그녀가 얼굴을 성화 쪽으로 향하고 기도를 하고 있었다. 그는 멈춰 서서 기다렸다. 그녀가 오랫동안 성호를 긋고 절을 하면서 속삭이는 소리로 기도문을 암송했다. 그가 보기에 그녀는 기도문을 다 암송한 지가 오래되었는데도 일부러 몇 번씩 반복하고 있는 것 같았다. 그녀는 바닥에 엎드려 큰절을 하고 나서 몸을 곧게 편 후, 속삭이는 혼잣말로 무언가 기도하고는 그에게로 얼굴을 돌렸다.

"아가피야가 자네."

그녀가 어린 딸을 가리키며 말했다. 그러곤 미소를 지으면서 침대에 앉았다. 침대에서 삐걱 소리가 났다.

"예프스치그네이가 여기 온 지 오래됐어?"

그녀가 굵게 땋은 머리 한 가닥을 천천히 등 뒤에서 어깨를 거쳐 가슴께로 넘기고는 손가락을 재빨리 놀려 풀기 시작했다. 그러면서 그의 눈을 똑바로 쳐다보았다. 눈에 웃음이 서려 있었다.

"예프스치그네이 말이야? 글쎄, 잘 모르겠는데, 한 2주 됐나? 아니면 3주?"

"너, 그놈하고 같이 사니?"

그녀가 손에서 머리카락을 놓쳤다가 금방 다시 잡고는, 그 탐스럽고 질겨 보이는 머리카락을 다시 땋기 시작했다.

"별소리를 다 하네. 예프스치그네이와 사냐고? 사람들이 지어낸 말이겠지. 누가 그래?"

그녀가 예프스치그네이라는 이름을 특히 또랑또랑하게 발음하면서 말했다.

"말해. 사실이지?"

코르네이는 그렇게 말하면서 호주머니 속에서 억센 주먹을 꽉 쥐었다.

"사람들이 무슨 헛소린들 못 하겠어? 신발 벗겨줄까?"

"묻는 말에 대답해."

그가 재촉했다.

"참 한심할 지경이네. 내가 예프스치그네이한테 혹했을까봐? 누가 그따위 소릴 당신한테 해?"

"너희들 문간에서 무슨 얘기 했어?"

"무슨 얘기긴. 나무통에 고리 박아 넣어야 된다고 그랬지. 당신 나한테 왜 그렇게 윽박지르고 그래?"

"야, 이년아, 죽여버리기 전에 바른 대로 말 안 해?"

그가 그녀의 땋은 머리를 낚아챘다. 그녀가 그의 손에서 머리를 빼냈다. 그녀의 얼굴이 고통으로 일그러졌다.

"당신 또 폭력 쓰는 버릇 나왔네! 내가 뭘 보고 당신한테 시집왔을까? 사는 게 이래서 나더러 뭘 어떻게 하라는 거야?"

"뭘 어떻게 하라는 거냐고?"

그가 그렇게 말하면서 그녀에게 점점 다가왔다.

"머리는 왜 뽑고 그래? 이것 좀 봐, 이 뽑힌 머리 좀 보라고! 당신 왜 아까부터 시비야? 정말 보자 보자 하니……."

그녀는 말을 끝맺을 수 없었다. 그가 팔을 홱 낚아채어 그녀를 침대에서 벌떡 일으켰고 얼굴, 옆구리, 가슴을 때리기 시작했다. 때리면 때릴수록 그의 마음속에서는 분이 더 세게 타올랐다. 그녀는 소리치고 막으면서 도망가려 했으나 그가 그녀를 놓아주지 않았다. 어린 딸이 잠에서 깨어 "엄마!" 하고 울면서 달려왔다.

코르네이가 어린 딸의 팔을 잡아 엄마에게서 떼어내, 마치 고양이를 던지듯 방구석으로 내던졌다. 어린 딸이 빽 소리치더니 몇 초간 아무 소리도 내지 않았다.

"이 폭력배! 애를 죽였어!"

마르파가 소리 지르며 일어나 아이 쪽으로 가려 하였다.

그러나 그가 다시 그녀를 붙잡고 가슴을 세게 때렸다. 그녀는 벌렁 자빠져서 역시 아무 소리도 내지 않았다. 한편 어린 딸은 숨 돌릴 틈도 없이 필사적으로 소리치고 있었다.

어머니가 머릿수건도 쓰지 않고 헝클어진 백발 그대로 머리를 흔들면서 비틀비틀 방으로 들어왔다. 그녀는 코르네이나 마르파는 쳐다보지도 않고, 걷잡을 수 없이 펑펑 울고 있는 손녀에게 다가가 안아 올렸다.

코르네이는 거친 숨을 내쉬면서, 마치 방금 잠에서 깨어나 자기가 어디에 있고 주위에 누가 있는지 잘 모르는 것처럼 둘러보며 서 있었다.

마르파가 고개를 들고 신음하면서 피범벅이 된 얼굴을 윗옷으로 닦았다. 그러고 나서 말했다.

"몹쓸 놈! 망할 놈! 그래, 나 예프스치그네이하고 산다. 전에도 살았고. 자, 어디 한번 때려죽여봐! 아가피야도 네 딸 아니야. 그 남자 애야."

이렇게 속사포처럼 말하고 나서 그녀는 이제 맞겠거니 싶어 팔꿈치로 얼굴을 가렸다.

그러나 코르네이는 마치 아무 말도 이해하지 못하는 양 두리번거리면서 씩씩대고 있었다.

"이것 좀 봐라, 네가 어린애한테 뭔 짓을 했는지. 애 팔이 빠졌어."

어머니가 그렇게 말하면서, 비틀려 빠져나와 덜렁거리고 있는 아이 팔을 그에게 보여줬다. 아이는 미친 듯이 악을 쓰며 울고 있었다. 코르네이는 몸을 돌려 아무 말 없이 밖으로 나갔다.

마당은 아까와 마찬가지로 쌀쌀하고 음울했다. 그의 화끈거리는 뺨과 이마 위로 눈서리가 떨어졌다. 그는 입구 계단에 앉아서 난간 위에 쌓인 눈을 한 줌씩 모아서 먹었다. 문 저편에서 마르파의 신음 소리와 아이의 가엾은 울음소리가 들려왔다. 잠시 뒤 방에서 문간으로 통하는 문이 열리더니, 어머니가 아이와 함께 큰 건물로 가는 소리가 들렸다.

그는 일어나서 방으로 들어갔다. 갓이 씌워진 등불의 약한 불빛이 식탁 위를 비추고 있었다. 칸막이 저쪽에서 마르파의 신음 소리가 들려왔다. 그가 들어가자 소리는 더 커졌다. 그는 잠자코 옷을 입고, 벽에 붙은 긴 의자 밑에서 가방을 꺼내 옷가지 등을 담아 줄로 묶었다.

"왜? 왜 날 그렇게 팬 거야? 내가 너한테 뭘 어쨌는데?"

마르파가 한이 맺힌 목소리로 말했다. 코르네이는 아무 대답도 하지 않고 가방을 들고 문 쪽으로 갔다.

"몹쓸 놈! 나쁜 놈! 거기 서봐. 너 책임질 일 없어?"

그녀가 전혀 다른 목소리로 독을 품고 말했다.

코르네이는 아무 대답도 하지 않고 발로 문을 차서 쾅 닫았다. 그 서슬에 벽이 다 떨렸다.

큰 건물로 들어간 코르네이는 벙어리 조카를 깨워서 말에 마구를 매라고 시켰다. 잠이 덜 깬 조카가 놀란 눈으로 삼촌을 쳐다보면서 양손으로 머리카락을 가지런히 하려고 애썼다. 자기가 뭘 해야 하는지 마침내 깨달은 그는 벌떡 일어나 펠트 장화를 신고 해진 코트를 걸치고서 등불을 들고 마당으로 나갔다.

코르네이는 조카와 함께 작은 눈썰매를 타고 대문을 나섰다. 전날 저녁 쿠지마와 함께 왔었던 바로 그 길을 반대 방향으로 가기 시작했을 때에는 이미 날이 밝아 있었다.

그는 기차가 출발하기 5분 전에 역에 도착했다. 조카가 지켜보는 가운데 표를 사고 가방을 들고 고개를 한 번 끄덕

하고는 기차에 탔고, 그 후 기차는 멀리 달아나 보이지 않게 되었다.

마르파는 얼굴에 멍이 든 것 말고도 갈비뼈 두 대에 금이 갔고 이마가 깨졌다. 그러나 그녀는 맷집이 좋고 강한 젊은 여성이라 6개월쯤 후에 회복하여, 맞은 자국도 전혀 남지 않게 되었다. 하지만 아이는 앞으로 계속 반불구로 살게 될 것이었다. 아이는 팔뼈 두 개가 부러졌고 팔이 한쪽으로 비틀어져 있었다.

코르네이에 대해서는 그가 떠난 날 이후로 아무도 아무것도 알지 못했다. 그가 살았는지, 아니면 죽었는지조차 몰랐다.

17년이 지났다. 때는 적막한 가을이었다. 태양이 낮게 뜨고, 오후 세 시가 넘으면 벌써 어둑어둑해지는 때였다. 안드레예프카 마을에서 방목을 나왔던 가축 떼가 마을로 돌아가고 있었다. 목동이 일할 만큼 일하고 나서 이제 일을 안 하게 되었고 언제 다시 일하러 올지 모르는 상황이라, 여자들과 아이들이 돌아가며 가축들을 몰고 있었다.

가축 떼가 귀리를 수확한 밭을 벗어나 방금 흙길로 나섰다. 검은색 땅으로 된 이 질척질척한 큰길은 갈라진 발굽 자국들이며 바퀴 자국들 때문에 바닥이 온통 들쭉날쭉했다. 가축들은 그런 길을 따라 마을 쪽으로 가면서 잠시도 쉬지 않고 '음매' '매' 하는 소리를 냈다. 가축 떼와 같은 방향으로 약간 앞에서 걷고 있는 사람이 한 명 있었다. 비 때문에 어두침침하게 보였는데, 천 조각들로 기운 긴 외투를 입고, 커다란 모자를 쓰고, 구부정한 등 위에 가죽으로 된 자루를 멘 키 큰 노인이었다. 그의 턱수염은 허옇게 세었고, 곱슬곱슬한 머리카락도 허옜다. 오직 눈썹만 짙고 새까맸다. 그가 신은 우크라이나식 장화는 다 젖은 데다가 군데군데가 갈라지기까지 해 엉망진창이 되어 있었다. 그런 장화를 신고 진흙 길을 따라 힘겹게 걷고 있었다. 두 걸음 갈 때마다 그는 손에 든 참나무 지팡이를 짚어 중심을 잡곤 했다. 가축 떼가 그를 따라잡자 그는 지팡이에 의지하여 멈춰 섰다. 머리에 마직 천을 쓰고 치맛자락을 허리띠 밑으로 쑤셔 넣고 남자 장화를 신은 채 가축 떼를 몰던 젊은 아낙네가, 무리를 이탈하는 양과 돼지 들을 집어넣느라 잰걸음으로 이쪽저쪽 왔다 갔다 하다가 노인 옆을 지날 때 걸음을 멈췄다.

"안녕하세요, 할아버지?"

"응, 댁도 안녕하신가?"

"밤에 어디서 주무시려고요?"

"어디서 자긴 자야지. 걷느라고 녹초가 됐네."

노인이 쉰 목소리로 대답했다.

"할아버지, 근데 치안 담당자 집엔 가지 마세요. 곧바로 우리 집으로 오세요. 세 번째 집이에요. 우리 어머님이 나그네들은 그냥 재워주세요."

"세 번째 집이면 지노베예프 씨 가문이네."

"어떻게 아세요?"

"가본 적이 있어."

"야! 페주시카! 뭘 그렇게 빽빽 울고 난리야? 저 절뚝발이가 완전히 뒤떨어졌네."

무리 뒤쪽에서 갈팡질팡하고 있는, 다리가 세 개뿐인 양을 향해 젊은 아낙네가 소리쳤다. 그녀는 오른팔을 어딘지 모르게 어색하게 움직여 회초리를 휘두르고는 머릿수건이 흘러내리지 않도록 비틀린 왼손으로 잡고서, 무리를 이탈한 비에 젖은 까만 절뚝발이 양을 데리러 길을 되돌아갔다.

이 노인이 바로 코르네이였다. 그리고 젊은 아낙네는 17년 전에 그가 팔을 망가뜨려놓은 바로 그 아가피야였다. 그녀는 가이에서 4베르스타가 조금 넘게 떨어진 안드레예프카의 부잣집으로 시집을 왔다.

■■■

코르네이 바실리예프는 힘세고 돈 많고 자존심 강한 도시민이었다가 지금과 같은 처지가 되었다. 다 해진 옷, 가방 안에 든 군인수첩과 얇은 윗옷 두 벌밖에는 가진 것이 없는 늙은이가 된 것이다. 이 모든 변화는 아주 조금씩 일어났다. 꼭 언제 무엇을 계기로 이렇게 되었다고 말할 수 없을 정도로 말이다. 다만 그가 알고 있는, 그리고 굳게 확신하고 있는 한 가지 사실은 이러한 불행의 씨앗이 그의 나쁜 아내라는 것이었다. 그는 자기가 전에 어땠었는지 회상할 때면 기분이 이상한 동시에 가슴이 쓰렸다. 그럴 때면 그가 17년 동안 겪어온 모든 안 좋은 일들의 원인으로 여기고 있는 그녀가 증오와 함께 머릿속에 떠올랐다.

아내를 때렸던 그날 밤에 그는 영지 주인에게 갔다. 자기 임지를 판다던 그 사람 말이다. 벌써 누가 샀기 때문에 임지를 사지 못했다. 그래서 그는 모스크바로 돌아왔다. 거기서 술을 입에 대기 시작했다. 그 전에도 술은 쭉 마셔왔지만, 이번에는 잠을 깨기 무섭게 술을 입에 대는 생활을 2주 연속으로 했다. 그러다가 좀 정신을 차렸을 때, 아래 지방으로 가축을 사러 갔다. 거래는 성공적이지 못하여 그가 손해를 보았다. 그는 다시 한번 가축을 사러 갔다. 두 번째 거래도 성공적이지 못했다. 그렇게 1년이 지나자 원래 갖고 있던 3천 루블에서 25루블만이 남게 되었다. 그래서 땅 주인들에게 고용되는 수밖에 없었다. 그는 전에도 술을 마셨지만 가면 갈수록 점점 더 술을 자주 마시게 되었다.

처음에 그는 목축업자 밑에서 1년 동안 관리인으로 일했다. 그러다 길에서 술을 마시다가 주인에게 들켜, 임금을 받고 해고되었다. 그 후 그는 아는 사람을 통해 술장사 자리를 소개받게 되었다. 그러나 그 자리에서도 오래 버티지 못했다. 돈 계산에서 실수를 하는 바람에 쫓겨나게 된 것이다. 고향으로 돌아가기는 창피하기도 했고, 또 원한이 되살아나려 해서 그만두었다. '나 없이 잘들 살라고 해. 어쩌면 아들놈도 내 친아들이 아닐지도 몰라' 하고 그는 생각했다.

상황은 점점 나빠지기만 했다. 그는 술 없이 살 수가 없었다. 이제는 관리인이 아니라 가축 모는 사람으로 고용되었고, 그 후에는 가축 모는 사람으로 고용해주는 이도 없었다.

그는 상황이 나빠질수록 점점 더 자기 아내를 탓했고, 그럴수록 아내에 대한 원망이 더욱 커졌다.

코르네이가 가축을 몰던 마지막 일자리에서, 그의 주인은 원래 모르던 사람이었다. 그 당시 가축이 병들었다. 코르네이의 잘못은 없었다. 그러나 주인은 화를 내면서 관리인과 코르네이에게 급료를 지불하고 다 해고해버렸다. 이제 고용될 곳은 찾기 어려웠다. 그래서 코르네이는 온갖 지역을 돌아다니기 시작했다. 장화와 가방을 좋은 것으로 맞추고 차와 설탕과 돈 8루블을 가지고 키예프로 갔다. 그런데 키예프는 그의 마음에 들지 않았다. 그래서 그는 캅카스의 노비아폰으로 갔다. 거기 채 도착하기도 전에 그는 열병을 앓게 되었다. 갑자기 몸에 힘이 빠졌다. 돈은 1루블 70코페이카 남아 있었고, 아는 사람은 아무도 없었다. 그래서 그는 고향으로, 아들한테로 돌아가기로 했다.

'그 몹쓸 년이 지금은 죽었는지도 모르잖아. 만약 안 죽었으면 죽기 전에 그년한테 말이라도 다 할 수 있겠네. 그 나쁜 년 때문에 지금 내가 어떤 처지가 됐는지 알려줘야지.'

열병 증세가 하루 걸러서 그를 괴롭혔다. 그는 점점 더 약해져만 갔다. 하루에 10~15베르스타 이상을 가지 못했다. 집까지 200베르스타 조금 넘게 남은 지점에서 그는 돈을 다 썼고, 그때부터는 단지 그리스도의 이름을 대면서 구걸하는 처지가 됐고, 잠자리는 치안 담당자가 인도하는 대로 해결했다. 그는 자기 아내를 떠올리면서, '내가 이 지경이 되도록 만들었으니 얼마나 기쁘겠냐?' 하고 생각했고, 그럴 때마다 옛날 버릇대로 자기의 늙고 약한 주먹을 꽉 쥐곤 했다. 하지만 때릴 상대가 없었다. 또 주먹에 힘이 들어가지도 않았다.

그는 이 200베르스타 조금 넘는 길을 2주 동안 걸었다. 잔뜩 허약해진 몸으로 고향까지 4베르스타가 조금 더 남은 곳까지 이르렀을 때, 자기 딸로 알고 있었지만 사실은 아니었던, 자기 때문에 팔이 빠진 아가피야를 만난 것이다. 그러나 그는 아가피야를 알아보지 못했고, 아가피야도 그를 알아보지 못했다.

■■■

그는 아가피야 말대로 지노베예프 씨네 집에 가서 재워

달라고 청했다. 그는 집 안으로 들어갈 수 있었다.

집 안에 들어와서 그는 누구 집에 가든 항상 그래왔듯이 성화 앞에서 성호를 긋고 그 집 사람들과 인사를 나눴다.

"할아버지 춥겠어. 어서 난로 위 침상으로 가."

식탁을 치우고 있던 주름투성이 할머니가 명랑한 어조로 말했다.

아가피야의 남편인 젊은 농부가 식탁 옆 벽에 붙은 긴 의자에 앉아서 등에 기름을 넣고 있다가 말했다.

"어이구, 비에 젖으신 것 좀 봐요! 이걸 어쩐담? 일단 몸을 말리셔야 돼요."

코르네이는 옷과 신발을 벗고 난로 앞에 각반을 걸어놓고는 침상으로 올라갔다.

아가피야가 물병을 들고 집 안으로 들어왔다. 벌써 가축 떼를 우리에 몰아넣은 것이다.

"나그네 할아버지 한 분 안 오셨어? 내가 우리 집에 오시라고 했는데."

"저기 계시잖아."

바깥주인이 코르네이가 앉아 있는 난로 위 침상을 가리키며 말했다. 그는 털이 더부룩하고 뼈마디가 튀어나온 자기 다리에서 물기를 닦고 있었다.

집주인들이 코르네이에게 같이 차를 마시자고 했다. 코르네이가 침상에서 내려와 긴 의자 한쪽 끝에 앉았다. 집주인들이 그에게 차 한 잔과 각설탕 하나를 주었다.

날씨 얘기, 추수 얘기가 나왔다. 추수를 해도 곡식이 자기 손에 떨어지는 게 아니라고 했다. 지주의 밭에 낟가리들이 쌓이는데 운반을 시작할라치면 또 비가 오기 때문에, 농부들이 가지고 와서 지주의 탈곡장에 쌓아놓으면 습기 때문에 냄새가 보통이 아니고 곡식 단 속에 쥐들이 극성이라고 했다.

코르네이는 길을 걷다가 밭을 보니 낟가리들로 가득했다고 말했다. 아가피야가 코르네이에게 약간 노란빛이 도는 묽은 차를 다섯 잔째 따라 주었다.

"괜찮아요, 마음껏 드세요, 할아버지."

그녀가 사양하려는 그에게 말했다.

"근데 거 팔은 어쩌다 그렇게 됐소?"

그가 가득 찬 잔을 조심스럽게 가져가면서 눈썹을 움직이며 물었다.

"어렸을 때 다친 거라오. 얘 아버지가 얠 죽이려 했다네."

수다쟁이 시어머니가 말했다.

"아니, 왜?" 하고 코르네이가 묻고 아가피야의 얼굴을 바라보았다. 그 순간 갑자기 예프스치그네이 벨르이의 얼굴이 떠올랐다. 그의 푸른 눈동자가 말이다. 코르네이는 찻잔을 쥔 손이 떨려서 식탁으로 가져갈 동안 반쯤은 밖에 흘렸다.

"가이에 그런 사람 하나 있었지. 코르네이 바실리예프라는 사람인데 부자였어. 그래서 그런지 자기 마누라한테 되게 거만하게 굴었어. 마누라를 패고 얘를 이렇게 망쳐놓았지 뭐야."

코르네이는 말없이 가만히 있었다. 쉴 새 없이 움직이는 시꺼먼 눈썹 밑에서 눈동자를 굴려 바깥주인과 아가피야를 번갈아 보기만 했다.

"왜 그랬대요?"

그가 각설탕을 깨물며 물었다.

"누가 안대요? 얘에 대해서 사람들이 무슨 헛소린들 못하겠소? 거기에 대해서 얘보고 대답을 하라고 할 수야 없지. 그 집 일꾼 때문에 무슨 일이 있었던 게야. 우리 마을 출신의 젊고 잘생긴 일꾼이 있었지. 그 사람이 죽을 때 그 집에서 죽었다오."

"죽었다고요?"

코르네이가 묻고는 '으흠!' 하고 기침을 한번 했다.

"죽은 지 오래됐어. 그러고 나서 우리가 얠 우리 집으로 데리고 왔지. 그 집 잘살았었는데……. 마을에서 제일가는 부잣집이었어. 바깥주인이 살아 있을 때만 해도."

"바깥주인은 어떻게 됐는데요?"

코르네이가 물었다.

"그 사람도 아마 죽었을걸. 그때 떠나곤 소식이 없어. 15년은 됐을걸."

"그보다 더 됐을걸요. 우리 엄마가 나 젖 떼자마자라고 하더라고요."

"그래? 뭐 어떻든, 새댁, 그 사람한테 너무 한 품지 말게. 팔을 이렇게 해놓았다고 해서……."

이렇게 말하다가 코르네이는 갑자기 흐느껴 울기 시작했다.

"그분이 뭐 남인가요? 친아버진데요. 왜 그러세요? 추워서 그러세요? 차를 좀 더 드릴까요?"

코르네이는 대답하지 않고 흐느껴 울기만 했다.

"왜 그러세요?"

"아무것도 아니네. 그냥. 고맙네."

그렇게 말하고 코르네이는 떨리는 손으로 기둥과 벽에 붙은 의자를 짚고서, 커다랗고 깡마른 발로 기어올라 난로 위 침상에 누웠다.

"왜 저런대?"

할머니가 노인 쪽을 향해 눈을 끔쩍하며 아들에게 말했다.

다음 날 코르네이는 누구보다도 먼저 일어났다. 그는 침상에서 내려와 다 마른 각반을 만지작만지작하여 부드럽게 하고, 딱딱하게 굳은 장화를 겨우 신고 자루를 둘러메었다.

"아침이라도 들고 가시지?"

할머니가 말했다.

"고맙지만 그냥 가겠소."

"어제 남은 거긴 하지만 빵 쪼가리라도 좀 갖고 가쇼. 내가 자루 안에다 넣어드리리다."

코르네이가 고맙다고 하고 작별 인사를 나눴다.

"돌아가는 길에 또 들르쇼. 살아 있으면 만나겠지……."

농장으로 나오니 가을 안개가 무겁게 내리깔려 있어서 아무것도 보이지 않았다. 그러나 코르네이는 길을 잘 알았다. 어느 오르막이든 내리막이든 다 알았고, 길가의 덤불 하나하나, 버드나무 하나하나, 오른쪽과 왼쪽에 있는 숲을 다 알았다. 물론 17년이 지나는 동안 어떤 나무들은 베어졌고, 늙은 나무가 있던 자리에 어린 나무가 나기도 하고, 또 어린 나무였던 것이 늙은 나무가 되기도 했을 테지만 말이다.

가이 촌은 그대로였다. 단지 마을 가장자리에 옛날에 없던 새 집들이 들어섰을 뿐이었다. 그리고 목조 건물이었다가 벽돌집으로 변한 집들도 있었다. 석조 건물이었던 그의 집은 그대로였고 조금 낡기만 했다. 지붕은 오랫동안 칠이 안 된 상태로 있었고, 구석에 벽돌들이 깨져나간 곳들이 보였다. 또 입구 계단이 조금 비뚤어졌다.

그가 자신의 옛집으로 다가가는 사이에 삐걱하면서 대문이 열리더니 어미 말, 어린 망아지, 만 두 살짜리 말, 그리고 회색에 다른 색들이 조금씩 섞인 늙은 거세마가 나왔다. 늙은 회색 말은 코르네이가 집을 떠나기 1년 전에 시장에서 데리고 온 어미 말을 꼭 빼닮았다.

'저게 아마 그때 암말 배 속에 있던 건가보군. 그 암말처럼 엉덩이 살이 늘어지고 가슴이 넓고 다리털이 길구먼.'

말들에게 물을 먹이려고 말들을 몰고 있는 사람은 새 짚신을 신은 눈이 새까만 소년이었다.

'내 손자인가보군. 그러니까 페치카 아들이구나. 페치카를 닮아서 눈동자가 까맣네.'

소년이 모르는 노인을 쳐다보고는, 흙장난을 치고 있는 한 살짜리 망아지를 데리러 달려갔다. 개가 소년을 뒤따라 달려갔다. 전에 있던 볼초크처럼 검은 개였다. 만약 그렇다면 만 스무 살은 됐으리라.

그는 입구로 다가가서 힘겹게 계단을 올랐다. 옛날에 바로 이 계단에 앉아서 난간에 쌓인 눈을 집어 삼켰었다. 코르네이는 문을 열고 문간으로 들어갔다.

"당신 뭔데 물어보지도 않고 들어오는 거야?"

그는 그녀의 목소리라는 걸 알아챘다. 문 밖으로 모습을 드러낸 걸 보니 바로 그녀였다. 깡마르고 핏줄이 불거지고 주름살이 많은 노파의 모습이었다. 코르네이가 기대했던 모습은 그때의 그 젊고 아름다운 마르파였는데 말이다. 그에게 모욕감을 안겨준 그때의 그 마르파. 그는 그런 그녀가 미웠기 때문에 마구 질책하려고 했었는데, 지금 그의 앞에서 있는 건 한 노파일 뿐이었다. 그녀가 날카롭고 째지는 목소리로 말했다.

"동냥할 거면 창문 밑에서 해."

"난 동냥하려는 게 아니야."

"그럼 뭐? 응? 뭘 더 원해?"

그러다가 그녀가 갑자기 멈칫했다. 그는 그녀가 자기를 알아봤다는 것을 알았다.

"동냥하고 돌아다니는 사람이 한둘인 줄 알아? 가! 가라고!"

코르네이는 벽에 등을 기대고 지팡이를 짚고 서서 그녀를 자세히 바라보았다. 그때 그는 자기 마음속에 있는 것이 그녀에 대한 분노가 아니라는 걸 깨닫고 놀랐다. 지금까지 그 긴 세월 동안 계속 분노를 품고 있다고 생각해왔는데 말이다. 그와는 반대로 그 어떤 정감에 무너져 내리는 약한 자신의 모습을 발견했다.

"마르파! 너무 그러지 마!"

"가! 어서 가라고!"

그녀가 악에 받쳐서 빠르게 말했다.

"그 말밖에 안 할 거야?"

"나 할 말 없어. 가래도! 가란 말이야. 천지에 널린 게 당신 같은 거지새끼들이야."

그녀가 성큼성큼 집 안으로 들어가 문을 쾅 닫았다.

"그렇다고 욕까지 할 건 없잖아!" 하는 남자 목소리가 들리더니, 허리춤에 도끼를 찬 거무스름한 남자가 문 앞에 나타났다. 코르네이가 40년 전에 바로 그런 모습이었다. 물론 지금 이 사람은 그보다는 약간 더 작고 말랐다. 하지만 새까맣고 반짝이는 눈동자는 코르네이와 똑같았다.

이 사람이 바로 그가 17년 전에 그림책을 선물했던 페치카였다. 거지를 불쌍히 여기지 않는다고 자기 어머니한테 뭐라고 한 게 바로 그였다. 그와 함께, 역시 도끼를 허리춤에 찬 벙어리 조카가 나타났다. 그도 이제는 장성한 모습이었다. 턱수염이 듬성듬성하고, 주름살이 많고, 핏줄이 불거져 나오고, 목은 길고, 눈초리는 단호하게 사람을 꿰뚫어 보는 듯했다. 두 남자는 방금 아침을 먹고 숲으로 가려는 중이었다.

"잠깐만요, 할아버지."

페치카가 그렇게 말하고, 조카를 보며 노인을 가리켰다가 방 쪽을 가리켰다가 빵을 자르는 시늉을 했다.

페치카는 집 밖으로 나왔고, 조카는 집 안으로 들어갔다. 코르네이는 계속 서 있었다. 머리를 숙이고 벽에 기댄 채 지팡이에 의지해서 말이다. 그는 마음이 한없이 약해져서 당장에라도 통곡을 할 지경이었다. 조카가 신선한 빵 냄새를 풍기는 흑빵을 크게 잘라 갖고 나와서 성호를 긋고는 코르네이에게 주었다. 빵을 받고서 코르네이 역시 성호를 그었다. 조카가 집으로 들어가는 문 쪽을 바라보고는 양손으로 자기 얼굴을 쭉 훑더니 침을 뱉는 것 같은 제스처를 했다. 숙모가 잘못했다는 뜻이었다. 그러다 문득 조카가 움직임을 멈추더니 입을 쩍 벌리고 코르네이에게 눈길을 고정시켰다. 그를 알아본 것 같았다. 코르네이는 더 이상 눈물을 주체하지 못하고 외투 깃으로 눈과 코와 허연 턱수염을 닦으면서 몸을 돌려 계단으로 나왔다. 그는 아내와 아들과 이 모든 이들 앞에 자신을 있는 그대로 겸손하고 낮은 입장에 처하게 함으로써, 마음이 약해지고 가슴이 싸하게 아리면서 맑아지는 특별한 느낌을 경험했다. 이 느낌이 기쁘면서도 동시에 아프게 그의 마음을 쥐어짰다.

마르파는 창문을 내다보다가, 노인이 집 모퉁이 저쪽으로 모습을 감추고 나서야 비로소 편안하게 한숨을 쉬었다.

노인이 간 게 확실해지자 마르파는 베틀에 앉아 천을 짜기 시작했다. 그녀는 바디를 열 번쯤 부딪쳤으나 손이 제대로 움직이지 않았다. 그녀는 베틀질을 멈추고 방금 본 노인의 모습이 어땠는지 생각하기 시작했다. 그녀는 자기가 본 사람이 코르네이라는 것을 알고 있었다. 바로 자기를 죽도록 때렸던 그 남자, 하지만 그 전에는 자기를 사랑한 적도 있는 그 남자라는 것을. 생각이 거기까지 미치자 그녀는 자기가 방금 잘못된 행동을 한 게 아닌가 싶어 두려워졌다. 그래선 안 됐다는 생각이 들었다. 하지만, 그럼 어떻게 했어야 옳은 것일까? 그 사람이 자기가 코르네이라고, 지금 집에 온 거라고 말한 것도 아니지 않은가.

그녀는 다시 북을 손에 쥐고 천을 짜기 시작했다. 저녁까지 계속 짰다.

■■■

저녁때에 이르러 코르네이는 힘겹게 안드레예프카까지 갔다. 다시금 지노베예프 씨네 집에서 재워달라고 했더니 들어오라고 했다.

"왜, 더 안 가고 돌아오는 거요?"

"힘이 빠져서 더 못 갔소. 하룻밤 자고 가도 되겠소?"

"저 자리에 눕는다고 자리가 뭐 닳아 없어지기라도 한답디까? 어서 몸이나 말리쇼."

코르네이는 밤새 열에 시달리다 아침이 되기 전에 깜빡 잠이 들었다. 깨어보니 모두 제각기 일을 보러 가고 집에는 아가피야만 남아 있었다.

그녀는 다락 침대 위, 할머니가 깔아준 마른 외투 위에 누워 있었다.

"새댁, 이리 좀 와보게나" 하고 그가 기어들어가는 소리로 불렀다.

"네, 갈게요, 할아버지. 마실 걸 좀 드릴까요? 음료수라도?" 하고 그녀가 빵을 꺼내며 말했다.

그는 대답이 없었다.

그녀는 빵을 꺼내고 음료수 병을 들고서 그에게 다가갔다. 그는 그녀 쪽으로 몸을 돌리지 않았고, 음료수를 마시려고 하지도 않았다. 그냥 위를 보고 똑바로 누운 채 작은 소리로 말하기 시작했다.

"아가피야, 내 명이 다한 거 같아. 죽을 거 같아. 그리스도의 이름으로 용서를 비네."

"용서하실 분은 하느님이시고요, 할아버지가 저한테 뭘 잘못한 게 있다고 용서를 빌어요?"

그는 아무 말도 하지 않았다.

"그리고 말이지, 자네 어머니한테 좀 다녀오게. 가서 말하게, 어제 왔던 나그네가……."

그는 흐느끼기 시작했다.

"할아버지가 우리 집에 가셨었어요?"

"갔었어. 이렇게 말해주게. 어제 왔던 나그네가…… 나그네가……."

그는 또다시 우느라고 말을 잇지 못했다. 그러다가 결국 마음을 가다듬고 말을 끝맺었다.

"자네 어머니에게 작별을 고하러 왔던 거라고."

그렇게 말하고 그는 자기 가슴께를 더듬어 뭔가를 찾기 시작했다.

"네, 할아버지, 그렇게 말할게요. 근데 뭘 찾으세요?"

코르네이는 대답은 하지 않고, 힘에 부쳐 얼굴을 찌푸리면서 털이 많은 깡마른 손으로 품에서 종이를 꺼내어 그녀에게 주었다.

"나그네가 누구였냐고 물으면 이걸 보여줘. 내 군인수첩이야. 한이 다 풀려서 다행이네."

그렇게 말하는 그의 얼굴 표정이 엄숙했다. 눈썹은 올라갔고 눈길은 천장에 고정돼 있었다.

"촛불 좀……."

그가 입술을 거의 움직이지 않으면서 말했다.

아가피야는 알아들었다. 성화 옆에 있던 그은 밀랍 양초를 가져다가 불을 붙여 그에게 주었다. 그런데 양초가 그의 손에서 자꾸만 굴러떨어지려 했다. 움직임을 멈춘 눈동자는 이미 아무것도 보지 못했고, 가슴은 숨을 쉬지 않았다. 아가피야는 성호를 긋고 촛불을 껐다. 깨끗한 수건을 가져다가 그의 얼굴을 덮었다.

그날 밤 내내 마르파는 잠을 이루지 못하고 코르네이에 대해 생각했다. 아침에 그녀는 외투를 입고 머릿수건을 두르고, 어제 왔던 나그네가 어디로 갔는지 물어보러 갔다. 그녀는 노인이 안드레예프카로 갔다는 것을 금방 알게 되었다. 마르파는 울타리에서 막대기를 하나 뜯어서 짚으며 안드레예프카로 향했다. 갈수록 그녀는 점점 더 두려운 마음이 들었다.

'그 사람하고 작별을 하자. 집으로 데리고 와서 응어리진 한을 다 풀어놓자. 그 사람이 혹 죽더라도 집에서, 아들 있는 데서 죽어야겠지.'

마르파가 딸네 집에 가까이 왔을 때, 집 근처에 사람들이 많이 모여 있는 것이 보였다. 어떤 사람들은 문간 안에 서 있고, 또 어떤 사람들은 창문 밑에 서 있었다. 20년 전에 이

지역에서 떵떵거렸던 유명한 부자 코르네이 바실리예프가 가난한 노인이 되어 딸 집에서 죽었다는 것을 다들 이미 알고 있었다. 집 안에도 사람들이 꽉 차 있었다. 여자들이 서로 속삭이듯 이야기하면서 한숨을 쉬곤 했다.

마르파가 집 안으로 들어가자 사람들이 그녀가 지나가도록 길을 내주었다. 성화 밑에 잘 씻기고 정리된 시신이 천으로 덮여 있었다. 글을 아는 필리프 코노니치가 시신을 앞에 두고 자기가 마치 신부나 된 것처럼 교회 슬라브어로 된 시편의 말들을 읊고 있었다.

코르네이는 이미 용서를 할 수도, 용서를 구할 수도 없는 처지가 되었다. 잘생기고 엄숙해 보이는 그의 늙은 얼굴만 봐서는 알 수가 없었다. 그가 용서하고 포용하기를 원하는지, 아니면 아직도 분노를 품고 있는지 말이다.

The best stories of
L. N. Tolstoy

하느님은 진실을 보아 아시되
더디 말씀하신다

블라디미르 시에 젊은 상인 악쇼노프가 살았다. 그는 가게 두 개와 집을 갖고 있었다.

악쇼노프는 잿빛이 섞인 갈색의 곱슬곱슬한 머리카락을 가졌고, 잘생긴 얼굴에 성격이 매우 유쾌하고 노래를 잘 불렀다. 그는 젊어서 술을 많이 마셨고, 실컷 마셨을 때는 행패를 부리곤 했다. 하지만 장가든 이후로는 술 마시기를 끊었고, 그러한 술버릇은 아주 가끔씩만 나오곤 했다.

어느 여름날 악쇼노프는 니즈니에 있는 시장에 가려고 길을 나섰다. 가족들에게 다녀오겠다고 인사를 할 때 그의 아내가 말했다.

"여보, 오늘 안 가는 게 좋겠어. 나 당신 꿈을 꿨는데, 꿈자리가 이상해."

악쇼노프가 껄껄 웃고 나서 말했다.

"내가 또 시장에서 술 먹고 진탕 놀까봐, 그게 꺼림칙한 거지?"

아내가 말했다.

"뭐가 꺼림칙한 건지 나도 모르겠어. 그냥 꿈이, 있잖아, 아주 이상하더라고. 당신이 도시에 나갔다가 돌아와서 모자를 벗었는데, 보니까 머리가 완전히 백발이 됐어."

악쇼노프가 한바탕 더 웃고 말했다.

"그건 이익을 볼 거라는 징조야. 장사를 잘해서 비싼 선물 사 올 테니까 기다리기나 하라고."

그렇게 그는 가족과 헤어져 길을 떠났다.

길을 반쯤 갔을 때 그는 아는 상인을 만나서 그와 함께 여관에 들었다. 그들은 같이 차를 실컷 마시고서, 나란히 있는 두 방에 각각 들어가 잠자리에 누웠다. 악쇼노프는 잠을 오래 자는 걸 좋아하지 않았다. 그는 날이 밝기 전에 깨어나 선선할 때 길을 가는 게 더 나을 것 같아서, 마부를 깨워 마구를 매라고 했다. 그 후 주인에게 돈 계산을 하고 떠났다.

그는 40베르스타를 약간 더 가서 말도 먹일 겸 멈춰 섰다. 여관 입구의 지붕 밑에 앉아 좀 쉬다가 점심시간이 됐을 때 밖으로 나갔다. 차 마실 물을 올려놓으라고 한 뒤에 기타를 연주하기 시작했다. 그때 여관 마당으로 세 필의 말이 끄는 마차가 와서 멈췄다. 공무원이 두 명의 군인을 데리고 마차에서 내렸다. 그들이 악쇼노프에게 다가오더니 누구이며 어디서 왔는지 물었다. 악쇼노프는 있는 그대로 다 이야기해주고, 차나 같이 마시자고 청했다. 하지만 공무원은 계속 그를 심문했다.

"당신 어젯밤에 어디서 묵었어? 혼자 묵었어, 아니면 상인과 같이 묵었어? 아침에 상인을 봤어? 왜 아침 일찍 떠났어?"

악쇼노프는 자신에게 왜 이런 것들을 묻는지 몰라서 어리둥절했다. 있는 그대로 다 이야기한 뒤에 물어보았다.

"그런 걸 왜 그렇게 상세히 묻는데요? 내가 무슨 도둑이나 강도라도 되나요? 난 내 일 때문에 가는 거니까, 나한테 그렇게 질문을 해봤자 소용없어요."

그러자 공무원이 군인들을 불러놓고 말했다.

"나는 경찰공무원으로서 당신한테 질문하는 거야. 지난밤 당신과 같이 묵었던 상인이 칼에 찔려 죽었기 때문이지. 가진 물건들 다 내놔봐. 이봐, 이자의 소지품을 수색해!"

다들 건물 안으로 들어왔다. 여행 가방과 자루를 다 풀어서 수색하기 시작했다. 별안간 경찰공무원이 자루에서 칼을 꺼내더니 소리쳤다.

"이거 누구 칼이야?"

악쇼노프는 자기 자루에서 나온 칼에 피가 묻어 있는 것을 보고 놀랐다.

"칼에 왜 피가 묻어 있지?"

악쇼노프는 뭐라고 대답을 하려 했으나 말들이 잘 엮이지 않았다.

"난…… 난 몰라요……. 난…… 칼…… 난…… 내 거 아닌데……."

그러자 경찰공무원이 말했다.

"아침에 상인이 침상에서 칼에 찔린 채 발견됐어. 당신 말고는 그런 짓을 했을 만한 사람이 없어. 건물은 안에서 잠겨 있었고, 그 안에 당신밖에 없었으니까. 자, 당신 자루에서 피 묻은 칼이 발견됐어. 그게 아니더라도 그냥 당신 얼굴만 봐도 알겠네. 자, 어떻게 그 사람을 죽였는지, 돈을 얼마나 챙겼는지 말해!"

악쇼노프는 하늘에 맹세코 자기가 한 짓이 아니고, 상인과 같이 차를 마신 다음에는 그를 보지 못했고, 가진 돈은 8천인데 그건 자기 돈이고, 칼은 자기 것이 아니라고 말했다. 그러나 그의 목소리는 갈라져 나왔고, 얼굴은 창백하고, 무서워서 몸을 덜덜 떨고 있었다. 마치 진짜 범인인 것처럼 말이다.

경찰공무원이 군인들을 불러서, 그를 묶어 수레에 태우라고 명령했다. 발이 묶인 채 수레에 내동댕이쳐졌을 때 악쇼노프는 성호를 긋고 울음을 터뜨렸다. 악쇼노프는 갖고 있던 물건들과 돈을 압수당한 채, 가까운 도시의 교도소로 보내졌다. 악쇼노프가 어떤 사람이었는지 조사하기 위해서 블라디미르로 사람이 오자, 그곳의 모든 상인들과 주민들이 입을 모아 말하기를, 악쇼노프는 젊어서부터 술 마시고 놀기를 좋아했지만 사람은 좋은 사람이라고 했다. 악쇼노프는 랴잔 출신의 상인을 죽이고 돈 2만을 훔쳤다는 죄목으로 재판을 받았다.

아내는 남편의 일로 매우 애를 태웠으나 무엇을 어떻게

해야 할지 몰랐다. 자식들은 아직 다 어렸다. 한 아이는 젖먹이였다. 그녀는 자식들을 데리고 남편이 옥에 갇혀 있는 도시로 왔다. 처음엔 그녀를 안 들여보내다가, 나중에 그녀가 높은 사람들을 찾아가서 간곡히 부탁하자 남편한테 데려다주었다. 남편이 죄수복을 입고 쇠사슬에 묶여 강도들과 같이 있는 것을 보고 그녀는 기절하여 오랫동안 깨어나지 못했다. 나중에 그녀는 아이들과 함께 남편과 나란히 앉아서 집안일에 대해 이야기해주고, 어떻게 하다가 이렇게 됐는지 남편에게 물었다. 남편이 그녀에게 모두 이야기해주자 그녀가 말했다.

"이제 어떻게 하지?"

"나라님께 청해봐야 돼. 죄 없이 죽어갈 순 없다고!"

아내가 이미 왕한테 상소를 올렸으나 전해지지 못했다고 말했다. 악쇼노프는 그저 멍한 상태로 잠자코 있었다. 그러자 아내가 말했다.

"내가 그때 괜히 그런 꿈을 꾼 게 아니었어. 당신이 백발이 된 꿈 말이야. 그때 가지 말았어야 했어."

그녀가 남편의 머리카락을 매만지며 말했다.

"여보, 당신 나한테는 솔직하게 얘기할 수 있지? 진짜로 당신이 그런 거 아니지?"

악쇼노프가 "세상에! 당신까지 날……!" 하면서 양손으로 얼굴을 가리고 울음을 터뜨렸다. 군인이 와서 아내와 아이들은 가야 한다고 말했다. 그게 악쇼노프가 가족을 마지막으로 본 것이었다.

아내가 떠나자 악쇼노프는 주고받은 이야기들을 회상하기 시작했다. 아내 역시 그를 의심하면서 그가 상인을 죽인 것 아니냐고 묻던 것을 떠올리며 그는 혼잣말로 뇌까렸다.

"보아하니 하느님 한 분밖에는 아무도 진실을 알지 못하는구나. 하느님께만 기도로 청하고 하느님의 자비만을 기다려야겠다."

그 후로 악쇼노프는 상소 올리기를 그만두었고, 거기에 더 이상 희망을 걸지 않고 오로지 하느님께 기도만 했다.

악쇼노프에게 채찍으로 매를 맞는 태형과 강제 노역이 판결되었고, 그대로 집행되었다.

그는 채찍을 맞았고, 상처가 아물었을 때 다른 죄수들과 함께 시베리아 강제 노역에 처해졌다.

악쇼노프는 시베리아에서 26년간 강제 노역을 하였다. 그의 머리카락은 눈처럼 하얘졌고, 하얀 턱수염이 가늘고 길게 자랐다. 그의 유쾌하던 성격은 모두 사라졌다. 그는 허리가 구부정해졌고, 걸음걸이가 조심스럽고 말수가 적고 전혀 웃지 않았으며, 하느님께 자주 기도를 올렸다.

교도소에서 악쇼노프는 장화 만드는 일을 배웠고, 그렇게 번 돈으로 성자전(聖者傳)을 사서 교도소에 불이 들어올 때 읽었다. 명절 때마다 교도소 안에 있는 교회에 다니고, 사도행전과 사도들의 서신을 읽고, 성가대에서 노래를 불렀다. 그의 목소리는 아직 괜찮았다. 교도소 간부들은 겸손

한 악쇼노프를 좋아했고, 교도소 동료들은 그를 존경하면서 '노인장' 혹은 '신의 사람'이라 불렀다. 교도소 내에서 청할 일이 생기면 동료들은 언제나 악쇼노프를 보내서 간부들에게 청하도록 했고, 강제 노역을 하는 죄수들 사이에 분쟁이 발생하면 언제나 악쇼노프한테 와서 잘잘못을 가려달라고 했다.

고향에서 악쇼노프에게 편지가 오는 적은 없었다. 그래서 그는 아내와 아이들이 살아 있는지조차 알지 못했다.

어느 날 새 죄수들이 차꼬를 차고 강제 노역장에 왔다. 저녁때 기존 죄수들이 새 죄수들을 둘러싸고 질문을 던지기 시작했다. 누가 어느 도시 혹은 어느 촌에서 왔으며 무슨 죄목으로 왔는지 물었다. 악쇼노프 역시 새로 온 죄수들 옆의 침상에 앉아서 누가 무슨 얘기를 하는지 멍하니 듣고 있었다. 새로 온 죄수들 중 예순이 약간 넘어 보이는, 키 크고 몸이 좋고 흰 턱수염을 짧게 깎은 사람이 한 명 있었다. 그가 무엇 때문에 여기 오게 됐는지 말했다.

"난 죄 없이 여기 왔어. 마부의 말을 썰매에서 풀고 있었는데, 날 잡더니 나보고 훔쳤다는 거야. 나는 더 빨리 이동하고 싶어서 말을 썰매에서 푼 것뿐이라고 말했지. 마부가 나하고 잘 아는 사람이기도 하고. '이젠 알겠죠?' 했더니 아니래. 나보고 훔쳤대. 뭘 어디서 훔쳤는지 자기들도 모르면서. 재판을 거쳐서, 어쩌면 훨씬 더 전에 여기로 보내졌을 수도 있는데, 확실한 죄를 못 찾았기 때문에 지금까지 끌어

온 거지. 지금 보내진 것도 법에 따른 게 아니야. 아 참, 그러고 보니 전에도 시베리아에 왔던 적이 있어. 아는 사람 집에 잠깐 놀러 왔었어."

"너 어디 출신인데?" 하고 한 죄수가 물었다.

"나는 블라디미르 시의 소시민이야. 이름은 마카르, 아버지 이름대로 하면 세묘노비치."

악쇼노프가 고개를 들고 물어보았다.

"세묘노비치, 블라디미르 시에서 악쇼노프라는 성을 가진 상인들에 대해 들어봤나? 살아들 있나?"

"어디 들어봤다뿐이겠어? 돈 잘 버는 상인들이지. 아버지가 시베리아에 가 있다는데도 말이야. 우리 죄 많은 인생들처럼 그 아버지라는 사람도 마찬가진가봐. 그건 그렇고, 노인장은 뭣 때문에 여기 있는 거야?"

악쇼노프는 자신의 불행에 대해 이야기하기를 좋아하지 않았기 때문에, 그냥 한숨을 한번 쉬고 이렇게만 말했다.

"지은 죄로 26년째 강제 노역을 하고 있어."

마카르 세묘노프가 말했다.

"그 죄라는 게 뭔데?"

악쇼노프는 "강제 노역을 해야 될 정도의 죄겠지"라고만 말하고 더 이상 이야기하고 싶어 하지 않았다. 하지만 다른 죄수들이 악쇼노프가 어떻게 하다 시베리아에 오게 됐는지, 이 새로 온 죄수한테 말해줬다. 여정 중에 누군가가 상인을 살해하고 악쇼노프의 짐 속에 칼을 넣어두었고 그것 때문에 억울한 판결을 받은 거라고 말이다.

마카르 세묘노프가 그 말을 다 듣고 악쇼노프를 쳐다보고는 양손으로 자기 무릎을 탁 치더니 말했다.

"이건 기적이다! 응? 기적이라고! 노인장, 언제 이렇게 늙었어?"

다른 죄수들이 뭐가 기적이냐고, 악쇼노프를 어디서 봤었냐고 그에게 물어보기 시작했다. 그러나 마카르 세묘노프는 대답은 안 하고 이렇게만 말했다.

"야, 이런 기적을 다 보네, 응? 여기서 만나게 될 줄이야!"

이 말을 듣고 악쇼노프는 '이자는 혹시 상인을 누가 죽였는지 아는 게 아닐까?' 싶었고, 그래서 이렇게 물었다.

"세묘노비치, 전에 그 살인 사건에 대해 들어봤어? 아니면 전에 날 본 적이 있어?"

"어디 들어봤다뿐이겠어? 세상에 소문이 쫙 퍼졌는데! 근데 그게 하도 오래된 거라서 말이지, 들어보긴 했지만 잊어버렸어."

"혹시 상인을 누가 죽였는지 들은 적 있어?"

악쇼노프가 물었다. 마카르 세묘노프가 껄껄 웃더니 말했다.

"그거야 뻔하지. 칼이 발견된 자루의 주인이겠지. 노인장 자루 속에다 누군가가 칼을 집어넣어놓고 내뺐다면, 그 사람은 결국 안 잡혔잖아. 안 잡혔으니 죄인이 아닌 거야. 어렵게 생각할 거 없어. 또 말이야 바른 말로, 노인장 자루 속에 무슨 재주로 칼을 집어넣나? 자루가 노인장 머리맡에 있었잖아, 안 그래? 그러면 자루가 부스럭거리는 소리를 들었을 거 아냐?"

이 말을 듣자마자 악쇼노프는 바로 이자가 상인을 살해한 자라고 생각하게 되었다. 그는 일어서서 그 자리를 떴다. 그날 밤 악쇼노프는 잠을 이룰 수가 없었다. 계속 누워 있자니 여러 가지 상념이 떠올랐다. 눈앞에 마치 아내의 모습이 보이는 듯했다. 그가 시장에 간다고 할 때 그를 배웅하던 모습 그대로였다. 마치 진짜로 앞에 서 있기라도 하듯, 아내의 얼굴과 눈이 선명하게 보이고 아내의 말소리와 웃음소리가 선명하게 들렸다. 그다음에는 아이들의 모습이 떠올랐다. 역시 그때의 모습 그대로 꼬맹이들이었다. 한 놈은 외투를 입고 서 있고, 다른 놈은 엄마 품에 안겨 있었다. 자기 자신의 모습도 떠올랐다. 역시 그때의 모습이다. 젊고 유쾌한 모습. 체포당하기 전 여관 계단에 앉아 기타를 치던 모습이다. 그때 얼마나 신이 났던가! 그다음에는 태형을 받았던 형장이 떠올랐다. 집행인이 떠오르고, 사람들이 둥그렇게 둘러서 있던 것, 쇠사슬, 차꼬를 찬 죄수들, 그리고 26년에 걸친 감옥 생활이 모두 눈앞을 스쳐갔다. 결국 그는 지금 자신의 늙은 모습을 떠올렸다. 그러자 말할 수 없는 지긋지긋함에 자살이라도 하고 싶은 심정이 됐다.

'이게 다 그 나쁜 놈 때문이야!'

그 생각이 들자 악쇼노프는 마카르 세묘노프에 대한 분

노가 끓어올라, 자기가 나중에 어떻게 되는 한이 있더라도 그에게 복수를 하고 싶어졌다. 그는 밤새 기도문을 외웠으나 마음이 편해지지 않았다. 다음 날 그는 마카르 세묘노프에게 가까이 가지 않았고, 그를 쳐다보지도 않았다.

그렇게 2주가 흘렀다. 악쇼노프는 밤마다 잠을 이룰 수가 없었다. 그는 지긋지긋함을 해결할 방법을 도저히 찾을 수가 없었다.

어느 날 밤이었다. 그는 교도소를 거닐다가 한 침상 아래에서 흙이 파헤쳐지고 있는 것을 목격했다. 그는 멈춰 서서 자세히 보았다. 별안간 마카르 세묘노프가 침상 아래에서 뛰쳐나오더니 겁먹은 얼굴로 악쇼노프를 바라보았다. 악쇼노프는 그가 보기 싫어서 그냥 지나치려 했다. 그러나 마카르가 그의 손을 붙잡고 말했다. 자기가 벽 밑으로 통로를 파놓았다고. 매일 흙을 장화에 조금씩 담아서 노역을 하러 나갈 때 밖에다 버린다고. 그러면서 이렇게 덧붙였다.

"입 꼭 다물고 있어, 알았지, 노인장? 그러면 내가 노인장도 나가게 해줄게. 만일 입을 뻥긋한다면 난 매를 맞게 될 테고, 그러면 내가 너를 가만 안 둘 거야. 넌 내 손에 죽을 거야. 알았어?"

이 악당의 말을 들은 악쇼노프는 분노가 활활 타올라 치를 떨었다. 그는 붙잡힌 손을 확 빼내고 말했다.

"난 안 나가도 돼. 그리고 날 죽일 필요 없어. 넌 날 오래전에 이미 죽였어. 네가 무슨 짓을 하고 있다고 내가 말할지 말지는 하느님이 내 마음을 어떻게 움직이시느냐에 달렸어."

다음 날 죄수들을 차꼬 채워서 노역에 내보냈을 때, 마카르 세묘노프가 흙을 내버리는 것을 군인들이 눈치채고 교도소를 수색하여 구멍을 찾아냈다. 교도소장이 와서, 누가 구멍을 팠는지 모두를 대상으로 심문하기 시작했다. 모두가 자기는 안 그랬다고 했다. 마카르 세묘노프가 그랬다는 걸 아는 사람들도 그가 그랬다고 말하지 않았다. 그런 짓을 한 대가로 그가 거의 죽도록 매를 맞을 걸 알고 있었기 때문이다. 그러자 교도소장이 악쇼노프에게 물었다. 교도소장은 악쇼노프를 정의로운 사람으로 생각했다.

"노인장, 당신은 진실을 말하겠지. 자, 신이 듣고 계신다. 말해봐. 이거 누가 그랬지?"

마카르 세묘노프는 시치미를 뚝 떼고 교도소장을 바라보고 서 있었고, 악쇼노프에게 눈길을 주지 않았다. 악쇼노프는 손이 떨리고 입술이 떨렸다. 그는 오랫동안 아무 말도 하지 못했다.

'내가 왜 이놈을 숨겨줘야 되는 거지? 날 이렇게 망쳐놓은 놈인데. 내가 겪은 고통의 대가를 치르도록 해줘야 될 거 아냐? 이놈이 그랬다고 한마디만 하면 이놈은 죽도록 매를 맞게 된다. 그런데 어쩌면 내가 그를 넘겨줘봤자 소용이 없는 게 아닐까? 그런다고 내 마음이 더 편해지겠나?'

교도소장이 다시 한 번 말했다.

"노인장, 어서 사실을 말해봐. 누가 구멍을 팠지?"

악쇼노프가 마카르 세묘노프를 힐끗 보고는 말했다.

"나는 못 봤습니다. 그래서 모릅니다."

결국 누가 구멍을 팠는지는 밝혀지지 않았다.

다음 날 악쇼노프가 자기 침상에서 얕은 잠에 들려던 참이었는데, 누가 다가와서 발 쪽에 앉는 소리가 났다. 어두웠지만 마카르라는 것을 알 수 있었다.

악쇼노프가 말했다.

"나한테 또 뭐가 필요해서 왔어?"

마카르 세묘노프는 아무 말이 없었다. 악쇼노프가 몸을 약간 일으키고 말했다.

"또 뭐가 필요해? 어서 저리 가지 못해? 안 가면 군인을 부를 거야."

마카르 세묘노프가 악쇼노프한테 몸을 숙이고 속삭이는 소리로 말했다.

"악쇼노프 씨, 날 용서해줘!"

"뭘 용서해달라는 거야?"

"상인을 죽인 게 나야. 당신 짐 속에 칼을 넣어놓은 것도 나야. 난 당신도 죽이려다가 마당에서 사람들 떠드는 소리가 들려서 칼만 자루에 집어넣어놓고 창문으로 도망쳤어."

악쇼노프는 잠자코 들으면서 무슨 말을 해야 될지 몰랐다. 마카르 세묘노프가 침상에서 내려와 엎드려 큰절을 하고 말했다.

"악쇼노프 씨, 날 용서해줘, 응? 제발 날 용서해줘. 내가 자수할게. 상인을 죽인 게 나라고. 그럼 당신은 풀려나서 집으로 돌아갈 수 있을 거야."

"너는 쉽게 말하겠지만 듣는 내 심정은 어떤 줄 알아? 나보고 지금 와서 어디를 가라고? 아내는 죽었고 자식들은 나를 잊었어. 난 갈 데가 없어."

마카르 세묘노프가 계속 엎드린 채 머리를 땅에 박으면서 말했다.

"악쇼노프 씨, 용서해줘! 내가 채찍을 맞는 게 지금 당신을 보는 것보다 차라리 견디기 쉬울 거야. 당신은 날 봐줘서 내 이름을 말하지 않았어. 나를 용서해줘, 응? 제발 나를 용서해줘! 이 몹쓸 악당을 용서해달라고!"

그러면서 그는 통곡하기 시작했다. 마카르 세묘노프가 우는 것을 보고 악쇼노프도 같이 울면서 말했다.

"하느님께서 널 용서해주실 거야. 누가 알아, 내가 너보다 백배는 더 죄인일지?"

이 말을 하고서 그는 마음이 갑자기 편안해지는 것을 느꼈다. 그는 더 이상 고향집을 그리워하지 않았고, 옥을 떠나 다른 데로 가고 싶지 않았다. 오직 자신의 마지막만을 생각하고 있었다.

마카르 세묘노프는 악쇼노프의 말을 듣지 않고 자수를 했다. 악쇼노프에게 집에 가도 좋다는 허가가 났을 때, 악쇼노프는 이미 고인이 되어 있었다.

The best stories of
L. N. Tolstoy

기도

구하기 전에 너희에게 있어야 할 것을 하느님 너희 아버지께서 아시느니라.(마태복음 6:8)

"아니야! 아니야! 아니야! 그럴 리가 없어! 선생님! 아니, 아무것도 할 수 없으시다는 말이에요? 아니, 왜 계속 그렇게 가만히만 계세요?"

젊은 엄마가 뇌수종으로 죽어가고 있는 만 세 살 된 아들의 방에서 성큼성큼 걸어 나오면서 말했다. 아들은 그녀의 첫아이이자 하나밖에 없는 아이였다.

서로 작은 소리로 이야기를 나누고 있던 그녀의 남편과 의사가 말을 멈췄다. 남편은 조용히 그녀에게 다가가 그녀의 헝클어진 머리에 살며시 손을 얹고서 무거운 한숨을 쉬었다. 의사는 고개를 떨구고 아무 말 없이 가만히 서 있었다. 어찌할 수 없는 상황이라는 뜻이었다.

"어떡하면 좋니? 어떡하면 좋니, 여보?" 하고 남편이 말했다.

"집어치워! 말하지 마! 말하지 말라고!"

아내가 비난조로 표독스럽게 소리치곤 홱 돌아서서 다시 아이 방으로 발걸음을 옮겼다.

남편이 아내를 잡으려 했다.

"여보! 가지 마……."

그녀는 아무 말도 하지 않고 단지 그 크고 고단해 보이는 눈으로 남편을 한번 쳐다보더니 아이 방으로 들어갔다.

아이가 유모의 팔에 안겨 누워 있었고, 머리 밑에는 하얀 베개가 받쳐져 있었다. 아이는 눈을 뜬 상태였으나 무엇을 보고 있지는 않았다. 꼭 다문 입에서는 거품 방울이 비어져 나왔다. 유모는 엄숙하고 비장한 표정으로 아이의 얼굴 옆 어딘가를 보고 있었다. 아이 엄마가 들어와도 그녀는 자세를 바꾸지 않았다. 아이 엄마가 유모에게 바싹 다가와 아이를 건네받기 위해 베게 밑으로 팔을 집어넣자, 유모가 조용히 말했다.

"우리 곁을 떠나고 있어요."

그러고는 비켜났다. 하지만 아이 엄마는 유모의 말 따위엔 신경도 쓰지 않고 능숙하게 아들을 안아 올렸다. 아들의 곱슬곱슬한 긴 머리카락이 헝클어져 있었다. 그녀는 아들의 머리카락을 매만져 다듬은 후 아들의 얼굴을 바라보았다.

"안 되겠어, 도저히 견딜 수가 없어!" 하고 빠르게 속삭이듯 말하고 그녀는 조심스러운 동작으로 아들을 유모에게 건네준 후 방을 나갔다.

아이는 일주일 이상을 앓았다. 아이가 앓는 동안 엄마는 하루에 몇 번씩 절망과 희망을 넘나들었고, 하루에 한 시간 반도 채 자지 못했다. 하루에 몇 번씩 자기 침실로 가서, 금빛 옷을 입은 구세주의 커다란 성화 앞에 무릎을 꿇고, 아들을 구해달라고 신께 기도했다. 검은 얼굴의 구세주는 작고 검은 손에 금빛 책을 쥐고 있었고, 책에는 검은 글씨로 이렇게 쓰여 있었다.

“수고하고 무거운 짐 진 자들아, 다 내게로 오라, 내가 너희를 쉬게 하리라.”

성화 앞에 무릎을 꿇고 기도를 올리면서 그녀는 자신의 모든 영혼의 힘을 기도에 쏟아부었다. 비록 기도하는 중에도 마음속 깊은 곳에서는 자기가 산을 옮기지는 못할 것이며, 하느님께서 그녀의 뜻대로가 아니라 당신의 뜻대로 하실 거라고 느끼고 있었지만 그래도 기도하였고 유명한 기도문을 암송하였을 뿐 아니라 자기가 특히 마음을 다해 쓴 기도문도 소리 내어 암송했다.

아들이 죽었다는 것을 안 지금 그녀는 머릿속에서 무슨 일이 벌어진 것 같은 느낌이었다. 마치 무언가가 떨어져 나가 빙빙 돌고 있는 것 같았다. 그녀는 침실로 와서 모든 물건들을 놀란 눈으로 돌아보면서, 자기가 지금 어디 와 있는 것일까 생각했다. 그리고 침대에 쓰러졌는데, 베개가 아니라 개어놓은 남편의 가운에다 머리를 박았다. 그렇게 그녀는 의식을 잃었다.

그런데 꿈속에서 그녀는 아들을 보았다. 곱슬머리와 얇

은 흰 뺨을 가진 아들 코시차가 건강하고 명랑한 모습으로 아기 의자에 앉아서, 종아리가 통통한 작은 다리를 바동거리며 입술을 내민 채, 다리 하나가 없고 등에 구멍이 난 장난감 말 위에 남자아이 인형을 태우려고 애쓰고 있었다.

'저 아이가 살아 있으니 얼마나 좋은가! 저 아이가 죽었다니, 어떻게 그럴 수가 있는가? 도대체 왜? 내가 그렇게도 열심히 기도를 드렸던 그 하느님이 과연 저 애가 죽게 내버려뒀단 말인가? 그렇게 하는 것이 하느님한테 필요한 일인가? 저 애가 누구한테 방해라도 됐단 말인가? 저 애가 내 삶의 전부라는 것을, 내가 저 애 없이 살 수 없다는 것을 과연 하느님이 모르실까? 저 불쌍한, 저 귀여운, 저 죄 없는 존재에게 돌연 괴로움을 주고, 나의 삶을 깨부수고, 저 애의 눈동자가 움직임을 멈추고 저 애가 몸을 쭉 뻗은 채 차갑게 식어 뻣뻣해져가도록 하는 것이 내 모든 기도에 대한 응답인가?'

아들이 걸어가고 있었다. 저렇게 조그만 아들이 저렇게 높은 문으로 들어가고 있었다. 마치 어른들처럼 팔을 앞뒤로 흔들면서 걸어가다가 그녀를 쳐다보더니 미소 지었다.

'저렇게 귀여운데! 저렇게 귀여운 애한테 하느님이 괴로움을 주고 결국 죽게 만들었단 말인가? 그런 끔찍한 일을 할 수 있는 하느님한테 도대체 기도는 왜 해야 하는가?'

그때 유모를 도와 일을 하는 소녀인 마트료샤가 갑자기 매우 이상한 말을 하기 시작했다. 이 소녀가 마트료샤라는 것은 확실한데, 그와 동시에 천사이기도 했다. 아이 엄마는 생각했다.

'애가 천사라면, 왜 등에 날개가 없지?'

그때 아이 엄마에게 기억 하나가 떠올랐다. 누군가가 그녀에게 말했었다. 누군지는 기억이 안 나지만, 신뢰할 만한 누군가였다.

"당신이 하느님께 화를 내는 건 괜한 일이에요. 하느님께서 모든 사람들의 기도를 동시에 들어주실 수야 없잖아요. 사람들이 청하는 게 어떤 것들인가 하면, 누군가의 청을 들어주면 다른 사람이 해를 입는 것들이에요. 보세요, 지금 러시아 전국에서 사람들이 기도를 하고 있잖아요. 그것도 어디 보통 사람들인가요? 최고의 주교들, 대성당, 그리고 성인들의 유해가 묻혀 있는 교회의 수사들이에요. 모두들 일본과의 전쟁에서 이기게 해달라고 하느님께 기도하고 있어요. 그런데 그게 과연 좋은 일일까요? 그런 걸로 기도하는 건 하느님 뜻에 맞지 않아요. 사실 하느님 뜻에 맞출 수 있는 사람은 아무도 없어요. 전쟁에서 이기게 해달라고 기도하는 건 일본 사람들도 마찬가진데, 아버지 하느님은 한 분이시잖아요. 그러니 그분이 어떻게 하셔야 되겠어요?"

"그러니 그분이 어떻게 하셔야 되겠어요, 아줌마?" 하고 마트료샤가 말했다.

"그래, 그 말은 맞아. 그런 말은 이미 들어봤어. 볼테르가 그 말을 했을걸. 사람들이 벌써 그런 말을 알고, 다들 그렇게 말하고 있어. 그런데 나는 지금 다른 얘기를 하는 거라고. 내가 누군가에게 해가 될 수 있는 걸 하느님한테 해달라는 게 아니잖아. 다만 내 귀여운 아이를 죽게 하지 말라는 거 아냐? 난 그 애 없인 살 수 없단 말이야."

이렇게 말하면서 아이 엄마는 마치 아이가 그 통통한 팔로 자기 목을 껴안는 듯한 느낌을 받았다. 그녀는 자기 몸에 와 닿는 아이의 작은 몸뚱이를 느꼈다.

'아, 결국 이 아이는 죽지 않은 거로구나.'

하지만 마트료샤가 항상 그래왔듯이 천연덕스럽게 지지 않고 이야기했다.

"하지만 그뿐만이 아니거든요, 아줌마. 청하는 사람이 한 사람일 때에도 그 사람이 원하는 걸 하느님께서 못 들어주실 수가 있어요. 그걸 우리 모두 잘 알고 있잖아요. 나야 당연히 알죠, 보고하는 입장에 있으니까요" 하고 천사 마트료샤가 말했다. 마치 어제 아이 엄마한테서 심부름을 받아 아이 아빠한테 가면서 유모에게, "나야 주인아저씨가 집에 계신 줄 당연히 알죠, 보고하는 입장에 있으니까요" 하고 말하던 바로 그 말투 같았다. 마트료샤가 말했다.

"내가 보고를 올렸던 게 벌써 몇 번인지 몰라요. '이 착한 사람이, 특히 젊은 사람들 중에 많은데, 나쁜 짓을 하지 않도록, 즉 술을 마셔대고 방탕한 생활을 하지 않도록 도와달라고 청합니다. 마치 가시를 빼내듯 나쁜 행동만을 없애달라고 청합니다'라고요."

'이제 보니 마트료샤가 말을 참 잘하네.'

마트료샤가 계속 말했다.

"그런데 하느님께서는 그런 청을 들어주실 수가 없어요. 왜냐하면 그런 일을 하지 않도록 사람들 스스로 노력해야 되기 때문이죠. 사람은 누구나 한번 당해봐야 제대로 깨닫곤 해요. 아줌마가 저한테 검은 암탉에 대한 이야기를 읽어보라고 주셨잖아요. 거기에 이렇게 쓰여 있잖아요. 소년이 검은 암탉을 죽지 않도록 구해준 대가로 검은 암탉이 소년에게 마법의 삼씨를 주었는데, 삼씨를 바지 주머니에 넣어 가지고만 있으면 공부를 하지 않아도 수업 내용을 다 알 수 있었기 때문에 소년이 공부를 전혀 안 하게 되고 결국 기억력을 많이 잃어버렸다고 말이에요. 아버지 하느님께서 사람들에게서 악행을 빼내실 게 아니에요. 사람들은 악행을 빼내달라고 청할 것이 아니라, 스스로 악행을 자기에게서 뜯어내고 씻어내고 빼내야 되는 거예요."

'얘가 이런 말들을 다 어디서 알았지?' 하고 생각하며 아이 엄마가 마트료샤에게 말했다.

"뭐가 어쨌든, 마트료샤, 너 아직 내 질문에 대답 안 했어."

"시간을 주시면 다 말해드릴게요. 또 어떤 경우가 있는지 아세요? 한 가족 전체가 파산해버렸는데 그것은 그 가족 잘못 때문이 아니에요. 그 사람들이 다 울면서, 좋은 방이 아니라 잿더미 속에서 살고 심지어는 마실 차도 없는 상태이니 어떻게든 좀 도와달라 청한다고요. 그런 경우에도 하느님께서는 그 사람들이 원하는 대로 해주실 수 없어요. 왜냐하면 하느님께서는 그 사람들이 그런 상태에 놓인 것이 결국은 그 사람들한테 득이 될 거라는 걸 아시기 때문이에요. 당사자들은 그걸 보지 못하지만, 아버지 하느님께서는 알고 계세요. 만약 그 사람들이 풍족하게 살았더라면 그 사람들 버릇이 개판이 됐을 거라고요."

'그 말은 맞는 말이네. 하지만 얘가 하느님에 대해서 말하면서 왜 저런 저속한 표현을 쓰는 거지? 개판이라고? 그런 말은 좋지 않아. 기회가 되면 꼭 주의를 줘야겠다.'

이렇게 생각하면서 아이 엄마는 다시 같은 것을 물었다.

"하지만 내가 물어보는 건 그게 아니고, 네가 모시고 있는 그 하느님이 왜, 뭣 때문에 나한테서 내 아들을 빼앗아 갈 마음을 먹으셨냐는 거야."

이 말을 하는 중에도 그녀에게는 살아 있는 코시차가 보이고, 그의 웃음소리가 들렸다. 마치 낭랑한 방울 소리 같은 아이들 특유의, 더욱이 그 애만이 갖고 있는 특별히 귀여운 웃음소리였다.

'하느님과 천사들이 왜 그 애를 나한테서 빼앗아 간 것일까? 하느님이 그런 일을 행했다면 하느님이 바로 악하고 못된 자이다. 그런 하느님은 전혀 필요 없고, 난 그런 하느님을 알고 싶지도 않다.'

그런데 이게 웬일인가? 마트료샤가 이미 마트료샤가 아

니고, 전혀 다른 어떤 존재가 되어 있었다. 처음 보는 이상하고 애매모호한 존재였다. 그리고 이 존재가 말을 하는데, 입으로 말해서 그 목소리가 듣는 사람 귀에 들어오는 게 아니라, 그 어떤 특별한 방법을 통해서 마음속에 대고 직접 말을 하고 있었다.

"앞을 보지 못하면서 자기가 앞을 본다고 생각하는 어리석고 불쌍한 존재여, 너는 너의 아들 코시차가 일주일 전에 어땠는지 기억하렷다. 건강하고 탄력 있는 팔다리와 기다랗고 곱슬곱슬한 머리카락과 천진난만하고 정답고 영리한 말투를 가졌었지. 하지만 그 아이가 항상 그러했느냐? 그 아이가 '엄마'라는 말, '할머니'라는 말을 하며 누가 누군지 알아보는 것에 네가 기뻐하던 적이 있었느니라. 그보다 더 전에는, 아이가 두 발로 일어서 비틀비틀 의자 쪽으로 걸어가는 것에 감탄했었고, 그보다 더 전에는 그 아이가 작은 짐승처럼 방 안을 기는 것에 너희 식구들이 다 감탄했었고, 그보다 더 전에는 머리카락이 나지 않은 머리, 정수리가 숨을 쉬는 그 머리를 자기가 똑바로 지탱하고 있는 걸 그 아이 스스로 아는 것을 다들 기뻐했었고, 그보다 더 전에는 아이가 아직 이가 안 난 잇몸으로 젖꼭지를 무는 것에 감탄했었다. 그보다 더 전에는 아이가 아직 새빨간 모습으로, 아직 너의 몸에서 완전히 분리되지 않은 상태로, 자기 허파를 처음 사용하면서 가엾게 소리 지르는 것을 기뻐했었다. 그보다 더 전에, 1년 전에 그 아이는 어디에 있었느냐? 그 아이가 전혀 존재하지 않았던 그때에 말이다. 너희들은 모두 너희들이 가만히 멈춰 있는 줄 알고 있다. 너희들과 너희들이 사랑하는 이들이 언제나 지금 상태를 유지해야 한다고 생각하고 있다. 하지만 너희들은 단 1분도 그대로 멈춰 있질 않지 않느냐? 너희들 모두는 강물처럼 흘러가고, 너희들 모두는 돌처럼 밑으로, 죽음을 향하여 떨어진다. 죽음은 언젠가는 너희들 모두를 맞이하려고 기다리고 있다. 그 아이가 무의 상태에서 그 아이의 상태가 된 것이 사실일진대, 그 아이는 멈추지 않았을 것이고, 자기가 지녔던 상태에 단 1분도 머무르지 않았을 것이며, 그래서 죽은 상태에 이르렀다는 걸 왜 이해하지 못하느냐? 무의 상태에서 젖먹이가 되고, 젖먹이에서 아동이 된 것처럼, 아동에서 소년, 청년, 장년, 중년, 노년이 됐을 터이다. 너는 그 아이가 계속 살았더라면 뭐가 됐을지 모르지 않느냐? 하지만 나는 아노라."

그때 아이 엄마는 보게 되었다. 전깃불이 밝게 켜진 레스토랑의 한 별실(그런 레스토랑에 남편이 그녀를 한번 데려간 적이 있다), 저녁 식사 후 음식이 남은 테이블 앞에 한 늙은이가 앉아 있다. 피부가 늘어지고 주름살이 많고 콧수염을 위로 쓸어 올린, 젊게 보이려고 애쓰는 혐오스러운 늙은이다. 그는 푹신한 소파에 깊숙이 파묻힌 채, 술 취한 눈으로 여자를 탐욕스럽게 바라보고 있다. 여자는 천박하게 야한 화장을 하고, 희고 굵은 목을 드러내고 있다. 그는 술 취한 혀를 놀려

야한 농담을 몇 번씩이나 큰 소리로 되풀이한다. 여자가 자기 농담에 웃어주는 데 만족한 모양이다. 여자도 그와 마찬가지 수준일 것이 뻔하다.

"그럴 리가 없어, 이건 그 아이가 아니야, 저 사람은 내 아들 코시차가 아니에요!" 하고 아이 엄마가 소리 질렀다. 더욱 몸서리가 쳐지는 것은, 그 늙은이의 눈빛과 입술에서 코시차의 얼굴과 어느 정도 비슷한 점이 보인다는 것이었다. '이게 꿈인 게 얼마나 다행이냐? 진짜 코시차는 바로 저기 있다' 하고 그녀는 생각했다. 가슴살이 통통한 하얀 알몸의 코시차가 욕조 안에 앉아 깔깔거리며 작은 다리를 바동거리고 있었다. 코시차가 팔뚝까지 소매를 걷어 올린 그녀의 손을 갑자기 껴안고 계속 입을 맞추다가, 자기가 좋아하는 이 손을 더 어떻게 해야 할지 몰라서 결국 깨물었다.

"그래, 바로 이게 코시차야, 그 끔찍한 늙은이가 아니라" 하고 그녀는 스스로에게 말했다. 이 말과 동시에 잠에서 깨어나 무참한 현실을 맞닥뜨렸다.

그녀는 아이 방으로 갔다. 유모가 벌써 코시차를 씻기고 매만진 후였다. 창백하고 더 가늘어진 코, 콧구멍 근처의 보조개, 이마에서부터 잘 빗긴 머리카락……. 코시차가 어떤 단 같은 것 위에 올려져 있었다. 주위에는 촛불이 켜져 있고, 머리 쪽 탁자 위에 흰색, 진분홍색, 연분홍색 히아신스가 꽂혀 있었다. 유모가 의자에서 일어나 눈썹을 올리고 입술을 내민 채, 위를 향해 돌처럼 굳어 있는 아이의 얼굴을 봤다. 아이 엄마 맞은편에서 다른 문을 통해 마트료샤가 그 질박하고 선량한 얼굴로, 울어서 눈이 부은 채 들어왔다.

'나한테 슬퍼하지 말라고 하더니 자기도 울었네' 하고 아이 엄마는 생각했다. 그러고는 죽은 아이에게 눈길을 돌렸다. 그러자마자 죽은 아이의 얼굴이 자기가 꿈에 본 늙은이의 얼굴과 끔찍하게도 닮은 것에 놀라서 흠칫했다. 그러나 그녀는 곧 그러한 생각을 떨쳐버리고, 성호를 긋고는 자신의 따뜻한 입술을 아이의 차갑고 창백한 이마에 갖다 댔다. 그리고 포개져 있는 차갑게 식은 자그마한 손에 입을 맞췄다. 문득 히아신스 향기가 흠씬 끼쳐와, 아이가 이미 가고 없으며 다시는 돌아오지 못할 것이라는 생각이 들었다. 그러자 주체할 수 없는 흐느낌이 그녀를 덮쳤다. 다시 한번 아이의 이마에 입을 맞춘 그녀가 그제야 처음으로 울음을 터뜨렸다. 그녀는 울었다. 하지만 절망의 눈물이 아니라 승복의 눈물이요, 고즈넉한 감동의 눈물이었다. 그녀는 가슴이 아팠지만 더 이상 분노하지 않고 불평하지 않았다. 일어난 일은 일어나야만 했다는 것을, 그러므로 좋다는 것을 알고 있었다.

"어머니, 울지 마세요. 아이의 영혼이 눈물 무게 때문에 힘겨워하면 안 되잖아요. 아이는 지금 편안할 거예요. 죄 없는 천사와 같아요. 만약 살았더라면 무슨 일이 있었을 줄 누가 알아요?"

유모가 그렇게 말하고 죽은 아이에게 다가와, 그의 창백한 이마에 남겨진 엄마의 눈물을 손수건으로 닦아냈다.

"그래요, 맞아요. 하지만 너무…… 너무 슬퍼요!" 하고 아이 엄마가 말했다.

The best stories of
L. N. Tolstoy

지옥의 패망과 부흥

그리스도가 자신의 가르침을 사람들에게 베풀던 당시의 일이다.

그 가르침은 아주 명쾌하였으며, 그것을 따르는 일은 아주 쉬웠고, 따르기만 하면 사람들은 악에서 확실하게 벗어날 수가 있었기 때문에, 그 가르침을 받아들이지 않으려 해도 받아들이지 않을 수 없었으며, 온 세상에 그 가르침이 전파되는 것을 아무것도 막을 수 없었다. 그러자 모든 악마들의 아버지이자 영도자인 바알세불은 불안해졌다. 자기가 사람들을 휘어잡던 힘이 영영 사라져버릴 지경이었다. 그리스도가 자신의 설교를 부인하지 않는 한 말이다. 바알세불은 불안하고 초조했지만 의기소침해하지 않고, 자기에게 순종적인 태도를 보이는 바리새인들과 서기관들에게 되도록 더 강하게 그리스도를 모욕하고 괴롭히라고 가르쳤다. 또한 그리스도의 제자들에게 다들 도망치라고, 그리스도가 홀로 남게 하라고 충고하였다. 바알세불은 치욕적인 사형 선고, 능욕, 모든 제자들에게서 버림받는 일, 그리고 끝내

받게 될 고통과 죽음 때문에 그리스도가 자신의 가르침을 부인하게 될 것이라고 희망을 걸었다. 그러면 가르침은 모든 힘을 잃게 될 것이었다.

결국 십자가 위에서 모든 것이 결정되는 판국이었다. 그리스도가 "나의 하느님, 나의 하느님, 어찌하여 나를 버리셨나이까?" 하고 소리 질렀을 때 바알세불은 기쁨에 날뛰었다. 바알세불은 그리스도를 위해 준비해두었던 족쇄를 가져다가, 그것이 그리스도에게 채워졌을 때 혹시 떨어져 나가는 일이 없도록 하기 위해 일단 자기 발에다 채워서 잘 맞는지 점검하였다.

그런데 별안간 십자가에서 이런 말이 들려왔다.

"아버지여, 저희를 사하여 주옵소서. 자기의 하는 것을 알지 못함이니이다."

그리고 이어서 그리스도가 "다 이루었다!" 하고 소리치고 운명하였다. 바알세불은 자기의 계획이 다 수포로 돌아간 것을 깨달았다. 그래서 자기 발에서 족쇄를 벗겨내고 도망치려 했으나 그 자리에서 꼼짝도 할 수 없었다. 족쇄가 그의 발에 단접되어 발을 꼭 죄고 있었기 때문이다. 바알세불은 날아오르려 했으나 날개를 펼 수가 없었다. 그때 바알세불은 보았다. 그리스도가 찬란한 광채 속에서 지옥문에 멈춰 서 있고, 아담에서 유다에 이르기까지 죄인들이 지옥에서 나오고, 모든 악마들이 뿔뿔이 도망치고, 지옥의 담이 소리 없이 사방으로 무너져 내리는 것을 말이다. 바알세불은 그것을 더 이상 그대로 참고 볼 수가 없어서 날카로운 외마디 비명을 지른 후, 지옥 바닥의 갈라진 틈을 쑤시고 들어가 지하 세계로 모습을 감춰버렸다.

■■■

100년이 흐르고, 200년이 흐르고, 300년이 흘렀다. 바알세불은 시간을 손꼽아 세지 않았다. 그냥 시커먼 어둠 속에, 죽음과 같은 정적 속에 움직이지 않고 누워 있었다. 그는 일어났던 일에 대해 생각하지 않으려 노력했지만 자꾸만 생각이 났기 때문에, 자신이 파멸한 원인을 제공한 자를 무기력하게 증오하고만 있었다.

그때로부터 몇 년이 흘렀는지도 알 수 없는 어느 날 문득, 바알세불은 머리 위에서 발 구르는 소리, 신음 소리, 고함 소리, 이 가는 소리와 비슷한 소리들을 들었다.

바알세불은 고개를 쳐들고 귀를 기울여보았다.

그리스도가 승리를 거둔 후에 지옥이 부흥할 수 있다는 것을 바알세불은 믿지 않고 있었다. 그러는 중에도 발 구르는 소리, 신음 소리, 고함 소리, 이 가는 소리는 점점 더 뚜렷해졌다.

바알세불은 몸뚱이를 쳐들고, 발굽이 자라난 털북숭이 다리들을 몸뚱이 밑으로 당겨 세우고(놀랍게도 족쇄가 발에서 저절로 떨어져 나갔다), 자유롭게 펼쳐진 날개들을 푸드덕대고는, 옛날에 자기 종들과 조수들을 부를 때 써먹던 그 휘파람을 휙 하고 불었다.

숨을 돌리기도 전에 그의 머리 위에서 구멍이 아가리를 벌리고 시뻘건 불이 번쩍였다. 그러더니 악마들이 무리를 지어 서로를 짓누르면서 구멍으로부터 지하 세계로 쏟아져 내려왔다. 악마들은 까마귀들이 죽은 동물 주위를 둘러싸듯 바알세불 둘레로 앉았다.

악마들 중엔 큰 놈, 작은 놈, 뚱뚱한 놈, 마른 놈 등 별의별 놈이 다 있었고, 길거나 짧은 꼬리에, 곧거나 구부러진 날카로운 뿔들을 갖고 있었다.

어깨에 짧은 망토를 걸치고, 털 없이 반들거리는 새까만 피부, 턱수염도 콧수염도 없는 둥근 얼굴에 거대한 배를 늘어뜨린 악마 한 놈이 바알세불 얼굴 바로 앞에 쭈그리고 앉아 있었다. 그 악마는 불로 이글거리는 눈알을 위로 올려 눈꺼풀 뒤로 숨겼다가 다시 내려 데굴데굴 부라렸다가 하면서, 계속 웃음을 지으며 길고 가느다란 꼬리를 이쪽저쪽으로 흐느적거렸다.

■■■

"이 소리들이 다 뭐냐? 저기서 무슨 일이 벌어지고 있느냐?" 하고 바알세불이 위를 가리키며 말했다.

"늘 있어왔던 것 그대로입니다" 하고 짧은 망토를 걸친 반들거리는 악마가 대답했다.

"아니, 그럼 죄인들이 존재한단 말이냐?"

"많습죠."

"그럼 내가 이름 부르기 싫어하는 그자의 가르침은 어떻게 된 건데?"

짧은 망토를 걸친 악마가 히죽 웃자 날카로운 이빨들이 쫙 드러났다. 나머지 악마들 사이에서 킥킥대는 소리가 들렸다.

"그 가르침이 우리한테 별 힘을 못 씁니다. 사람들이 그 가르침을 믿지 않으니까요."

"아니, 그 가르침이 사람들을 우리로부터 구하는 게 맞을 텐데? 그자가 죽음으로써 증거했잖나."

"내가 그 가르침을 개조했지요."

짧은 망토를 걸친 악마가 꼬리로 바닥을 재빨리 휙 쓸면서 말했다.

"어떻게 개조를 했어?"

"사람들이 그자의 가르침이 아닌 나의 가르침을 믿도록 했지요. 사람들이 나의 가르침을 그자의 가르침이라 일컫고 있어요."

"아니, 어떻게 그렇게 했어?"

"저절로 그렇게 됐습니다. 난 그저 돕기만 한 거고요."

"간단하게 설명을 좀 해봐."

짧은 망토를 걸친 악마가 고개를 숙이고, 서두르지 않고 생각을 집중하려는 듯 한동안 가만히 있었다. 그러더니 이야기를 시작했다.

"지옥이 패망하고 우리의 아버지이자 영도자이신 분께서 우리에게서 떠나가신 끔찍한 사건이 일어났을 때, 나는 우리를 파멸시킬 뻔한 그 가르침이 선포되던 곳들을 찾아갔습니다. 사람들이 그 가르침을 행하면서 살고 있는 것을 한번 보고 싶었습니다. 결국 나는 보았습니다. 그 가르침대로 사는 사람들이 더할 나위 없이 행복하며, 우리가 그들을 건드릴 수 없다는 것을. 그들은 서로에게 화를 내지 않았으며, 여자에게 매혹당하지 않고, 결혼을 하지 않았으며, 혹은 결혼을 하되 아내를 한 명만 취했으며, 재산을 갖지 않고 모든 것을 공동의 소유로 여겼습니다. 공격해오는 자들에게 힘으로 맞서지 않았으며, 악을 선으로 갚았습니다. 그들의 삶이 너무 좋았기 때문에 다른 사람들이 갈수록 더 많이 그 무리로 몰려왔습니다. 그런 것을 보고 나는 이제 완전히 끝장이라고 생각하고 그만 가려던 참이었습니다. 그때 어떤 상황이 벌어졌는데, 그 자체는 별것 아닐지 몰라도 내가 보기엔 한번 관심을 가져볼 만한 것이었기 때문에 나는 가지 않고 남았습니다. 무슨 상황이 벌어졌나 하면, 이 사람들 중 어떤 사람들은 모두가 할례를 받아야 하며 우상의 제물로 놓였던 것을 먹으면 안 된다고 여기는데 다른 사람들은 그럴 필요가 없다고, 할례를 안 받아도 되며 모든 것을 먹어도 된다고 여겼던 것입니다. 그래서 나는 이 양쪽 사람들을 다 부추기기 시작했습니다. 이 의견 불일치는 아주 중요한 것으로서, 하느님을 섬기는 일과 관련된 것이므로 상대편에게 절대 양보해서는 안 된다고 말입니다. 그러자 그들은 나의 말을 믿었습니다. 그래서 논쟁은 치열해졌습니다. 이쪽 편과 저쪽 편이 서로에게 화를 내기 시작했습니다. 그때 나는 양쪽 모두를 부추기면서, 당신들 주장이 옳다는 것을 기적으로써 증명할 수 있지 않겠느냐고 했습니다. 기적이 일어난다고 해서 그것이 교리의 진실성을 증명하는 것은 아니라는 점이 명백했음에도, 그들은 자신의 입장이 정당한 것이기를 워낙 간절히 원했기 때문에 내 말을 믿었습니다. 그래서 내가 그들에게 기적을 만들어주었습니다. 그건 어려운 일이 아니었지요. 그들은 오로지 자기편만이 진실한 입장에 있다고 인정받기 위한 것이라면 전부 믿었습니다.

어떤 사람들은 자기들에게 불의 혀가 임했다고 말하는가 하면, 또 어떤 사람들은 죽은 선생을 직접 만났다고 말하곤 했습니다. 그들은 한 번도 일어난 적 없는 일을 꾸며내곤 했으며, 우리를 거짓말쟁이라고 칭한 이의 이름으로 거짓말을 했는데, 그 거짓말 실력이 우리보다 못하지 않았습니다. 하지만 자기들은 그 사실을 몰랐습니다. 한 무리의 사람들이 다른 무리의 사람들에게 '너희의 기적은 진짜 기적이 아니고 우리의 기적이 진짜 기적이다'라고 말했고, 또 그쪽 편은 이쪽 편에게, '아니다, 너희의 기적이 진짜 기적이 아닌 거고, 우리의 기적이 진짜 기적이다'라고 말했습니다.

일은 잘되어갔습니다. 그러나 거짓이 너무 명백해지면 그 사람들이 눈치를 채지 않을까 싶었습니다. 그래서 나는 교회라는 것을 고안해냈습니다. 그리고 그들이 교회를 믿게 되었을 때 안도의 한숨을 내쉬었습니다. 이제 우리는 안심해도 된다는 것, 지옥이 부흥했다는 것을 알게 되었습니다."

■■■

"교회가 뭔데?" 하고 바알세불이 근엄한 표정으로 질문을 던졌다. 그는 자기의 종들이 자기보다 더 똑똑하다는 걸 믿고 싶지 않았다.

"교회란, 사람들이 거짓말을 하면서 자기들 말을 다른 사람들이 믿지 않는다는 걸 느끼면서도, 항상 하느님을 빙자해서 '내가 말하는 건 하느님께 맹세코 진실이다'라고 말하는 겁니다. 바로 그런 게 교회입니다. 이런 특징이 있지요. 사람들이 교회라는 허울을 쓰고 나면 자기들은 거짓을 말할 리가 없다는 확신을 갖게 되므로, 그들이 그 어떤 황당무계한 말을 했더라도 이미 그 말을 부인할 수가 없게 된다는 것입니다. 교회가 만들어지는 과정이 이렇습니다. 사람들이 다음과 같은 것을 스스로 믿고, 또 다른 사람들로 하여

금 믿도록 하는 겁니다. 그들을 가르치는 하느님이 사람들에게 계시된 법이 잘못 해석되지 않도록 하려고 특별한 사람들을 선택했는데, 그 선택된 사람들이 바로 그들 자신 혹은 그들이 권력을 넘겨주는 사람들로서, 오직 그들만이 하느님의 가르침을 올바로 해석할 수 있다는 것입니다. 그러므로 교회라는 허울을 쓴 사람들은 이렇게 생각합니다. 그들이 진리를 표방하는데, 그것은 그들이 하는 설교가 진리이기 때문이 아니라, 그들이 유일하게 합법적인 후계자로 인정받기 때문이라고 말입니다. 누구의 후계자인가 하면, 가르침을 주는 하느님의 직계 제자들의 제자들의 제자들의 제자들의 후계자라는 것입니다. 물론 교회라는 허울을 이용하는 방법은, 기적을 이용하는 방법과 마찬가지로, 완벽하진 않습니다. 즉, 사람들이 모두 자기가 유일하게 진실한 (늘 그래왔던) 교회의 일원이라고 생각한다는 말입니다. 이 방법에서 얻어지는 이점은, 사람들이 교회라는 허울을 쓰고 교회의 입장에서 자신의 교리를 만들어놓은 이상, 그들은 자기들이 한번 말한 것은 아무리 얼토당토않은 것이더라도, 다른 사람들이 무슨 말을 하더라도 절대로 부인할 수 없다는 것입니다."

"그런데 그 교회라는 것들이 우리한테 이롭도록 가르침을 재해석한 이유는 뭐지?"

바알세불이 말했다. 그러자 짧은 망토를 걸친 악마가 말을 계속했다.

"자기들이 하느님의 법을 해석하는 유일한 자들이라고 선포하고 다른 사람들이 그것을 믿도록 해놓자, 그들은 사람들의 운명을 좌우하는 최고의 심판관이 되어 사람들 위에서 최고 권력을 휘두르게 되었기 때문입니다. 그러한 권력을 얻고 나자 그들은 당연히 교만해져서 그중 많은 자들이 방탕을 일삼게 되고, 사람들 사이에서 불평과 적의를 불러일으켰습니다. 그러자 그들은 생겨난 적들과 싸우기 위해 폭력 말고는 다른 방법을 찾지 못해서, 그들의 권력을 인정하지 않는 모든 자들을 핍박하고 처단하고 불사르기 시작했습니다. 그러므로 그들은 자신들이 처한 입장 때문에 가르침을 재해석해야 했던 겁니다. 그 가르침이 그들의 추한 삶마저 정당화하도록, 그들이 자기 적들에게 저지른 잔인한 짓마저 정당화하도록 말입니다. 바로 그래서 그렇게 한 겁니다."

"하지만 그 가르침이란 게 아주 명쾌하고 쉬웠잖아……. 달리 해석할 수 없을 정도로 말이지. '무엇이든지 남에게 대접을 받고자 하는 대로 너도 남을 대접하라.' 이런 말을 어떻게 달리 해석한단 말이야?"

바알세불이 말했다. 그는 자기가 해보려고 시도도 하지

않았던 일을 자기의 종들이 해냈다는 것을 아직도 믿고 싶지 않았다.

그러자 짧은 망토를 걸친 악마가 말했다.

"달리 해석되게 하려고 사람들은 아주 여러 가지 방법을 사용했습니다. 제 충고에 따라서 말입니다. 사람들이 읽는 동화 중에 이런 것이 있습니다. 선한 마법사가 악한 마법사로부터 사람을 구하기 위하여 사람을 밀알로 변하게 했는데, 악한 마법사는 수탉으로 변하여 이 밀알을 쪼아 먹으려고 했습니다. 그러자 선한 마법사가 밀알 위에다 한 말이 넘는 밀알을 쏟아놓았습니다. 그래서 악한 마법사는 그 많은 밀알을 다 먹을 수가 없었고, 먹으려던 그 한 알의 밀알을 찾을 수가 없었습니다. 남에게 대접을 받고자 하는 대로 남을 대접하는 것이 바로 율법의 전부라고 한 자의 가르침에 대해서도, 사람들은 마찬가지로 행동했습니다. 제 충고에 따라서 말입니다. 사람들은 49권의 책을 하느님의 율법을 서술한 거룩한 책으로 인정하였고, 이 책들에 있는 모든 말은 하느님이, 성령이 한 말이라고 인정하였습니다. 사람들은 간단하고 이해하기 쉬운 진리 위에다 거룩한 가짜 진리들을 더미로 쏟아놓은 것입니다. 그래서 그것들을 다 받아들이기도 불가능하게 됐고, 사람들에게 필요한 하나의 진리를 발견하는 것도 불가능하게 됐습니다. 이것이 첫 번째 방법입니다. 두 번째 방법은 사람들이 1,000년도 넘게 성공적으로 써오던 건데, 바로 진리를 밝히려는 자들 모두를 그냥 죽이고 불살라버리는 방법입니다. 현재 이 방법은 점점 사용하지 않고 있지만 그래도 그들은 이 방법을 버리지 않고, 비록 진리를 밝히려는 사람들을 불사르지는 않을지언정 그런 사람들을 중상모략하면서 괴롭게 하므로, 진리를 밝히려는 사람들이 실제로 선뜻 나서는 경우가 아주 적습니다. 이것이 두 번째 방법이었습니다. 세 번째 방법은 다음과 같습니다. 교회라는 허울을 쓴 사람들은 자기들이 잘못된 행동을 하는 경우가 없다고 인정하는 셈이기 때문에, 그들이 필요한 때면 언제든지 성서에 나와 있는 것과 반대되는 것을 가르칩니다. 가르침을 받는 사람들이 이 모순들에서 벗어나는 것은 스스로 알아서 하도록 놔둔 채 말입니다. 예를 들어 성서에 이렇게 쓰여 있습니다.

'너희 선생은 하나이니 곧 그리스도요, 땅에 있는 자를 아비라 하지 말라. 너희 아버지는 하나이시니, 곧 하늘에 계신 자이시니라. 또한 지도자라 칭함을 받지 말라. 너희 지도자는 하나이니 곧 그리스도이니라.'

이것을 가지고 그들은, '우리만이 사람들의 아버지이고 우리만이 사람들의 지도자다'라고 합니다. 또 '기도하려거든 혼자서 은밀히 기도하라, 그리하면 하느님께서 들으시리라'라고 쓰여 있는데, 그들은 성전에서 모두가 함께, 노래와 음악에 맞춰서 기도해야 한다고 가르칩니다. 또 성서에 '도무지 맹세하지 말지니'라고 쓰여 있는데, 그들은 무엇이 요구되든 간에 모두가 권세에 무조건 복종할 것을 맹세해야 한다고 가르칩니다. 또 '살인하지 말라'라고 쓰여 있는데, 그들은 전쟁에서, 그리고 법정의 결정에 따라서는 죽일 수 있고 죽여야 한다고 가르칩니다. 또 '나의 가르침은 영이요 생명이라. 그러므로 그것을 양식으로 먹고 마시라'고 쓰여 있는데, 그들은 떡을 떼어 포도주에 담그고 그 떡 조각에 대고 어떤 말을 하고 나면 떡이 살이 되고 포도주가 피가 되므로 그 떡을 먹고 그 포도주를 마시는 것은 영혼의 구원에 매우 유익하다고 가르칩니다. 사람들이 그 말을 믿고 떡 조각이 담긴 포도주를 열심히 먹었는데 나중에 우리가 있는 곳으로 떨어지게 되면, 그제야 그 음식이 자기들에게 도움이 되지 않았다는 데 매우 놀랍니다."

짧은 망토를 걸친 악마가 말을 마치고 눈동자를 눈꺼풀 뒤로 굴려 넣으면서 입을 귀까지 벌려 히죽 웃었다.

"그거 참 잘됐구나" 하면서 바알세불이 미소를 지었다. 그러자 모든 악마들이 큰 소리로 한바탕 왁자지껄 웃었다.

■■■

"그럼 진짜로 전처럼 방탕한 자들, 강도들, 살인자들이 존재한단 말이냐?"

이미 기분이 좋아진 바알세불이 물었다. 악마들 역시 기분이 좋아져서 앞을 다투어 서로 먼저 말하려고 하였다.

"전처럼이 아니라, 전보다 더 많습니다" 하고 그중 한 악마가 소리쳤다.

"방탕한 자들이 전에 있던 곳에 다 못 들어갈 정도로 많습니다" 하고 다른 악마가 날카로운 소리를 냈다.

"남에게 해를 입힐 때 지금은 전보다 더 악랄하게 합니다" 하고 또 다른 악마가 소리 질렀다.

"살인자들한테 쓸 연료를 아무리 준비해도 계속 필요합니다" 하고 또 다른 악마가 부르짖었다.

"너도나도 말하지 좀 마. 내가 물어보는 놈만 대답하도록 해. 방탕한 생활을 맡은 놈 누구야? 앞으로 나와서 말해봐. 아내를 바꾸는 것을 금지하고 음욕을 품은 채 여자를 보면 안 된다고 말한 자의 제자들은 지금 어떻게 하고 있는지 말해보라고. 자, 방탕한 생활 담당 누구야?"

"접니다."

어쩐지 여자처럼 보이는, 얼굴 피부가 늘어지고 침을 질질 흘리는 짙은 적갈색 악마가 대답했다. 이 악마는 쉴 새 없이 뭔가를 씹는 듯 입을 우물거리면서, 엉덩이를 바닥에 댄 채로 엉거주춤 바알세불한테 다가왔다.

그는 다른 악마들 앞으로 나와서 쭈그리고 앉아 머리를 옆으로 기울인 채, 끝에 털이 달린 꼬리를 다리 사이로 빼 약간씩 흔들면서 노래하는 듯한 목소리로 말하기 시작했다.

"우리는 우리의 아버지이자 영도자이신 당신께서 아직 천국에 계실 때 사용하시던 방법, 전 인류를 우리의 권세 안으로 몰아넣은 그 옛날 방법을 통해서, 또한 교회라는 새로운 방법을 통해서 이 일을 하고 있습니다. 먼저 교회라는 새로운 방법을 이용해 사람들이 이렇게 믿도록 만듭니다. 진정한 결혼의 의미는 남자와 여자가 하나 되는 것이 아니라, 가장 좋은 옷을 입고, 결혼을 위해 마련된 커다란 건물로 가서, 결혼을 위해 준비된 모자를 쓰고, 여러 가지 노랫소리에 맞추어 상 둘레를 세 번 도는 데에 있다고 말입니다. 우리는 그렇게 하는 것만이 진정한 결혼이라고 믿게 만듭니다. 사람들이 그렇게 믿게 되면, 그러한 형식을 갖추지 않은 남자와 여자의 결합은 그 어떤 것이든 모두 아무 책임도 따르지 않는 단순한 쾌락이며, 혹은 건강에 필요한 사항들을 충족시키는 것이라고 여기기 때문에 아무것도 마다하지 않고 이 쾌락에 몸담게 됩니다."

여자 같아 보이는 악마가 피부가 늘어진 머리를 한쪽으로 기울이더니, 자기의 말이 바알세불에게 가 닿은 결과가 나타나기를 기다리기나 하듯 말을 멈추고 가만히 있었다.

바알세불은 계속하라는 뜻으로 머리를 한 번 까딱하였다. 여자 같아 보이는 악마가 말을 계속했다.

"이 방법을 사용함으로써, 전에 천국에서 사용된 방법, 즉 금지된 열매와 호기심이라는 방법을 버리지 않고 그대로 두면서도(이 대목을 강조하는 것으로 보아 바알세불에게 아첨하려는 게 분명했다), 우리는 매우 큰 성과를 거두고 있습니다. 사람들이 여러 여자들과 결합을 해본 이후에도 진실한 교회식 결혼을 할 수 있을 것으로 상상하고 동거녀를 수백 명씩 바꾸며 그 과정에서 방탕한 물이 들기 때문에 교회식 결혼을 거친 뒤조차 그러한 행각을 일삼고 있습니다. 이 교회식 결혼에 따르는 어떤 요구들이 왠지 자신을 속박하는 것처럼 느껴지면 그들은 상 둘레를 도는 예식을 두 번째로 갖습니다. 그러면 첫 번째의 그 예식은 없던 것처럼 돼버립니다."

여자 같아 보이는 악마가 말을 멈추고 입에 가득 찬 침을 꼬리 끝에 달린 털로 한번 닦더니, 다른 쪽으로 머리를 기울이고 말없이 바알세불에게 시선을 고정시켰다.

"간단하면서 좋구먼. 잘하고 있어. 강도들을 맡은 놈은 누구야?"

"접니다."

몸집이 큰 악마가 나오면서 대답했다. 크고 구부러진 뿔이 돋아 있고, 콧수염 끝이 위로 올라가 있고, 거대한 손발은 비뚤게 달려 있었다.

이 악마는 앞에서 말한 악마처럼 앞으로 나오더니, 군대식으로 양손을 써서 콧수염을 다듬으며 질문을 기다렸다. 바알세불이 말했다.

"지옥을 패망시킨 자가 사람들에게 하늘의 새처럼 살라

고 가르쳤지 않느냐? 윗옷을 구하는 자에게 외투를 내어주라고 명했고, 구원을 받기 위해서는 가진 것을 나눠 줘야 한다고 말하지 않았느냐? 이 말을 들은 사람들이 어떻게 강도짓을 하도록 만들었느냐?"

그러자 콧수염 난 악마가 머리를 뒤로 장중하게 젖히더니 말했다.

"우리는 우리의 아버지이자 영도자이신 분께서 사울이 왕위에 오를 때 하셨던 것과 똑같이 이 일을 합니다. 그가 부추김을 받아서 왕위에 올랐듯이, 우리도 똑같이 사람들을 부추깁니다. 서로 간에 강도질하기를 그만두는 대신, 자기를 대상으로 강도질을 하게끔 오직 한 사람한테만 허용하는 것이 더 유익하다고 말입니다. 그 한 사람한테 모든 것에 대한 권세를 줌으로써 말이지요. 우리가 사용하는 방법에서 새로운 것이 있다면 단 한 가지입니다. 이 한 사람에게 강도질할 권리를 확보해주기 위해 우리는 이 사람을 성전으로 데리고 들어가서 특별한 모자를 씌우고, 높은 의자에 앉히고, 손에다 지팡이와 공을 쥐어주고, 식물성 기름을 발라주고, 이 기름 발린 사람을 하느님과 그의 아들의 이름으로 거룩하다고 선포합니다. 그러므로 이 사람이 행하는 강도질은 거룩한 것이라 인정되고, 여기에는 그 어떠한 제한도 있을 수 없습니다. 그리고 거룩한 자들과 그 조수들과 그 조수들의 조수들은 모두 끊임없이 편하고 안전하게 강도질을 합니다. 이때 보통 법과 질서가 세워지는데, 이에 따라 심지어는 기름을 바르는 행위 없이도, 놀고먹는 소수가 노동하는 다수를 대상으로 언제든 강도질을 하고도 벌을 받지 않을 수 있습니다. 그러므로 최근 몇몇 나라들에서는 기름 바름 받은 사람들 없이도, 기름 바름 받은 사람들이 있는 곳에서와 마찬가지로 강도질이 벌어집니다. 우리의 아버지이자 영도자이신 분께서 보시듯이, 저희가 사용하는 방법은 본질적으로 옛날의 방법과 같습니다. 새로운 것이 있다면, 단지 저희가 이 방법을 좀 더 보편적인 것, 좀 더 은밀한 것, 공간적, 시간적으로 좀 더 넓어진 것, 좀 더 확고한 것으로 만들어놓았다는 점밖에는 없습니다. 좀 더 보편적인 것으로 만들어놓았다는 건, 사람들이 선택된 자에게 복종하되 일단 자기 의지에 따라서 복종했었는데, 저희는 사람들이 이제 자기가 원하든 원하지 않든 선택된 자가 아니라 누구에게나 복종을 하도록 해놓았다는 뜻입니다. 좀 더 은밀한 것으로 만들어놓았다는 건, 이제는 강도질을 당하는 사람들이 특별 공물이나 간접 공물이라는 제도로 인해 강도질을 하는 자들을 직접 보지 못한다는 뜻입니다. 좀 더 공간적으로 넓게 만들어놓았다는 건, 소위 크리스트교를 신봉하는 나라들이 자기 국민들을 대상으로 강도질하는 데 만족하지 못하고 여러 가지 아주 이상한 구실을 내세워서, 특히 크리스트교 확산이라는 구실을 내세워서, 강도질을 할 만한 무언가를 갖고 있기만 하다면 모든 다른 나라들을 대상으로 강도질을 한다는 뜻입니다. 이 새로운 방법이 시간적으로 더 넓어진 것이기도 한데, 그것은 사회 융자와 국가 융자라는 제도 덕분에 가능한 것으로, 이제는 현재 살고 있는 자들만 강도질의 대상이 되는 것이 아니라, 차후 세대들마저도 강도질의 대상이 된다는 뜻입니다. 이 방법을 저희가 좀 더 확고한 것으로 만들어놓았다는 건, 이제는 주로 강도질을 하는 자들이 특히 거룩한 자들로 인정되며, 사람들은 그들에게 대항할 생각을 하지 못한다는 뜻입니다. 주된 강도에게 기름이 발리는 순간부터 그는 이미 자기가 강도질을 행하고 싶은 사람 누구에게나 행할 수 있으며, 원하는 대로 얼마든지 행할 수가 있습니다. 예를 들어 언젠가 저는 러시아 왕좌에다가 가장 추악한 여자들을 차례로 앉히는 실험을 해봤습니다. 어리석고 무식하고 방탕한, 그들의 법에 따르면 아무 권리도 갖지 못하는 여자들을 말입니다. 그중 마지막 여자는 방탕한 여자일 뿐 아니라 범죄자였습니다. 남편과 합법적 후계자를 죽인 여자입니다. 그런데 사람들은 오로지 그 여자에게 기름이 발렸다는 것 때문에, 콧방울을 뜯어내고 채찍으로 때리는 형벌을 내리지 않았습니다. 남편을 살해한 모든 여자들에게 행하던 그 형벌을 말입니다. 그 대신 30년 동안 그 여자에게 노예처럼 복종하면서 그 여자와 그녀의 수없는 정부들이 재산뿐만 아니라 인간의 자유마저 강도질하도록 해줬습니다. 그러므로 지금 명백한 강도질, 즉 지갑, 말, 옷을 힘으로 빼앗는 일은 합법화된 강도질의 100만 분의 일도 안 됩니다. 합법화된 강도질은 그것을 행할 가능성이 있는 사람들에 의해 계속 이루어지고 있습니다. 행하고도 벌을 받지 않을 수 있는 은밀한 강도질이 사람들 사이에 굳건히 자리 잡았고, 또한 강도질을 하려는 마음이 사람들 사이에 굳건히 자리 잡아, 결국 거의 모든 사람들의 삶의 주된 목적이 강도질이 돼버렸습니다. 강도짓이 큰가 작은가의 차이는 있지만 말입니다."

"그것 참 좋구먼. 근데 살인은 좀 어때? 살인 담당 누구야?"

"접니다."

무리를 벗어나 앞으로 나서며 대답한 것은 새빨간 핏빛 악마였다. 송곳니가 입 밖으로 삐져나와 있고, 뿔이 뾰족하고, 굵고 움직이지 않는 꼬리가 위로 솟아 있었다.

"'악을 악으로 갚지 말고 원수를 사랑하라'고 말한 자의 제자들을 어떻게 살인자가 되게 만들 수 있느냐?"

그러자 새빨간 악마가 귀청을 찢 듯 빠지직빠지직한 목소리로 대답했다.

"저희는 예로부터 써온 방법을 써서 이 일을 합니다. 사람들 속에 탐욕과 분과 증오와 복수심과 자만을 부추기는 겁니다. 또 역시 옛날 방식으로, 사람들의 스승들에게 이런 생각을 불어넣습니다. 사람들이 살인하지 않도록 하는 가장 좋은 방법은, 살인을 한 자들을 바로 이 스승들이 공개적으로 죽이는 일이라고 말입니다. 이 방법을 쓰면 살인자가 생겨남은 물론이고, 그보다 우리가 이용할 만한 살인자 후보들이 준비된다고 할 수 있습니다. 그보다 더 많은 살인자를 생기게 했고, 또 생기게 하고 있는 것은, 교회는 오류를 범하지 않는다는 새로운 교리, 그리고 크리스트교식 결혼과 크리스트교식 평등에 대한 새로운 교리입니다. 교회는 오류를 범하지 않는다는 교리야말로 이전 시대에 가장 많은 살인자를 발생시킨 원인입니다. 오류를 범하지 않는 교회의 일원으로 자기를 인정한 사람들은, 교리를 잘못 해석하는 자들로 인해 사람들이 타락하는 것을 가만 내버려두는 것은 죄악이며, 그러므로 그러한 자들을 죽이는 것이 하느님의 마음에 드는 일이라고 생각했습니다. 그래서 그들은 수십만 명에 이르는 사람들을 죽이고 사형시키고 불살랐습니다. 그런데 우스운 것은, 진실한 가르침을 이해하기 시작한 사람들이 사형당하고 불에 타 죽었는데, 이 사람들을 왜 죽였나 하면 이들이 바로 우리 악마들의 종들이라고 생각했기 때문에 죽였다는 것입니다. 사실인즉슨 우리들한테 가장 위험한 존재들이었는데 말입니다. 이들을 사형시키고 불사른 자들이야말로 우리의 순종적인 종들이었는데, 그들은 자기들이 하느님의 뜻을 이행하는 거룩한 자들이라고 생각했습니다. 지금 이야기하는 것은 옛날에 일어났던 일들이고, 요즘 가장 많은 살인자를 발생시키는 것은 크리스트교식 결혼과 평등에 관한 교리입니다. 결혼에 관한 교리로 인해, 첫째, 부부가 서로를 죽이는 살인, 모친이 자식을 죽이는 살인이 발생합니다. 남편들과 아내들이 서로를 죽이는 일이 발생하는 것은 그들이 교회식 결혼에 관련된 법과 풍습에 따라 요구되는 사항들이 자신들을 속박한다고 여기기 때문입니다. 모친들이 자식들을 죽이는 일이 발생하는 것은 대부분 자식을 생기게 한 결합이 결혼으로 인정되지 않는 경우입니다. 그러한 살인은 꾸준히 일어나고 있습니다. 평등에 관한 크리스트교 교리에서 살인이 빚어지는 일은 띄엄띄엄 있는데 그 대신 한번 발생하면 양이 굉장히 많습니다. 이 교리에 따라 사람들이 세뇌당하는 내용은 그들 모두가 법 앞에 평등하다는 겁니다. 강도질을 당한 사람들이 느끼기에 이것은 진실이 아닙니다. 그들이 보기에 법 앞의 평등이라는 것은 강도들이 계속 강도질을 하기에 편하도록 하는 것 외에 아무것도 아닙니다. 한편 그들 자신은 강도질을 하기가 어려운 상황이라는 것입니다. 그래서 그들은 분개하여 자기들에게 강도질을 하는 자들을 공격합니다. 그러면 서로 죽이는 상황이 벌어져, 운만 따라주면 한꺼번에 수만 명의 살인자가 발생하기도 합니다."

"하지만 전쟁에서의 살인은? 모든 사람을 유일하신 아버지의 아들로 인정하고 원수를 사랑하라고 명한 자의 제자들이 전쟁에서 살인을 하도록 어떻게 부추기느냐?"

새빨간 악마가 이를 드러내며 웃으니 그의 입에서 불길과 연기가 뿜어져 나왔다. 악마는 기쁨에 겨워 굵은 꼬리로 자기 등을 한번 탁 치고 말했다.

"우리는 이렇게 합니다. 각 민족으로 하여금 자기 민족이 세상에서 제일가는 민족이라고 믿도록 합니다. 'Deutschland über alles('독일이 가장 우세하다'는 뜻의 독일어)', '프랑스, 영국, 러시아가 über alles'라고 말입니다. 그리고 그 민족이 다른 모든 민족들 위에 군림해야 한다고 말입니다. 그런데 우리가 모든 민족들에게 마찬가지의 것을 믿도록 해놓은 이상, 각 민족이 옆의 민족들 때문에 위험을 느끼고, 항상 방어 준비를 하며 서로를 대적합니다. 그리하여 이제는 우리를 살인자들이라 칭한 자의 가르침을 받아들인 모든 사람들이 주로 살인 준비 혹은 살인 자체에 늘 종사하고 있습니다."

바알세불이 약간 침묵하고 나서 말했다.

"그것 참 재치 있게 잘해놓았구나. 하지만 기만이 안 통하는 학식 있는 사람들도 눈치채지 못하는 이유는 무엇이냐? 교회가 옛 가르침을 부흥시켜놓은 게 아니라 곡해해놓았다는 사실을 말이다."

"그런 사람들이라고 해서 그럴 능력이 있는 게 아닙니다."

긴 망토를 입은, 윤기 없이 새까만 악마가 자신감에 찬 목소리로 말하며 앞으로 튀어나왔다. 이마는 펑펑했고, 팔다리는 근육이 불거지지 않아 미끈했으며, 커다란 귀는 날개처럼 좌우로 펼쳐져 있었다.

"왜지?"

긴 망토를 입은 악마의 자신감에 찬 목소리에 약간 자존심이 상한 바알세불이 근엄하게 물었다. 긴 망토를 입은 악마는 거기에 기죽지 않고 서두르지 않으며 조용히 앉았다. 이 악마는 다른 악마들처럼 쭈그리고 앉은 것이 아니라 근육이 불거지지 않은 자신의 두 다리를 포개어 동양식으로 책상다리를 하고 앉았다. 그러고 나서 더듬거림 없이 조용하고 조화로운 말솜씨로 말을 시작했다.

"그런 사람들이 그럴 수가 없는 이유는 그들의 관심을 제가 항상 다른 쪽으로 돌리고 있기 때문입니다. 그들이 알 수 있는 것, 그들이 알아야 하는 것으로부터, 그들이 알 필요가 없는 것, 아무리 해도 알아낼 수가 없는 것으로 그들의 관심을 돌리고 있습니다."

"어떻게 그렇게 할 수 있었느냐?"

긴 망토를 입은 악마가 대답했다.

"시대에 따라 방법을 바꿔왔습니다. 옛날에는 사람들에게 이러한 생각을 불어넣었습니다. 그들에게 가장 중요한 것은 삼위일체 각위 간의 상호관계, 그리스도의 출생, 그의 본성, 하느님의 특성 등에 관한 자세한 사항들을 아는 것이라는 생각 말입니다. 그래서 그들은 장시간에 걸쳐 많은 생각과 증명과 논쟁을 일삼고 화를 내곤 했습니다. 그러한 생각 속에만 갇혀서 어떻게 살아야 하는지에 대해서는 전혀 생각하지 않았습니다. 그러므로 그들은 그들의 선생이 삶에 대해 그들에게 말한 것은 알 필요가 없었습니다.

그 후 그들이 여러 가지 생각 속에서 갈팡질팡하게 되어 자기들이 무슨 말을 했었는지 모르게 되었을 때, 나는 그들 중 어떤 사람들에게 이런 생각을 불어넣었습니다. '우리들에게 가장 중요한 것은 수천 년 전에 그리스에 살던 아리스토텔레스라는 사람이 쓴 모든 것을 연구하고 해명하는 일이다.' 또 그들 중 다른 사람들에게는 이런 생각을 불어넣었습니다. '우리들에게 가장 중요한 것은 황금을 만들어낼 수 있는 돌을 찾는 일, 또 모든 병을 고치고 사람들이 죽지 않고 살 수 있게 하는 영약을 찾는 일이다.' 그래서 그들 중 가장 똑똑하고 학식이 많은 자들은 자신이 가진 모든 지적 능력을 그러한 일에 썼습니다.

그러한 일에 관심이 없던 사람들에게는 이런 생각을 불어넣었습니다. '가장 중요한 것은 지구가 태양의 주위를 도는지, 아니면 태양이 지구의 주위를 도는지 아는 일이다.' 그들이 태양이 아니라 지구가 돈다는 것을 알아내고, 태양으로부터 지구까지의 거리가 몇 백만 베르스타인지 알아냈을 때 그들은 매우 기뻐했으며, 그때부터 지금까지 더욱더 열심히 별들의 거리를 연구하고 있습니다. 비록 이 거리들은 끝이 없으며 있을 수도 없다는 것을 그들이 알고, 별들의 수 자체가 무한대라는 것을 알며, 그 수를 알아내는 일이 그들에게 전혀 필요가 없다는 것을 알면서도 말입니다. 그 밖에도 그들에게 이런 생각을 불어넣었습니다. '모든 짐승들, 모든 벌레들, 모든 식물들, 모든 끝없이 작은 동물들이 어떻게 생겨났는지 아는 것이 우리들에게 매우 필요하며 중요하다.' 그래서 비록 이것을 아는 것 역시 마찬가지로 그들에게 전혀 필요가 없으며 동물들도 별들만큼 끝없이 많기 때문에 이것을 알아내는 일은 불가능하다는 것이 확연함에도, 그들은 이러한 연구와 이와 유사한 물질계의 현상 연구들에 자신이 가진 모든 지적 능력을 쏟아붓고, 자기들이 알 필요가 없는 것을 더 많이 알아내면 알아낼수록 자기들이 알아내지 못한 것이 더욱더 많이 남아 있게 된다는 사실에 매우 놀라곤 합니다. 그리고 연구들이 진행되면서 그들이 알아낸 것의 영역이 점점 더 넓어져가고, 연구의 대상들이 점점 더 복잡해져가며, 그들이 습득한 지식들이 삶에 응용될 가능성이 점점 더 줄어들어가는데도, 그들은 이 사실에 전혀 개의치 않으며, 자신들이 행하는 일들의 중요성을 다분히 확신하는 입장에서 연구를 계속하고, 아무 짝에도 쓸모없는 자신의 연구 결과 대부분을 선전하고, 책으로 쓰고, 인쇄하고, 한 언어에서 다른 언어로 번역하고 있습니다. 혹 그중 유용한 것이 가끔가다 있으면, 그것은 소수 부자들의 오락에 쓰이거나 다수 빈자들의 상황 악화에 쓰입니다.

그들에게 필요한 유일한 것이 그리스도가 자신의 가르침을 통해 명시했듯 삶의 법을 확정하는 것이라는 사실을 그들이 아무리 해도 짐작하지 못하게끔 하기 위하여, 저는 그들에게 영적인 삶의 법을 그들이 알 수가 없으며 그리스도의 가르침을 포함한 모든 종교적 교리는 그 어떤 것이나 다 오해이며 미신이라는 생각을 불어넣고 있습니다. 또 그들이 어떻게 살아야 하는지 알아내는 일은 제가 그들을 위해 고안해낸 사회학이라는 학문을 통해 가능하다는 생각을 불어넣고 있습니다. 사회학이라는 것은 이전 사람들이 제각기 다 얼마나 추악하게 살았는지 연구하는 학문입니다. 그러므로 그리스도의 가르침에 따라 가능하면 더 잘 살려고 노력하는 대신에 그들은 이전 사람들의 삶을 연구하는 것만이 필요하다고 생각하게 되었으며, 이 연구를 통해 자기들이 삶의 보편 법칙을 도출해낼 것이며, 잘 살기 위해서는 그 법칙을 자기들의 삶에 적용하기만 하면 된다고 생각하게 되었습니다.

그들을 기만 속에 좀 더 확고하게 안주시키기 위해서 저는 그들에게 교회의 교리와 유사한 무언가를 불어넣고 있습니다. 구체적으로 말하자면, 지식의 대물림이라고나 할까요. 그것을 학문이라고 부릅니다. 이 학문이라는 것의 허울을 빌려 어떤 사실이 긍정되고 나면 그 사실은 교회가 말하는 것이 그렇듯 다시는 오류로 판정될 수 없습니다.

그리고 학자로 인정되는 자들이 자신들이 오류를 범할 리가 없다고 확신하는 순간부터, 그들은 필요가 없을 뿐만 아니라 심지어는 무의미하고 어리석은 말들을 의심할 바 없는 진리로 선포하는데, 한번 입 밖에 나온 그러한 말들은 부인될 수 없습니다.

바로 이렇기 때문에, 제가 그들을 위해 고안해낸 학문이라는 것에 대한 경외와 노예적 굴종을 그들에게 불어넣고 있는 한, 하마터면 우리를 망하게 할 뻔했던 그 가르침을 그들은 절대로 이해하지 못할 것입니다."

"아주 좋아! 고맙다! 너희들은 상을 받아 마땅하다. 내 너희들에게 후한 상을 내리겠노라!"

바알세불이 말했다. 그의 얼굴에서 광채가 났다.

"저희들도 할 말이 있는데요" 하고 몇몇 목소리들이 터져 나왔다. 나머지 악마들, 즉 털 빛깔이 각양각색이고 제각기 작거나 크거나 다리가 휘었거나 뚱뚱하거나 마른 악마들의 목소리였다.

"너희들은 또 무슨 일을 하는데?"

"저는 기술 발전의 악마입니다."

"저는 노동 분배의 악마입니다."

“저는 교통수단의 악마입니다.”

“저는 도서 인쇄의 악마입니다.”

“저는 예술 활동의 악마입니다.”

“저는 의료 활동의 악마입니다.”

“저는 문화 활동의 악마입니다.”

“저는 인간 교육의 악마입니다.”

“저는 인간 교도의 악마입니다.”

“저는 의식 혼돈의 악마입니다.”

“저는 자선 활동의 악마입니다.”

“저는 사회주의의 악마입니다.”

“저는 여성주의의 악마입니다.”

이렇게 소리 지르며 악마들이 모두 앞다투어 바알세불의 얼굴 앞으로 몸을 내밀었다.

“한 놈씩 간단하게 말해! 너는 뭐 하는 놈이냐?” 하고 바알세불이 기술 발전의 악마에게 물었다.

“저는 사람들에게, 물건을 많이 만들면 만들수록, 그리고 물건 만드는 일을 빨리 하면 할수록 그들에게 유익하다는 생각을 불어넣습니다. 그러면 사람들은 물건 만드는 일을 위하여 자기의 삶을 망쳐가면서 될 수 있는 한 많이 만들려고 합니다. 그러한 물건들이, 그것들을 만들도록 강요하는 자들에게는 필요치 않은 것이고, 그것들을 만드는 자들로서는 손에 넣을 수 없는 것인데도 말입니다.”

“그거 좋군. 너는?” 하고 바알세불이 노동 분배의 악마에게 물었다.

"저는 사람들에게, 기계를 쓰면 사람을 쓸 때보다 물건을 더 빨리 만들 수 있으므로 사람들을 기계화해야 된다는 생각을 불어넣습니다. 그러면 사람들이 그렇게 합니다. 기계화된 자들은 자신들을 기계화한 자들을 증오합니다."

"그것도 좋군. 너는?" 하고 바알세불이 교통수단의 악마에게 물었다.

"저는 사람들에게, 어떤 한 장소에서 다른 장소로 가능한 빨리 이동하면 그들에게 더 좋다는 생각을 불어넣습니다. 그러면 사람들이 각자 자기가 처한 곳에서 자신의 삶을 더 좋게 만드는 대신에, 삶의 대부분의 시간을 한 장소에서 다른 장소로 이동하는 데에 쓰면서, 한 시간 안에 40베르스타도 훨씬 넘는 거리를 갈 수 있다는 것을 매우 자랑스러워합니다."

바알세불은 이 악마도 칭찬하였다.

그 후 도서 인쇄의 악마가 나섰다. 도서 인쇄의 악마의 설명에 따르면 그가 하는 일은, 세상에서 행해지고 기록되는 경멸스러운 모든 일들을 가능한 많은 수의 사람들에게 알리는 일이었다.

예술 활동의 악마는, 사람들을 위로하고 사람들 속에서 고양된 감정을 자극한다는 명목으로 사람들의 죄악을 매혹적으로 보이도록 표현함으로써 죄악을 권장하고 있다고 설명했다.

의료 활동의 악마는, 가장 중요한 일은 자신의 몸을 배려하는 일이라는 생각을 사람들에게 불어넣는 게 자신의 일이라고 설명했다. 자신의 몸을 한번 배려하기 시작하면 끝이 없기 때문에 의술의 힘을 빌려 자신의 몸을 배려하는 사람들은 다른 사람들의 삶에 대하여 망각할 뿐만 아니라 자기 자신의 삶에 대해서도 망각한다는 것이었다.

문화 활동의 악마는, 기술 발전의 악마, 노동 분배의 악마, 교통수단의 악마, 도서 인쇄의 악마, 예술 활동의 악마, 의료 활동의 악마가 담당하는 모든 일들의 효용을 누리는 것이 하나의 미덕이고, 이 모든 것을 누리는 사람은 자신에게 다분히 만족할 수 있으며 더 나은 존재가 되고자 노력하지 않아도 된다는 생각을 사람들에게 불어넣는다고 설명했다.

인간 교육의 악마는, 추악하게 살면서도, 그리고 심지어 좋은 삶이란 어디에 귀결되는지 모르고 살면서도 자녀들에게 좋은 삶을 가르칠 수 있다는 생각을 사람들에게 불어넣는다고 설명했다.

인간 교도의 악마는, 스스로 죄악을 갖고 있으면서도 죄악을 갖고 있는 사람들을 바로잡을 수 있다고 사람들을 가르친다고 설명했다.

의식 혼돈의 악마는, 추악한 삶에서 오는 고통에서 벗어나기 위해 나은 삶을 살려고 노력할 필요 없이, 의식을 어지럽히는 술, 담배, 아편, 모르핀에 기대 자신을 잊는 것이 낫다고 사람들을 가르친다고 말했다.

자선 활동의 악마는, 약탈할 때는 말[斗]로 약탈하고 줄 때는 홉[合]으로 주는 사람들을 일컬어 덕 있는 사람이라 하며 덕은 그 정도로 충분하다는 생각을 사람들에게 불어넣음으로써 사람들이 선(善)에 가까이 가지 못하게 한다고 말했다.

사회주의의 악마는 자기가 인간 생활을 위한 가장 수준 높은 사회제도의 이름으로 계층 간 알력을 조장한다고 말했다.

여성주의의 악마는 자기가 좀 더 완벽해진 삶의 제도를 위하여 계층 간 알력 말고도 남성과 여성 간의 알력 역시 조장한다고 자랑스럽게 말했다.

또 다른 악마들이 바알세불에게 다가오며, "저는 편안함의 악마입니다!" "저는 유행의 악마입니다!" 하고 소리치고 빽빽거렸다.

"삶에 대한 가르침이 거짓된 것이기만 하다면, 우리에게 해가 되었을 법한 모든 것들이 도리어 우리에게 유익한 것이 된다는 사실을 내가 이해 못할 줄로 아느냐? 그 정도로 내가 늙고 어리석다고 생각하는 것은 아니겠지? 그만 됐다! 모두에게 감사를 표하노라!"

이렇게 소리치고 바알세불이 큰 소리로 껄껄 웃었다. 그러고는 날개를 푸드덕하며 양다리로 딛고 일어섰다. 악마들이 바알세불을 삥 둘러섰다. 서로 죽 연결된 악마들의 대

열 한쪽 끝에는 짧은 망토를 걸친 악마, 즉 교회를 발명한 악마가 있었고, 다른 쪽 끝에는 긴 망토를 입은 악마, 즉 학문을 발명한 악마가 있었다. 이 악마들이 서로에게 손을 내밀어 잡으니 악마들의 대열이 완전한 원을 이루었다.

그 후 모든 악마들이 깔깔대며 날카롭게 빽빽거리며 휘파람 소리를 내는가 하면, 픽픽 바람 빠지는 소리를 내며 꼬리를 흔들면서 바알세불 주위를 기뻐 날뛰기 시작했다. 바알세불은 날개를 활짝 펴서 펄럭거리고 다리를 번쩍번쩍 쳐들어 올리면서 가운데에서 춤을 췄다. 위쪽에서는 고함 소리, 울음소리, 신음 소리, 이 가는 소리 들이 들려왔다.

The best stories of
L. N. Tolstoy

캅카스의 포로

한 귀족이 캅카스에서 장교로 근무하고 있었다. 그의 이름은 질린이었다.

어느 날 그에게 편지가 왔다. 고향에 계신 연로한 어머니가 보낸 편지였다.

"얘야, 내가 이미 늙었구나. 죽기 전에 내 사랑하는 아들을 보고 싶구나. 와서 나와 작별 인사를 나누고, 내 장례를 치르고, 그다음에 다시 근무지로 가면 되지 않겠니? 또 내가 네 색시를 구해놓았는데, 똑똑하고 예쁘고 영지를 갖고 있는 집안의 여자란다. 네 마음에 들 거야. 어쩌면 네가 장가를 들어 이곳에 계속 살 수도 있을 것 같다."

질린은 생각에 잠겼다.

'그렇구나. 어머니가 몸이 안 좋으신가봐. 글쎄, 어쩌면 돌아가시기 전에 못 뵐 수도 있을 것 같네. 어쨌든 가자. 만약 여자가 맘에 들면 결혼도 할 수 있는 거고.'

그는 연대장을 찾아가 휴가를 얻어, 동료들과 인사를 나누고 자기가 데리고 있는 병사들에게 작별 인사로 보드카

네 양동이를 주고 떠날 채비를 마쳤다.

당시 캅카스는 전쟁 상황이었다. 낮에나 밤에나 길을 마음대로 다닐 수 없었다. 러시아인이 누구든 요새를 뜨기만 하면 타타르 인들한테 잡혀서 죽거나 산으로 끌려갔다. 그래서 일주일에 두 번씩 한 요새에서 다른 요새로 호위 병사들이 다녔다. 병사들이 앞뒤에서 호위하고 나머지 사람들은 중간에서 걸었다.

여름이었다. 요새에서 새벽녘에 짐마차 행렬이 출발했다. 이 행렬을 호위 병사들이 호위했다. 질린은 말을 탔고, 그의 짐은 마차에 있었다.

거의 30베르스타를 가야 했는데, 짐마차의 이동 속도는 아주 느렸다. 병사들이 길을 멈출 때도 있었고, 마차에서 바퀴가 빠져나가는 때도 있었고, 말이 걸음을 멈출 때도 있었다. 그럴 때마다 모두가 함께 멈춰서 기다리곤 했다.

해는 이미 중천을 넘어섰는데 짐마차는 목적지의 반 정도밖에 가지 못했다. 먼지와 무더위가 극성이었다. 태양은 강하게 내리쬐는데 몸을 숨길 만한 그늘 하나 없이 초원만 펼쳐졌다. 길에는 나무 한 그루, 덤불 한 무더기 없었다.

말을 탄 질린이 대열의 앞으로 나서서 가다가 멈춰서 짐마차가 따라올 때까지 기다리고 있었다. 뒤쪽에서 나팔을 부는 소리가 들렸다. 짐마차가 다시 멈췄다. 질린은 생각했다.

'병사들 없이 그냥 나 혼자 갈까? 내가 탄 말은 꽤 괜찮은 말인데, 타타르 인들을 만나면 내빼면 되지, 뭐. 글쎄, 안 되

려나? 가지 말까?'

그때 소총을 가진 다른 장교 코스틸린이 말을 타고 그에게 다가와서 말했다.

"우리끼리 가자, 질린. 배가 고파서 견딜 수가 없는 데다 무더위까지 기승이구먼. 이 옷 땀에 젖은 것 좀 봐."

뚱뚱한 몸집의 코스틸린은 몸 전체가 벌겋게 달아올라 있었고 땀이 비 오듯 흘렀다.

질린이 약간 생각하다가 말했다.

"총은 장전돼 있어?"

"장전돼 있지."

"그럼 가자. 단, 흩어지기 없기."

그렇게 해서 그들은 길을 따라 앞서가기 시작했다. 초원으로 난 길을 가면서 서로 이야기를 나누며 간간이 사방을 둘러봤다. 멀리까지 내다보였다.

초원이 끝나고 두 산봉우리 사이 계곡으로 난 길을 가게 되었다. 질린이 말했다.

"산등성이로 올라가서 한번 봐야겠어. 산모퉁이에서 적이 갑자기 튀어나오면 그냥 걸릴 거 아냐?"

코스틸린이 말했다.

"뭘 또 볼 필요까지 있어? 그냥 가자고."

질린은 그의 말을 듣지 않았다.

"아니야. 네가 가기 싫으면 여기서 기다려. 내가 올라가서 보고 올게."

질린이 말을 왼쪽으로 돌려 산으로 올라가기 시작했다. 그가 탄 말은 사냥용 말이었다. 말 시장에서 어린 말을 100루블 주고 사서 직접 길들인 것이었다. 말이 마치 날개를 단 듯 그를 태우고 산비탈을 올랐다. 올라가자마자 저 앞에 말을 탄 타타르 인들이 서 있는 게 보였다. 30명은 될 듯싶었다. 질린은 그걸 보고 말을 뒤로 돌리기 시작했지만, 타타르 인들이 이미 그를 발견하고 달려오면서 소총을 빼들었다. 질린은 비탈길을 따라 말을 전속력으로 몰면서 코스틸린에게 소리쳤다.

"총을 준비해!"

그러면서 질린은 마음속으로 자기 말에게 말했다.

'말아, 발 걸려 넘어지지 말고 잘 달려라. 넘어지면 끝장이다. 총 있는 데까지 안 잡히고 가야 돼.'

그런데 코스틸린은 질린을 기다리기는커녕 타타르 인들을 보자마자 요새 방향으로 있는 힘껏 도망치기 시작했다. 채찍으로 말의 옆구리를 이쪽저쪽 정신없이 후려치고 있었다. 먼지가 일어서 요리조리 흔들리는 말 꼬리만 보였다.

질린은 상황이 썩 좋지 않았다. 소총은 도망가고 없고, 검 하나 갖고는 아무것도 할 수 없었다. 그래서 질린 역시 자기 뒤를 따라오고 있을 아군 병사들 쪽으로 말을 몰았다. 잘만 하면 거기까지 도망갈 수도 있겠다 싶어서였다. 그런데 그가 가려는 방향을 가로질러 여섯 놈이 또 달려오고 있었다. 그가 탄 말도 좋은 말이었으나 그놈들이 탄 말은 더 좋은 것 같았다. 그는 달리는 말의 속도를 줄여 뒤로 돌 생각이었다. 그러나 벌써 가속도가 붙어 있었기 때문에 말을 멈추게 하기가 쉽지 않았다. 말은 그놈들을 향해 곧장 빠른 속도로 달리고 있었다. 질린은 벌건 턱수염의 타타르 인 한 명이 회색 말을 타고 자기 쪽으로 오는 것을 보았다. 그는 날카롭게 소리 지르며 이를 드러낸 채 총을 겨누고 있었다.

'네놈들에 대해 잘 알지. 사람을 산 채로 잡으면 구덩이에 집어넣고 채찍으로 고문한다는 걸. 그래, 내가 산 채로 잡히나보자!'

질린은 덩치가 크지는 않았지만 용기 있는 사람이었다. 검을 빼들고 벌건 턱수염의 정면으로 말을 달리면서 생각했다.

'말로 받아서 찌부러뜨리든지 검으로 베든지 할 테다.'

질린이 적의 말 가까이 갔을 때 뒤쪽에서 누군가가 총을 쏘아 그의 말을 맞혔다. 말은 달리던 속력 그대로 땅으로 곤두박질쳐서 질린의 한쪽 다리를 깔고 쓰러졌다.

질린은 일어나려 했으나 벌써 노린내 나는 타타르 인 두 명이 그의 위에 올라타 양팔을 등 뒤로 꺾는 중이었다. 그는 격하게 몸부림쳐 타타르 인들을 떨쳐내고 후닥닥 일어났다. 그러자 말에서 세 명이 더 내려 그에게 달려들어 개머리판으로 머리를 치기 시작했다. 그는 눈앞이 희미해졌고 다리에 힘이 풀렸다. 쓰러지려는 그를 타타르 인들이 붙잡고, 안장에서 예비용 뱃대끈을 걷어내어 그의 팔을 등 뒤로 돌려 타타르식 매듭으로 묶고는 안장 쪽으로 끌고 갔다. 그의 검을 빼고 장화를 벗기고 몸을 다 뒤져 돈과 시계를 꺼내고 군복을 갈기갈기 찢었다. 질린은 자기 말을 돌아다보았다. 가엾은 그의 말은 쓰러질 때 모습 그대로 옆으로 누워, 다리를 허공에서 버둥거리고 있었다. 머리에 뚫린 구멍에서 시꺼먼 피가 계속 콸콸 솟았다. 반경 세 척이 넘는 크기로 둥그렇게 땅을 적셨다.

타타르 인 한 명이 말에게 다가가 안장을 벗기기 시작했다. 말은 계속 몸부림쳤다. 그가 단검을 꺼내 말의 목을 그었다. 목에서 쉭 소리가 났다. 말이 몸을 부르르 떨고는 이내 숨을 거두었다.

타타르 인들이 안장과 마구를 벗겨냈다. 벌건 턱수염의 타타르 인이 자기 말에 올라탔고, 다른 타타르 인들이 그의 말에 질린을 같이 태웠다. 질린이 말에서 떨어지지 않게 하기 위해 그의 허리를 끈으로 둘러 타타르 인에게 매었다. 그렇게 그를 산속으로 데리고 갔다.

질린은 타타르 인 뒤에 앉아 이리저리 흔들리며 갔다. 타타르 인의 냄새 나는 등짝에 자꾸만 얼굴을 갖다 박았다. 눈앞에 보이는 거라곤 펑퍼짐한 타타르 인의 등짝과 힘줄이 불거진 목, 또 모자 밑으로 새파랗게 드러난 빡빡 깎은 뒷머리였다. 질린은 이마가 깨져서 피가 눈 위에 말라붙어 있었다. 하지만 말 위에서 얼굴을 매만지거나 피를 닦아낼 수가 없었다. 양팔이 힘껏 뒤로 틀어져 있었기 때문에 빗장뼈가 아플 정도였다.

그들은 오랜 시간을 그렇게 이동했다. 다른 산봉우리로 넘어가기도 하고 강을 건너기도 하고 길로 나서기도 하고 협곡을 따라 이동하기도 했다.

질린은 자기를 어디로 데리고 가는 건지 길을 기억해두려 했으나 눈이 피범벅인 데다 고개를 돌릴 수도 없었다.

어둠이 내리기 시작했다. 시내를 하나 더 건넌 후 돌산을 올랐다. 연기 냄새가 났고, 개 짖는 소리가 들렸다.

타타르 인들의 마을에 도착했다. 타타르 인들이 말에서 내렸고, 타타르족 아이들이 모여들어 질린을 둘러싸고 빽빽 소리 지르고 깔깔대면서 그에게 돌을 던졌다.

한 타타르 인이 아이들을 쫓아 보내고 질린을 말에서 내린 뒤에 일꾼을 불렀다. 광대뼈가 튀어나온 노가이 인이 나타났다. 윗옷이 찢어져서 가슴이 다 드러나 보였다. 타타르 인이 그에게 뭐라고 명령을 내리니 일꾼이 차꼬를 갖고 왔다. 참나무 토막 두 개가 철제 고리들로 연결되어 있고 그중 하나에 자물쇠가 달려 있었다.

질린은 손이 자유로워진 대신 발에 차꼬가 채워져 광으로 끌려갔다. 타타르 인들이 그를 광에다 처넣고 문을 잠갔다. 질린은 거름 더미에 넘어졌다. 그렇게 누워 있다가 어둠 속에서 그나마 좀 더 푹신한 곳을 찾아 거기 누웠다.

질린은 밤새 거의 한잠도 못 잤다. 밤은 짧았다. 벽 틈으로 빛이 새어 들어오는 것을 보았다. 질린은 일어나 틈을 좀 더 넓게 파고 밖을 내다보기 시작했다.

산을 향해 나 있는 길이 보였다. 오른쪽에는 타타르 인들의 오두막집이 있고 그 주위로 나무가 두 그루 있다. 문턱에 검은 개가 엎드려 있고, 어미 염소와 새끼 염소들이 꼬리를 위아래로 흔들면서 돌아다니고 있다. 산기슭 쪽에서 젊은 타타르 여인이 오고 있다. 허리띠를 매지 않은 색깔이 화려한 윗옷과 바지를 입고 장화를 신었다. 머리는 외투로 가려져 있고, 물이 담긴 커다란 양철통을 이고 있다. 오면서 등을 움찔움찔하고 양어깨를 뒤로 당기는 몸짓을 한다. 한 손으로는 타타르 소년의 손을 잡고 있는데, 소년은 머리를 빡빡 깎고 윗옷만 달랑 입었다. 타타르 여인이 물을 이고 오두막집까지 오자, 어제 본 그 벌건 턱수염의 타타르 남자가 무릎까지 오는 캅카스 지방 특유의 명주 재질 상의를 입고 나왔다. 허리띠에는 은빛 단검을 차고, 천으로 감싸지 않은 맨발에 바로 신을 신었다. 높은 검은색 양가죽 모자는 윗부분이 뒤로 꺾어져 있다. 그는 기지개를 펴고 벌건 턱수염을 쓰다듬었다. 한동안 서 있다가 일꾼에게 무언가를 시키고는 어디론가 가버렸다.

그 뒤로 말을 탄 두 소년이 말에게 물을 먹이는 곳으로 갔다. 말들의 콧마루가 젖어 있다. 또 윗옷만 입고 아랫도리를 입지 않은 까까머리 어린애들이 떼를 지어 광 쪽으로 오더니 가는 나뭇가지를 틈 사이로 집어넣었다. 질린이 그들에게 큰소리로 뭐라고 하면 그들은 날카롭게 소리 지르며 멀리 도망쳤다. 맨다리들이 햇빛에 반짝였다.

질린은 목이 바싹바싹 말랐다. '잘 있는지 보러 오지도 않나?' 하고 생각했다. 그때 광 문을 여는 소리가 들리고 벌건 턱수염의 타타르 인이 들어왔다. 한 명이 같이 왔는데, 키는 더 작고 머리가 거무스름했다. 새까맣고 반짝반짝 빛나는 눈에 피부는 발그스름하고 턱수염이 짧고 머리도 짧게 쳤다. 얼굴 표정이 유쾌해 보였다. 그는 계속 웃었다. 머리가 거무스름한 자가 벌건 턱수염보다 더 좋은 옷을 입었다. 무릎까지 내려오는 지방 특유의 윗옷은 푸른색이고, 번쩍이는 수술이 달려 있다. 허리춤에 크고 은빛이 나는 단검을 찼고, 모로코가죽으로 된 붉은 신발에도 은빛 수술이 달려 있다. 그런 얇은 신에 두꺼운 신을 덧신었고, 양가죽으로 된 높은 흰 모자를 썼다.

벌건 턱수염의 타타르 인이 뭔가 말했는데, 분명히 욕인 것 같았다. 가로지른 막대에 팔꿈치를 대고 선 채 단검을 만지작거리면서 늑대 같은 눈길로 질린을 쏘아봤다. 머리가 거무스름한 자는 동작이 재빠르고 활기찼으며 걸음걸이가 마치 용수철 위를 걷는 듯했다. 그가 질린에게 바싹 다가오더니 쭈그리고 앉아서 이를 죡 드러내며 웃음을 짓고는 그의 어깨를 툭툭 치면서 자기네 말로 빠르게 지껄였다. 윙크를 하고 혀를 끌끌 차면서 말끝마다 계속 "코로쇼 아라사! 코로쇼 아라사!"라고 했다.

질린은 아무 말도 못 알아듣고 다만 "마실 물 좀 주시오!"라고 했다.

검은 머리가 웃었다. 계속 "코로쇼 아라사" 하고 자기네 말로 지껄였다.

질린이 입술과 손으로 물을 달라는 시늉을 했다.

검은 머리는 질린이 뭘 원하는지 이해했다. 껄껄 웃더니 문 밖으로 고개를 내밀고 큰 소리로 불렀다.

"지나!"

한 소녀가 달려왔다. 몸이 빼빼 말라 가느다랗고, 나이는 만으로 열셋쯤 되어 보였다. 얼굴 생김새가 검은 머리의 타타르 인과 닮았다. 그의 딸인 듯했다. 소녀 역시 눈동자가 새까맣고 반짝반짝 빛나고 얼굴이 말끔했다. 소매가 넓고 허리띠가 없는 푸른색 기다란 윗옷을 입었다. 옷의 아래쪽 가장자리와 가슴께, 그리고 소매에 붉은 수실이 달려 있다. 아랫도리엔 바지를 입고 신을 신었는데, 거기에 높은 굽의 덧신을 또 신었다. 목에는 동전을 꿰어 만든 목걸이를 하고 있는데, 동전이 다 50코페이카짜리 러시아 돈이다. 머리에는 아무것도 안 쓰고 땋아서 댕기를 달았는데, 댕기에는 무늬가 찍힌 얇은 금속 조각과 1루블짜리 은화가 달려 있다.

소녀의 아버지가 소녀에게 무슨 말을 하니 소녀가 달려

갔다가 돌아왔다. 양철로 된 물통을 갖고 와서 물을 주느라고 쭈그리고 앉아 몸을 앞으로 잔뜩 구부렸다. 어깨가 무릎보다도 밑으로 내려왔다. 앉아서 눈을 빤히 뜨고 마치 무슨 짐승이라도 보듯 질린이 물을 마시는 것을 보고 있었다.

질린이 소녀에게 물통을 도로 건네자 소녀가 깜짝 놀라서 마치 야생 염소처럼 튀어 도망갔다. 소녀의 아버지마저 그 모습을 보고 웃음을 터뜨렸다. 아버지가 소녀를 또 어딘가로 보냈다. 소녀가 물통을 들고 달려갔다가 누룩을 넣지 않은 빵 조각을 둥그런 도마에 받쳐 갖고 와서 다시금 등을 구부리고 앉아 빤히 쳐다봤다.

그 후 타타르 인들이 다 나가자 문이 다시 잠겼다.

시간이 조금 흐른 후 노가이 인이 질린에게 와서 말했다.

"가, 아저씨, 가!"

이 사람 역시 러시아 말을 제대로 몰랐다. 단지 질린이 이해한 것은 어디론가 가야 한다는 것뿐이었다.

차꼬를 찬 채 질린이 절룩거리면서 가기 시작했다. 정상적으로 걸을 수가 없으니 발을 옆으로 돌리는 수밖에 없었다. 노가이 인을 따라 밖으로 나왔다. 나와서 보니 타타르 인들의 마을인데, 집이 열 채쯤 되고 그들 나름대로의 회당이 있었다. 탑이 있는 걸 보니 회당이었다. 그리고 한 집 옆에 안장이 얹힌 말 세 마리가 서 있고, 소년들이 고삐를 잡고 있었다. 이 집에서 검은 머리의 타타르 인이 뛰어나와 질린에게 손짓했다. 자기한테 오라는 뜻이었다. 계속 웃으면서 자기네 말로 뭐라고 하고는 문 안으로 들어갔다. 질린이 집 안으로 들어가 보니 방이 잘 꾸며져 있었다. 벽이 진흙으로 고르게 칠해져 있고, 앞쪽 벽장에 깃털을 넣은 울긋불긋한 옷들이 놓여 있고, 옆쪽 벽들에는 값비싼 양탄자들이 걸려 있었다. 양탄자 위로 소총이며 권총이며 검들이 걸려 있는데, 모두 은빛으로 빛났다. 한쪽 벽에는 자그마한 난로가 바닥 높이와 같은 높이로 설치되어 있었다. 바닥은 흙바닥인데 마치 타작마당처럼 깨끗했다. 앞쪽 구석 전체에 펠트 천이 깔려 있고, 펠트 천 위에 양탄자가, 양탄자 위에 깃털을 넣은 쿠션들이 있었다. 그 양탄자 위에 타타르 인들이 신발을 한 켤레씩만 신고 앉아 있는데, 검은 머리의 타타르 인, 벌건 턱수염의 타타르 인, 그리고 세 명의 손님들이었다. 모두들 깃털을 넣은 쿠션에 등을 기대고 앉아 있었다. 그리고 그들 앞에 놓인 둥그런 도마에 수수로 만든 넓적한 빵이 놓여 있고, 깊숙한 그릇들에 버터가 담겨 있고, 타타르 맥주가 통에 담겨 있었다. 먹을 때 손으로 먹기 때문에 그들의 손은 온통 기름투성이였다.

검은 머리의 타타르 인이 벌떡 일어나 질린을 한쪽에 앉히라고 일꾼에게 명령했다. 양탄자가 아니라 맨땅에 앉히라는 것이었다. 그러고 자기는 다시 양탄자로 가 앉아서 손님들에게 넓적한 빵과 타타르 맥주를 먹으라고 권했다. 일꾼이 질린을 앉히고 자기는 덧신을 벗어 문 옆에 놓았다. 다른 사람의 신발들도 다 거기 놓여 있었다. 그는 주인들 옆으로 가 펠트 천 위에 앉아서 주인들이 먹는 것을 보며 흐르는 침을 닦았다.

타타르 인들이 빵을 어느 정도 먹자 타타르 여인이 왔는데, 소녀가 입었던 것과 똑같은 윗옷과 바지를 입고 머릿수건을 썼다. 여인이 버터와 빵을 치우고 고급 나무 대야와 주전자를 갖다 주니 타타르 인들이 손을 씻은 후 손을 모으고 무릎을 꿇고 앉아 사방으로 입김을 분 후 자기네 말로 기도문을 읽었다. 그러고 나서 손님으로 온 타타르 인들 중 하나가 질린에게 고개를 돌리더니 러시아 말로 말하기 시작했다.

"널 잡아온 사람이 카지 무가메트다."

그러면서 벌건 턱수염의 타타르 인을 가리키고는 말을 계속했다.

"그가 너를 아브둘 무라트에게 넘겼다. 그러니까 아브둘 무라트가 너의 주인이다."

그러면서 거무스름한 머리의 타타르 인을 가리켰다. 질린은 아무 말 없이 가만히 있었다.

아브둘 무라트가 말하기 시작했다. 계속 질린을 가리키고 웃으면서 말끝마다 "군인, 아라사, 코로쇼, 아라사" 했다.

통역을 맡은 이가 말했다.

"집에다 편지를 쓰란다. 몸값을 이리로 보내라고 쓰란다. 돈을 받으면 놓아준단다."

질린이 약간 생각하다가 말했다.

"몸값을 얼마나 요구하는 거지?"

타타르 인들이 서로 이야기한 뒤에 통역하는 이가 말했다.

"3,000."

그러자 질린이 말했다.

"그럴 수는 없어. 그렇게는 낼 수 없어."

아브둘이 벌떡 일어나 손을 이리저리 휘저으며 질린에게 뭐라고 말했다. 아까부터 계속 질린이 자기 말을 이해한다고 생각하는 눈치였다. 통역하는 이가 말했다.

"네가 줄 수 있는 돈이 얼마냐?"

질린이 약간 생각하고 나서, "500루블"이라고 말했다.

그러자 타타르 인들이 일제히 빠른 속도로 뭐라고들 말하기 시작했다. 아브둘이 벌건 턱수염한테 침을 튀기며 소리쳤다. 벌건 턱수염은 인상을 찌푸린 채 혀만 끌끌 차고 있었다.

그들이 말을 멈추자 통역하는 이가 말했다.

"500루블은 적대. 널 넘겨받으면서 낸 돈이 벌써 200루블이거든. 카지 무가메트가 주인한테 빚을 지고 있었어. 그 빚을 받는 대신 너를 넘겨받은 거야. 3,000루블이어야 돼. 그보다 적으면 놓아줄 수 없대. 네가 편지를 안 쓰면 구덩이에다 처넣고 채찍으로 때릴 거야."

질린이 '이놈들한테 겁먹은 태도를 보이면 좋을 게 없다' 생각하고 벌떡 일어서서 말했다.

"저 개자식한테 말해. 나한테 겁을 주고 싶냐고. 그러면 1

코페이카도 안 주겠다고. 편지도 안 쓰겠다고. 난 너희 개 같은 것들을 무서워한 적이 없고 앞으로도 그럴 거야!"

통역하는 이가 전달하자 다시금 모두들 한꺼번에 떠들기 시작했다.

꽤 오래 이야기한 뒤, 검은 머리의 타타르 인이 벌떡 일어나 질린한테 다가와 말했다.

"아라사, 지기트, 지기트, 아라사!"

'지기트'란 이 사람들 말로 '멋지다'라는 뜻이었다. 그 말을 하고서 자기가 웃었다. 그러곤 통역하는 이한테 무슨 말인가 했고 통역이 전했다.

"1,000루블 주면 돼."

질린은 지지 않으려고 이렇게 말했다.

"500루블 이상은 못 준다. 너희들이 날 죽이면 한 푼도 못 받게 되는 거고."

타타르 인들이 서로 이야기하더니 일꾼을 어디론가 보냈다. 그러고는 질린을 쳐다보았다가 문을 쳐다보았다가 했다. 결국 일꾼이 왔는데, 일꾼 뒤에 또 다른 사람이 서 있었다. 키가 크고 몸이 뚱뚱하고 맨발이고 피부에 상처가 나 있었다. 발에는 차꼬가 채워져 있다.

그를 보고 질린은 "아!" 하고 한숨을 쉬었다. 코스틸린이었다. 그 역시 잡힌 것이다.

두 사람은 나란히 앉혀져서 서로 이야기를 나누었다. 타타르 인들은 말없이 바라보고만 있었다. 질린이 어떻게 하다가 잡혀왔는지 이야기했다. 코스틸린은 자기가 탄 말이 멈췄고, 소총은 불발이었다고 이야기했다.

아브둘이 벌떡 일어나 코스틸린을 가리키면서 무슨 말인가 했다.

통역하는 이가 이제는 두 사람 다 한 주인의 소유인데, 몸값을 먼저 지불하는 사람을 먼저 풀어줄 것이라고 통역했다.

그러고 나서 아브둘이 질린에게 말했다.

"이봐, 너는 계속 뭘 그렇게 못마땅해하고 있는데? 네 동료를 봐. 얌전하잖아. 네 동료는 집에다 편지 썼어. 돈 5,000 보내올 거야. 네 동료한테는 음식도 잘 먹일 거고 거칠게 대하지도 않을 거라고."

그러자 질린이 말했다.

"내 동료는 자기 마음대로 하라고 그래. 집에 돈이 많은가보지. 근데 나는 집에 돈이 없어. 나는 내 조건을 이미 말했고 바꾸지 않을 거야. 원하신다면 날 죽이든지. 그래봤자 너희들이 좋을 게 뭐 있어? 난 500루블보다 많이는 못 줘."

모두들 말이 없었다. 그러다 갑자기 아브둘이 후다닥 궤에서 펜과 종이와 잉크를 꺼내더니 질린에게 내밀며 어깨를 툭툭 치면서 쓰라는 시늉을 했다. 500루블에 합의를 본 것이다.

질린이 통역하는 이에게 말했다.

"가만있어봐. 이 사람한테 전해. 우리한테 먹을 걸 잘 줘야 되고, 옷과 신발을 잘 입히고 잘 신겨야 되고, 우리 둘을 같은 곳에 있게 해줘야 된다고. 그래야 우리가 심심하지 않다고. 그리고 차꼬를 벗겨줘야 된다고."

그 말을 듣고 통역하는 이가 주인을 보면서 웃었다. 주인도 웃었다. 주인이 다 전해 듣더니 말했다.

"옷은 제일 좋은 것으로 주겠다. 고급 윗옷을 주고, 장화도 주겠다. 입고 결혼해도 될 정도로 좋은 걸 주지. 먹을 것도 귀족들이 먹는 것으로 주겠다. 또 같이 지내고 싶다니까 광에서 같이 지내도록 해라. 하지만 차꼬는 벗길 수 없다. 도망갈 테니까. 밤에 잘 때만 벗겨주겠다."

그러고는 질린에게 다가와 어깨를 치면서 말했다.

"너 좋고 나 좋고!"

질린은 편지를 썼다. 그러나 편지가 집까지 도착하지 않도록 주소를 일부러 틀리게 썼다. 그는 탈출할 생각이었다.

질린과 코스틸린은 광으로 옮겨졌다. 타타르 인들이 옥수수 잎 말린 것, 물이 담긴 물통, 빵, 오래된 긴 윗옷, 너덜너덜한 군용 장화를 광으로 가져다주었다. 장화는 전사한 병사들 발에서 벗겨낸 것 같았다. 밤에는 차꼬를 끌러주고, 그 대신 광의 문을 잠가놓았다.

질린은 동료와 함께 한 달을 살았다. 주인은 계속 웃으며 말했다.

"너, 이반, 좋고, 나, 아브둘, 좋고."

하지만 음식을 잘 먹이지는 않았다. 수수 가루로 빚은 넓적한 빵만 줬다. 그만하면 다행이었고, 익히지 않은 수수 가루 반죽만 주는 때도 있었다.

코스틸린은 다시 한 번 집에 편지를 쓰고, 돈을 보내주기만을 계속 목 빠지게 기다리고 있었다. 편지가 올 날을 기다리며 진종일 광에 앉아 있든지 자든지 둘 중의 하나였다. 하지만 질린은 자기가 쓴 편지가 집까지 가지 않을 줄 알고 있었고, 한 번 쓴 이후에 편지를 또 쓴 적도 없었다. 그는 이렇게 생각했다.

'어머니가 내 몸값으로 그만 한 돈을 어디서 구하신단 말이야? 그러지 않아도 대부분 내가 보내드리는 돈으로 살고 계신데 말이야. 만약 500루블을 모아 보내신다면 집안이 완전히 파산하고 말 거야. 신께서 기회를 주시면 내가 탈출할 수 있겠지.'

그는 어떻게 하면 도망갈 수 있을까 싶어 계속 밖을 내다보고 방법을 궁리해봤다. 마을을 돌아다니면서 휘파람도 불어보고, 아니면 앉아서 손으로 뭔가 잡동사니를 만들어 보기도 했다. 진흙으로 인형을 빚거나 철사를 엮기도 했다. 질린은 손으로 하는 일은 뭐든지 잘했다.

한번은 그가 인형을 빚었다. 코도 있고 팔도 있고 다리도 있는 인형이었고, 타타르식 윗옷을 입혔다. 그 인형을 광 지붕 위에 세워놓았다.

타타르 여자들이 물을 길러 지나가는 길이었는데, 주인의 딸 지나가 인형을 발견하고 타타르 여자들을 불렀다. 타타르 여자들이 물통을 한 군데에 내려놓고, 인형을 보면서 웃었다. 질린이 인형을 내려서 그들에게 주었다. 그들은 웃긴 했지만 선뜻 가져가지는 못했다. 그는 인형을 그냥 놓아두고 광으로 들어가서 그들이 어떻게 하는지 지켜봤다.

지나가 와서 주위를 살펴보더니 인형을 갖고서 뛰어 도망갔다.

다음 날 아침에 보니, 동트기 전에 지나가 인형을 들고서 문턱에 모습을 드러냈다. 인형에는 벌써 붉은 천으로 옷이 입혀져 있었다. 지나는 인형이 마치 아기인 양 흔들며 제법 어르는 시늉을 했다. 노파가 나와서 지나를 야단치며 인형을 빼앗아 깨버리고는 일을 하라며 지나를 어딘가로 보냈다.

질린이 인형을 새로 하나 더 만들었다. 전의 것보다 더 잘 만들었다. 그리고 지나에게 주었다.

하루는 지나가 들고 온 물통을 내려놓고 앉아서 그를 바라보며 웃었다. 그러면서 물통을 손으로 가리켰다.

질린은 '뭐가 저리 기쁠까?' 하고 생각했다. 그리고 물통을 들고 마시기 시작했다. 처음엔 물이라고 생각했는데, 먹다보니 염소젖이었다. 염소젖을 마시고 그가 "어, 좋다!" 하니까 지나가 좋아서 죽으려고 했다.

"좋아, 이반, 좋아!"

이렇게 말하고 발딱 일어나더니 손뼉을 치고, 물통을 들고서 휙 도망가버렸다.

그날부터 지나는 매일 그에게 염소젖을 몰래 갖다주었다. 타타르 인들이 염소젖으로 치즈빵을 만들어 지붕 위에서 말릴 때면 지나가 이 치즈빵을 몰래 그에게 갖다주기도 했다. 한번은 주인이 양을 잡았는데, 그때 지나가 양고기 한 점을 소매에다 숨겨서 그에게 갖다주었다. 휙 던져놓고 도망가버렸다.

천둥과 번개를 동반한 폭우가 내린 날이었다. 한 시간 내내 억수같이 퍼부었다. 강이며 시내며 할 것 없이 온통 뿌연 물이 콸콸 흘렀다. 수심이 얕은 곳에서는 물이 주위로 일곱 척 넘게 퍼졌고, 물에 밀려 돌들이 데굴데굴 굴러다녔다. 어디를 보나 물줄기가 흘렀고 산과 산 사이에 요란하고 끈질긴 빗소리가 가득 찼다. 그렇게 뇌우가 지나간 후에도 물줄기는 여기저기서 계속 흘렀다.

질린은 주인에게 칼을 달라고 해서 나무로 회전축과 널빤지를 만들고 가운데에 바퀴를 끼워 넣고 축 양쪽에 인형을 하나씩 만들어놓았다.

여자애들이 그에게 천 조각을 가져다주었다. 그는 인형에 옷을 입혔다. 한 인형은 남자, 다른 인형은 여자로 보이도록 입혔다. 그 인형들을 바퀴 양쪽에 세워놓고 물이 흐르는 곳에 갖다 놓아서 바퀴가 물 흐름에 따라 돌아가도록 했다. 바퀴가 돌아가니 인형들이 솟구치며 춤을 췄다.

그러자 남자애들, 여자애들, 여자 어른들 할 것 없이 온 마을 사람들이 다 모였다. 남자 어른들도 와서 혀로 쩝쩝 소리를 내며 말했다.

"아이, 아라사! 아이, 이반!"

아브둘에게는 고장난 러시아제 시계가 있었다. 그가 질린을 불러 시계를 보여주면서 쯧쯧 소리를 냈다. 질린이 말했다.

"내가 고칠게."

가지고 와서 칼로 분해했다가 다시 조립해서 주었다. 시계가 가기 시작했다.

주인이 기뻐하며, 낡아서 누더기가 다 된 자기의 긴 외투를 그에게 선물했다. 안 받는다고 할 수도 없어서 받았다. 밤에 덮고 자면 춥지는 않을 것 같았다.

그때부터 질린은 재주꾼이라는 명성을 누리게 되었다. 먼 마을들에서도 사람들이 그를 찾아오곤 했다. 소총이나 권총의 폐쇄기를 고쳐달라고 갖고 오는 사람도 있었고, 시계를 고쳐달라고 갖고 오는 사람도 있었다. 주인이 그에게 펜치, 목공용 송곳, 줄 같은 공구를 갖다주었다.

한번은 타타르 인 한 명이 병에 걸렸다. 그러자 사람들이 질린에게 찾아와서 그의 병을 고쳐달라고 했다. 질린은 어떻게 해야 할지 몰랐지만 한번 가봤다. 살펴보니 아무래도 저절로 나을 것 같았다. 광으로 가서 물에다 설탕을 좀 섞었다. 타타르 인들이 보는 가운데 그 물에다 주문을 거는 척했다. 그리고 마시라고 주었다. 그랬더니 질린에게는 천만다행히도 타타르 인의 병이 나았다.

질린은 타타르 말을 조금은 이해하게 되었다. 또 몇몇 타타르 인들은 질린한테 익숙해져서, 필요할 때면 "이반, 이반" 하고 불렀다. 그렇지 않은 사람들은 계속 질린을 무슨 짐승 보듯이 봤다.

벌건 턱수염의 타타르 인은 질린을 싫어했다. 보기만 하면 눈살을 찌푸리고 고개를 돌리든지 욕을 하든지 했다. 또 그들 중에 노인이 한 명 있었다. 노인은 마을에 살지 않았고, 산기슭에서 마을로 찾아오곤 했다. 노인이 회교 회당에 기도하러 올 때만 질린은 그를 볼 수 있었다. 키는 작았으며, 모자에 흰 수건을 둘둘 감고 다녔다. 턱수염과 콧수염은 짧게 쳤는데 마치 하얀 깃털같이 보였다. 얼굴은 주름투성이에다가 벽돌처럼 빨갰다. 코는 매의 부리처럼 갈고리 모양이었다. 눈은 회색인데 화가 나 보였고, 이는 다 빠지고 송곳니 두 개만 달랑 남아 있었다. 항상 두건을 쓰고 지팡이를 짚고 걸으면서 늑대처럼 두리번거리곤 했다. 그러다가 질린을 보기만 하면 코로 킁 소리를 내면서 고개를 돌렸다.

어느 날 질린은 노인이 사는 산기슭을 보러 갔다. 내리막길을 따라 내려가니 돌담이 쳐진 마당이 보였다. 담 너머로 체리, 복숭아 말린 것이 보이고, 지붕이 납작한 오두막이 서 있었다. 가까이 다가가서 보니 짚으로 엮인 벌집이 있고 벌들이 붕붕거리며 날아다녔다. 노인이 벌집 근처에 무릎을 꿇고 앉아서 무언가 분주하게 일을 하고 있었다. 질린이 더 잘 보기 위해 몸을 쳐들었다. 발에 찬 차꼬가 절거덕 소리를 냈다. 노인이 돌아보고는 빽 하고 소리치면서 허리춤에서 권총을 빼 질린을 향해 쏘았다. 질린은 가까스로 돌담 밑으로 몸을 피했다.

노인이 주인에게 와서 불평을 했다. 주인이 질린을 불러 웃으면서 물었다.

“이분한테 왜 갔었어?”

“이 사람한테 잘못한 거 없어. 그냥 어떻게 사나 보려고 했던 거야.”

주인이 그 말을 전해주었다. 노인이 화를 내면서 식식거렸다. 계속 무슨 말을 해대며 송곳니를 드러내고, 질린을 향해 양팔을 마구 흔들었다.

질린은 다는 알아듣지 못했지만, 러시아인들을 마을에 잡아놓지 말고 죽이라고 하는 말은 알아들었다.

노인이 가고 나서 질린은 주인에게 그 노인이 누군지 물어봤다. 그러자 주인이 말했다.

“그분은 위대한 분이야! 최초의 무사였어. 러시아인들을 많이 죽인 분이야. 부자였고. 아내가 셋, 아들이 여덟 있었는데 다 한마을에 살았지. 그런데 러시아인들이 와서 마을을 짓밟고 아들 일곱 명을 죽였어. 한 아들만 살아남아서 러시아인들에게 투항했어. 노인장도 투항하는 척하고 러시아

인들 가운데서 석 달을 살면서 결국 자기 아들을 찾아내어 죽이고 도망쳐 왔어. 그 후로는 전쟁을 안 하려고 하시지. 다만 신께 기도하러 메카에 갔었어. 그래서 지금 두건을 쓰고 다니는 거야. 메카에 갔던 사람은 '핫지'라는 두건을 쓰고 다니거든. 그분은 러시아인을 싫어해. 나한테 너를 죽이라고 했어. 하지만 나는 죽일 수 없어. 내가 널 사느라고 돈을 지불했으니까. 또 이반 네가 내 마음에 들기도 하고. 널 죽이진 않겠지만, 내가 약속만 안 했더라면 널 돌아다니게 내버려두지도 않았을 거야."

그렇게 말하곤 웃으면서 러시아 말로 덧붙였다.

"너, 이반, 좋고, 나, 아브둘, 좋고!"

▤▥▦

그렇게 또 한 달이 흘렀다. 질린은 낮에는 마을을 돌아다니거나 무언가 만드는 일을 하고, 밤이 와서 마을이 잠잠해지면 광 속에서 땅을 팠다. 돌이 많아서 땅을 파기가 힘들었다. 줄로 돌을 긁곤 했다. 결국 벽 밑으로 몸이 들어갈 정도의 구멍을 팔 수 있었다.

'이곳 지리를 잘 알아야 할 텐데 말이야. 어느 방향으로 갈지 알아야 하니까.'

타타르 인들이 그런 것을 말해줄 리는 없었다.

그는 주인이 마을을 떠난 때를 택하여 점심을 먹고 나서 마을 뒤 산봉우리에 오르려 했다. 길을 봐놓기 위해서였다. 그런데 주인은 마을을 떠나면서 아들에게 질린을 감시하라고, 잠시도 질린에게서 눈을 떼지 말라고 명했다. 그의 아들이 질린을 따라오면서 소리쳤다.

"가지 마! 아버지가 가지 말랬어. 사람들 불러올 거야!"

질린이 주인 아들을 설득하기 시작했다.

"멀리 안 갈 거야. 저 봉우리 위까지만 올라갈 거야. 약초를 찾아야 돼. 그래야 사람들 병을 고치지. 나하고 같이 가자. 나 차꼬를 차고 있어서 어차피 도망 못 가. 내가 내일 너한테 활하고 화살 만들어줄게."

질린은 주인 아들과 같이 갔다. 산봉우리를 보니 멀진 않았지만 차꼬를 찬 상태에서 올라가기가 쉬운 건 아니었다. 그래도 오르고 또 올라 가까스로 봉우리 정상에 도착했다. 꼭대기에 앉아서 지세를 살피기 시작했다. 산 너머 남쪽 협곡에 말 떼가 다니고, 낮은 지대에 다른 마을이 보였다. 그 마을로부터 또 다른 봉우리가 시작된다. 더 험한 봉우리다. 그 봉우리 너머로 또 봉우리다. 봉우리와 봉우리 사이로 숲이 파랗게 보이고, 멀리 갈수록 봉우리들이 점점 더 높이 솟아올라 있다. 가장 높은 것은 눈으로 덮여서 설탕처럼 하얗게 보이는 봉우리들이다. 하얀 모자를 쓴 여러 봉우리들이 누가 더 높나 서로 경쟁을 하는 듯했다. 동쪽을 보나 서쪽을 보나 그런 봉우리들뿐이었다. 그 사이사이 계곡들에 마을

이 있는 듯 연기가 피어올랐다. '그래, 이건 다 이 사람들 영역이렷다' 하고 이번엔 러시아가 있는 쪽을 보았다. 저 아래로 내가 흐르고, 그가 잡혀 있는 마을이 있다. 집들의 마당이 보이고, 시냇가에 앉아서 빨래를 하고 있는 여자들이 마치 작은 인형들처럼 보인다. 마을 저편으로 좀 낮은 산봉우리가 있고 그 너머로 봉우리 두 개가 더 있다. 거기에는 나무가 빽빽하다. 그런데 두 산봉우리 사이로 아득하게 평지가 보인다. 아주 멀어 보이긴 하지만, 분명 연기가 퍼져 있는 것 같았다. 질린은 기억을 더듬어보았다. 요새에 있을 때 어떻게 살았는지, 어느 쪽에서 해가 솟고 어느 쪽으로 저물었는지 말이다. 아무래도 맞는 것 같았다. 바로 저 계곡에 요새가 있는 것 같았다. 바로 저기로, 저 산봉우리 두 개 사이로 도망가야 했다.

해가 지기 시작했다. 눈 덮인 산봉우리가 흰색에서 붉은색으로 변하고, 눈이 덮이지 않은 산봉우리들은 검은빛으로 물들어갔다. 협곡에서 안개가 피어올랐다. 그리고 아군의 요새가 있는 것으로 짐작되는 계곡이 저녁노을로 불에 타는 듯했다. 질린은 그곳을 자세히 살펴보았다. 굴뚝에서 나오는 연기 같은 무언가가 희미하게 보였다. 질린은 저게 바로 러시아 요새라고 생각했다.

벌써 늦은 시간이었다. 기도 시간을 알리는 회교승의 고함 소리와 이동하는 소 떼의 아우성이 들렸다. 주인 아들이 계속 가자고 보챘다. 하지만 질린은 왠지 여기를 떠나기가 싫었다.

집으로 돌아왔다. 질린은 '이젠 지리를 아니까 도망갈 때가 됐다' 하고 생각했다. 바로 그날 밤에 도주할 생각이었다. 달이 이지러진 시기라 밤이 깜깜했다. 하지만 안타깝게도 저녁 무렵에 타타르 인들이 돌아왔다. 전에 그들은 때때로 가축을 몰면서 술을 한잔씩 걸친 상태로 오기도 했다. 그러나 이번에는 가축을 몰고 오지 않았고, 그 대신 죽은 타타르 인 한 명을 안장에 싣고 왔다. 죽은 타타르 인은 벌건 턱수염의 동생이었다. 분위기가 아주 심각했다. 죽은 사람을 장사 지내기 위해 마을 사람들이 모두 모였다. 질린 역시 보러 나갔다. 죽은 사람을 관 없이 그냥 마포에 싸서 마을 어귀 플라타너스 밑으로 옮기더니 풀 위에 눕혔다. 회교승이 왔고, 모자를 수건으로 감싼 노인들이 모여 신발을 벗고 죽은 자 앞에 무릎을 꿇고 일렬로 앉았다.

맨 앞에는 회교승, 그 뒤로 두건을 쓴 세 명의 노인, 그 뒤로 보통 사람들이 줄을 지어 앉았다. 모두 고개를 숙인 채 오랫동안 말이 없었다. 그러다 회교승이 고개를 들더니 말했다.

"알라!"

이 한 단어만을 말하고 다시금 고개를 숙이고 오랫동안 아무 말이 없었다. 아무도 움직이지 않았다. 회교승이 다시 고개를 들었다.

"알라!"

그러자 모두가 "알라" 했다. 그러곤 다시 침묵에 잠겼다. 죽은 이가 꼼짝 않고 풀 위에 누워 있고, 나머지 사람들도 마치 죽은 자처럼 앉아 있었다. 단 한 사람도 움직이지 않았다. 들리는 소리가 있다면 플라타너스 잎들이 바람에 나부끼는 소리뿐이었다. 그 후 회교승이 기도문을 읽고, 모두가 일어나 고인을 들고서 구덩이가 있는 곳으로 왔다. 구덩이는 마치 지하실같이 파여 있었다. 죽은 이의 겨드랑이와 장딴지를 잡고 몸을 구부려서 조심스럽게 내린 뒤 흙벽이 쑥 들어간 곳에다 앉히고 양손을 배 위로 모아놓았다.

노가이 인이 녹색 갈대를 갖고 왔다. 갈대로 구멍을 메우고 신속하게 흙으로 덮어 땅을 평평하게 해놓은 후, 죽은 이의 머리가 있을 지점에 돌을 하나 세워놓았다. 흙을 밟아 굳히고 다시금 무덤 앞에 줄을 지어 앉아 오랫동안 침묵하고 있었다.

"알라! 알라! 알라!" 하고 한숨을 쉬고는 모두들 일어났다.

벌건 턱수염이 노인들에게 돈을 나눠 주고, 일어나서 채찍을 들어 자기 이마를 세 대 때린 후 집으로 갔다.

다음 날 아침 질린이 보니 벌건 턱수염이 말을 데리고 마을 밖으로 나가고, 그 뒤를 세 명의 타타르 인이 따라가고 있었다. 마을 밖으로 나가서 벌건 턱수염이 윗옷을 벗고 소매를 걷어 우락부락한 팔뚝을 드러내더니 단검을 꺼내 숫돌에 갈았다. 나머지 타타르 인들이 말의 머리를 높이 쳐들었다. 벌건 턱수염이 다가와 단검으로 말의 목을 그었다. 말이 쓰러지자 맨손으로 가죽을 벗겨내기 시작했다. 여자들이 와서 내장과 뱃속을 씻었다. 그 후 말을 몇 등분으로 잘라 집으로 가지고 들어왔다. 마을 사람들이 모두 벌건 턱수염의 집에 모여 고인을 추모하는 모임을 가졌다.

그들은 사흘 동안 말고기를 먹고 타타르 맥주를 마셨다. 그것이 추모 의식이었다. 모든 타타르 인들이 집에 있었다. 나흘째 되는 날 보니 점심때에 사람들이 모여서 어디론가 가려는 듯했다. 말을 데리고 와 마구를 채우고 열 명 정도가 길을 떠났다. 그중엔 벌건 턱수염도 있었다. 아브둘은 집에 남았다. 초승달이 된 지가 얼마 되지 않아 밤은 아직 깜깜한 편이었다.

질린은 '자, 오늘 도망가야 된다' 하고 생각하고 코스틸린에게 말했다. 하지만 코스틸린은 용기가 나지 않았다.

"어떻게 도망가? 우린 길도 모르는데."

"내가 길을 알아."

"하룻밤 안에 도착하지 못할 거야."

"그러면 숲에서 밤을 새우는 거야. 내가 빵을 이만큼 모아놓았어. 너는 가기 싫어? 여기 계속 있을 거야? 그래, 돈을 보내주면 좋지. 근데 돈을 못 모았을 수도 있잖아. 그리고 지금 타타르 인들 분위기가 어떤지 알아? 러시아인들이 자기네 사람 죽인 것 때문에 잔뜩 독이 올라 있어. 얘기하는 걸 들어보니까 우리를 죽이려는 것 같아."

코스틸린이 곰곰이 생각하더니 말했다.

"그래, 가자!"

■■■

질린은 구멍으로 들어간 뒤에, 코스틸린도 통과할 수 있도록 구멍을 더 넓게 팠다. 그러고는 마을이 조용해질 때까지 기다리며 앉아 있었다.

마을 사람들의 소리가 들리지 않게 되자마자 질린은 벽 밑으로 비집고 들어가 구멍을 통과해 나왔다. 코스틸린에게, "기어 나와" 하고 속삭였다. 코스틸린이 구멍 안으로 들어갔으나 돌이 발에 걸려 쿵 소리가 났다. 주인집에는 집 지키는 개가 있었다. 털이 알록달록한 개인데 사납기가 그지없었다. 이름이 울랴신이었다. 질린은 이미 울랴신에게 먹이를 주어 길들여놓았다. 쿵 하는 소리를 들은 울랴신이 짖으며 달려왔다. 그 뒤로 다른 개들도 달려왔다. 질린은 휘파람을 조그맣게 불고는 빵 한 조각을 던졌다. 울랴신이 알아보고 꼬리를 치고는 더 이상 짖지 않았다.

주인이 듣고 집에서 소리를 질렀다.

"짖어, 짖어, 울랴신!"

그러나 질린이 울랴신의 귀 뒤를 긁어주고 있었다. 개는 짖지 않고, 그의 다리에 머리를 비비면서 꼬리를 흔들었다.

그들은 모퉁이 뒤쪽에 그렇게 앉아 있었다. 주위가 다시 조용해졌다. 그저 우리 안에 있는 양의 기침 소리, 발밑에서 물이 돌을 굴리며 흐르는 소리가 들릴 뿐이었다. 깜깜했고, 별들은 하늘 높이 떠 있었다. 산 위에서 발간 초승달이 뾰족한 끝을 위로 향한 채 지는 중이었다. 협곡에는 안개가 젖빛깔로 끼어 있었다.

질린이 일어나 동료에게 말했다.

"자, 친구야, 가자!"

그들이 막 가려는 참에, 회교승이 지붕 위에서 "알라! 비스밀라! 알라흐만!" 하고 읊었다. 사람들이 회교 회당에 올 시간이라는 뜻이었다. 그들은 도로 주저앉아 벽 밑으로 숨었다. 오래 앉아 있으면서 사람들이 다 지나갈 때까지 기다렸다. 다시금 조용해졌다.

"자, 이젠 가자! 신께서 함께하시기를!" 하고 성호를 그은 다음에 가기 시작했다. 마당을 가로질러 비탈 밑으로, 시내 쪽으로, 시내를 건너 협곡을 따라 걸었다. 짙은 안개가 낮게 깔려 있고 머리 위로는 별들이 보였다. 질린은 별들을 보며 어느 방향으로 갈지를 알았다. 안개가 끼어 선선해서 가기가 좋았다. 단지 장화가 불편했다. 너무 낡아서 바닥이 똑바르지 않았다. 질린은 장화를 벗어 내던지고 맨발로 가기 시작했다. 돌 사이를 뛰어넘으면서도 별들을 계속 주시했다. 코스틸린이 뒤처지기 시작했다.

"좀 천천히 가. 이 망할 놈의 장화! 발이 다 까졌어."

"차라리 벗어. 벗는 게 더 편할 거야."

코스틸린이 맨발로 가기 시작했다. 상황이 더 안 좋아졌다. 발이 돌에 긁혀 피가 났다. 그는 계속 뒤처졌다. 질린이 그에게 말했다.

"발은 다 벗겨져도 나중에 아물어. 하지만 저놈들이 따라와서 우릴 잡으면 그땐 끝장이야."

코스틸린이 아무 대답도 하지 않고 그냥 걸으면서 이따금 신음 소리를 냈다. 낮은 지대를 따라 오래 걸었다. 오른쪽에서 개들 짖는 소리가 들려왔다. 질린이 걸음을 멈추고 주위를 둘러본 후 손으로 더듬더듬하며 산봉우리로 올라갔다. 봉우리 위에서 그가 말했다.

"이런 제기랄! 잘못 왔어. 너무 오른쪽으로 왔어. 이리 가면 다른 마을이야. 내가 산 위에서 본 적 있는 그 마을이야. 뒤쪽으로, 왼쪽으로 가야 돼. 산 위쪽으로. 그러면 숲이 나올 거야."

코스틸린이 말했다.

"조금만이라도 기다려봐. 숨 좀 돌리게. 발이 완전 피범벅이야."

"이봐, 친구, 나중에 아문다니까. 좀 사뿐사뿐 뛰어봐. 이렇게!"

그렇게 말하고 질린이 뒤쪽으로, 왼쪽으로 달려갔다. 산 쪽이자 숲 쪽이었다. 코스틸린은 계속 뒤처지면서 신음했다. 질린이 그에게 "쉬!" 하고 계속 갔다.

산 위에 올라왔다. 이번엔 제대로 왔다. 숲이었다. 숲으로 들어갔다. 가시덤불을 지나느라 하나밖에 없는 옷이 갈기갈기 찢어졌다. 숲속에서 오솔길을 찾아 길을 따라 걷기 시작했다.

"잠깐!"

길 위를 밟는 발굽 소리가 났다. 그들은 발걸음을 멈추고 귀를 기울였다. 말발굽 소리 같은 소리가 들리다가 멈췄다. 그들이 다시 가기 시작하자 다시 발굽 소리가 들렸다. 그들이 멈춰 서면 발굽 소리도 멈췄다. 질린이 살금살금 기기 시작했다. 길 위를 자세히 보니 무언가가 서 있었다. 말인지 아닌지 모르겠지만 위쪽에 뭔가 이상한 게 있었다. 사람 같지는 않았다. '히힝!' 하는 소리가 났다.

'저게 뭐란 말인가?'

질린은 가만히 휘파람을 불어보았다. 그랬더니 그것이 후닥닥 소리와 함께 숲속으로 뛰어들어 딱딱 나뭇가지 부러지는 소리가 났다. 폭풍 같은 속도로 숲속을 달리며 나뭇가지를 부러뜨렸다.

코스틸린이 너무 놀라서 픽 쓰러졌다. 하지만 질린은 한바탕 웃고 나서 말했다.

"저거 사슴이야. 저 소리 들리지? 뿔로 나뭇가지 부러뜨리는 소리. 우린 사슴 때문에 놀라고 사슴은 우리 때문에 놀란 거야."

계속 길을 갔다. 벌써 별들이 지기 시작했다. 아침이 멀지 않은 것이다. 하지만 맞는 방향으로 가고 있는지 아닌지 알 수가 없었다. 질린이 생각하기에 사람들이 바로 이 길을 따라 자기를 싣고 왔었고, 아군이 있는 곳까지는 아직 거의 12베르스타나 남아 있었다. 하지만 확실한 이정표가 될 만한 것이 없었다. 있어도 밤이라서 못 봤을 것이다. 숲속의 빈터에 이르자 코스틸린이 주저앉더니 말했다.

"너 혼자 가든지 해. 난 끝까지 못 가겠어. 발이 말을 안 들어."

질린이 그를 설득하기 시작했다. 그래도 코스틸린은 "아니야. 난 못 가겠어" 했다. 질린이 화를 내며 침을 퉤 뱉고 욕을 하고서 말했다.

"그럼 나 혼자 간다. 자, 영영 이별이다!"

코스틸린이 벌떡 일어나 걷기 시작했다. 4베르스타 좀 넘게 지나왔다. 숲속에 안개가 더 짙게 끼어서 눈앞이 전혀 보이지 않았다. 별들은 이미 보일 듯 말 듯 희미했다.

문득 앞에서 말발굽 소리가 들렸다. 발굽으로 돌길을 딛는 소리였다. 질린이 배를 깔고 엎드려 땅에다 귀를 갖다 대었다.

"내 생각이 맞네. 말 탄 자가 이쪽으로 오고 있어."

그들은 길을 벗어나 수풀 속으로 들어가 기다렸다. 질린이 길 쪽으로 가까이 기어가서 보니, 말을 탄 타타르 인이 소를 몰고 가면서 무슨 콧노래를 흥얼거리고 있었다. 그가 다 지나가자 질린이 코스틸린에게 돌아와서 말했다.

"다행히 지나갔어. 자, 일어나. 가자."

코스틸린이 일어나다가 도로 넘어졌다.

"못 가겠어. 진짜로 못 가겠어. 갈 힘이 없어."

둔중하고 통통한 코스틸린은 땀으로 범벅이 돼 있었다. 게다가 숲속에서 차가운 안개를 마신 데다 발까지 다 째져서 완전히 녹초가 되어 있었다. 질린이 그를 힘으로 들어 올리려 하였다. 코스틸린이 빽 소리를 질렀다.

"아! 아파!"

질린이 펄쩍 뛰었다.

"야, 너 미쳤어? 어디서 큰 소리를 치고 그래? 타타르 인이 방금 지나갔어. 들으면 어떡하려고 그래?"

'이 친구가 진짜로 힘이 다 빠졌구나. 어떻게 한다? 버리고 갈 수도 없고.'

질린이 코스틸린에게 말했다.

"자, 일어나. 업혀. 네가 걸을 수 없다니 내가 업어서 나를게."

질린이 코스틸린을 등에 업고 양손을 그의 허벅지 밑으로 집어넣었다. 길로 나서서 비틀비틀 걸었다.

"근데 제발 목 좀 조르지 마. 어깨를 잡아."

질린은 힘에 겨웠다. 그의 발도 피투성이였고 몸에 힘이 빠진 뒤였다. 몸을 앞으로 숙여서, 자꾸만 밑으로 내려가는 코스틸린을 위로 추켜올렸다. 길을 따라 겨우 그를 끌다시피 업고 갔다.

아까 코스틸린이 소리를 질렀을 때 타타르 인이 들은 모양이었다. 뒤쪽에서 누군가 말을 타고 오는 소리가 들렸다. 자기네 말로 뭐라고 큰 소리로 불렀다. 질린은 수풀 속으로 뛰어들었다. 타타르 인이 소총을 빼어 쐈으나 맞히지 못했다. 자기네 말로 뭐라고 높이 외치고 길을 따라 멀리 가버렸다.

질린이 말했다.

"걸렸다. 저놈이 이제 다른 타타르 인들을 불러서 우리를 쫓아올 거야. 3베르스타쯤 앞서 도망가지 못하면 우린 잡힐 거야."

그러면서 코스틸린을 보며 생각했다.

'내가 미쳤지. 이 통나무 같은 놈을 데리고 오다니. 나 혼자라면 벌써 오래전에 도망갔을걸.'

코스틸린이 말했다.

"너 혼자 가. 나 때문에 너까지 잡힐 건 없잖아."

"안 돼. 혼자 안 가. 동료를 버릴 수는 없어."

다시 업고 가기 시작했다. 그렇게 2베르스타를 약간 못 갔다. 가도 가도 계속 숲이고, 나가는 곳이 안 보였다. 안개는 벌써 걷히고 먹구름이 끼기 시작했는지 별들은 이미 보이지 않았다. 질린은 힘이 들어 죽을 지경이었다.

가다보니 길가에 바위로 둘러싸인 샘이 있었다. 질린이 걸음을 멈추고 코스틸린을 내려놓고 말했다.

"좀 쉬어야겠다. 물 좀 마시고. 빵도 좀 먹자. 아마 얼마

안 남았을 거야."

그가 물을 마시기 위해 엎드리자마자 뒤쪽에서 발굽 소리가 들려왔다. 또다시 오른쪽 수풀 속으로 뛰어들어 비탈에 납작 엎드렸다.

타타르 인들의 목소리가 들렸다. 질린과 코스틸린이 길을 벗어난 바로 그 자리에 타타르 인들이 멈춰 섰다. 이야기를 나눈 후 개들을 풀어 수색을 시작했다. 무언가가 수풀을 헤치는 소리가 들렸다. 바로 그들 쪽을 향해 개가 오고 있었다. 못 보던 개였다. 개가 멈춰 서더니 짖었다.

타타르 인들이 수풀 속으로 들어왔다. 역시 못 보던 사람들이었다. 그들은 질린과 코스틸린을 잡아서 포박하고 말에 태워 데려갔다.

3베르스타쯤을 가니 주인 아브둘이 다른 타타르 인 두 명과 함께 그들을 맞았다. 타타르 인들이 서로 이야기를 나눈 다음, 말을 바꿔 태워서 도로 마을로 데리고 왔다.

아브둘은 웃지 않았다. 그리고 그들에게 한마디도 건네지 않았다.

새벽녘에 마을에 도착해 그들을 길에다 내려놓았다. 아이들이 모여들어 돌과 채찍으로 때리고 빽빽 소리를 질렀다.

타타르 인들이 그들을 둥그렇게 둘러쌌다. 산기슭에 사는 노인도 왔다. 서로 이야기를 나누기 시작했다. 질린이 들어보니, 자기와 코스틸린을 어떻게 할 것인지 의논하고 있었다.

어떤 이들은 더 깊은 산에다 처박아놓아야 된다고 하고, 노인은 죽여야 된다고 했다. 아브둘이 반대하며 말했다.

"내가 돈 내고 이놈들 건네받았어요. 몸값 받을 거예요."

그러자 노인이 말했다.

"이놈들 돈은 한 푼도 안 낼 거야. 불미스러운 일만 저지를 거라고. 게다가 러시아 놈들을 먹여 살리는 건 죄악이야. 죽여버리면 간단할 걸 가지고 왜 그래?"

사람들이 다들 집에 가자 주인이 질린에게 다가와 말했다.

"내가 2주가 지나도 너희들 몸값을 못 받으면 너희들을 패 죽일 거야. 그리고 만일 다시 한 번 도망가려고 한다면 내 손에 개죽음을 당하게 될 거야. 자, 편지 써. 잘 써야 돼!"

종이를 받아서 그들은 편지를 썼다. 그리고 차꼬가 채워진 채 회교 회당 뒤쪽으로 끌려갔다. 거기 깊이가 열두 척쯤 되는 구덩이가 있었다. 그들은 구덩이에 처넣어졌다.

■■■

삶이 더할 나위 없이 고달파졌다. 차꼬를 벗겨주는 적이 없었고, 밖으로 내보내주는 적도 없었다. 먹을 것이라고는 안 익힌 수수 가루 반죽뿐이었다. 그것을 마치 개들에게 주듯이 던져주었다. 물이 든 물통을 내려주는 적도 없었다. 구덩이에서는 악취가 났고, 후덥지근하고 습했다. 코스틸린은 건강 상태가 완전히 악화되었다. 퉁퉁 부은 데다가 온몸이 몸살로 쑤셨다. 계속 신음하고 잠을 자지 못했다. 질린 역시 맥이 빠졌다. 상황이 아주 안 좋다는 것을 안 것이다. 어떻게 빠져나가야 할지 알 수 없었다.

구멍을 파보기도 했지만 파낸 흙을 버릴 데가 없었다. 그걸 발견한 주인이 죽고 싶냐고 위협했다.

하루는 그가 구덩이 안에 쭈그리고 앉아 바깥세상을 생각하면서 무료해하고 있을 때, 갑자기 그의 무릎 위로 빵이 떨어졌다. 뭔가 다른 빵이었다. 그리고 체리 열매도 쏟아졌다. 위를 쳐다보니 지나가 보였다. 그를 보고 까르르 웃더니 도망쳤다. 질린은 '지나가 도움이 될 수 있지 않을까?' 하고 생각했다.

그는 구덩이 한구석을 깨끗하게 하여 진흙을 파내어 인형을 만들기 시작했다. 사람 인형, 말 인형, 개 인형을 여럿 만들고, '지나가 오면 던져줘야지' 하고 생각했다.

그러나 다음 날 지나가 오지 않았다. 질린이 가만히 들어보니 누군가가 말발굽 소리를 내면서 지나갔고, 타타르 인들이 회교 회당 옆에 모여서 큰 소리로 논쟁을 하며 러시아군이 어쩌고저쩌고 했다. 노인의 목소리가 들렸다. 질린은 다는 이해하지 못했지만 대충 넘겨짚은 대로라면, 러시아군이 가까이 왔기 때문에 마을에 들어올까 걱정이고, 포로들을 어떻게 할지 모르겠다는 내용이었다.

좀 이야기를 나누더니 다들 가버렸다. 문득 위쪽에서 바스락거리는 소리가 났다. 올려다보니 지나가 쭈그리고 앉아 있었다. 상체를 한껏 숙여 양 무릎이 머리보다 위로 솟아 있고, 동전을 꿰어 만든 목걸이가 구덩이 위의 허공에서 달랑거렸다. 눈이 별처럼 반짝거렸다. 지나가 소매에서 치즈빵 두 개를 꺼내더니 그에게 던져줬다. 질린이 그걸 받고서 말했다.

"왜 이렇게 오랜만이야? 내가 인형 만들어놓았는데. 자!"

그러면서 그가 지나에게 인형을 하나씩 던지기 시작했다. 그러나 지나는 고개를 저으면서 "필요 없어" 했다. 한동안 말없이 그냥 앉아 있다가 말했다.

"이반, 사람들이 널 죽인대."

그러면서 자기 목에다 손을 긋는 시늉을 했다.

"누가 죽인대?"

"아버지가. 노인들이 아버지한테 죽이라고 했어. 난 네가 불쌍해."

질린이 말했다.

"내가 불쌍하면 긴 장대 하나만 갖다줄래?"

지나가 고개를 저었다. 안 된다는 뜻이었다. 질린이 두 손을 모아 비는 시늉을 하며 말했다.

"지나, 제발! 지나, 갖고 와줘!"

"안 돼. 다들 집에 있어. 들킬 거야."

지나는 그렇게 말하곤 가버렸다.

저녁때 질린은 앉아서 '어떻게 될 것인가?' 하고 생각했다. 계속해서 위를 바라봤다. 별들은 보이는데 달은 아직 안 떴다. 기도 시간을 알리는 회교승의 고함 소리가 들리고 주위가 잠잠해졌다. 질린은 이미 조금씩 잠이 왔다.

'지나가 겁이 나서 도와주지 못할 거야.'

문득 머리 위로 진흙이 떨어졌다. 위를 올려다봤더니 구덩이 맞은편 가장자리에 긴 장대가 들어오고 있는 것이 보였다. 장대가 구덩이 안으로 내려오기 시작했다. 질린은 재빨리 몸을 일으켜 손으로 잡아 내렸다. 아주 튼튼한 장대였다. 이 장대를 전에 주인집 지붕 위에서 본 적이 있었다.

위를 쳐다보았더니 별들이 하늘에 높이 떠 반짝이고 있었다. 그리고 구덩이 바로 위 어둠 속에서 지나의 눈이 마치 고양이 눈인 양 빛났다. 지나가 구덩이 가장자리에서 머리를 아래로 내리며 "이반, 이반!" 하고 속삭였다. 양손을 얼굴 주위에서 흔들었다. 소리를 죽이라는 뜻이었다.

"응?"

"다들 떠나고 집에 두 사람만 남아 있어."

질린이 코스틸린에게 말했다.

"자, 코스틸린, 가자. 마지막으로 한 번만 더 시도해보자. 내 등에 업혀."

코스틸린은 그의 말을 들으려고도 하지 않았다.

"아니야. 난 어딜 보나 여기서 못 나가. 돌아누울 힘도 없는데 내가 어딜 간단 말이야?"

"그렇다면 나라도 갈게. 혼자 가서 미안해."

작별의 뜻으로 그들은 서로 볼에 입을 맞췄다. 그러고 나서 질린은 장대를 잡고, 지나에게 위에서 꽉 잡아달라고 하고서 오르기 시작했다. 그는 두 번쯤 떨어졌다. 발에 찬 차꼬가 자꾸 방해가 되었다. 그러나 코스틸린이 그에게 다시 시도해보라고 북돋았다. 결국 간신히 위까지 올라갔다. 지나가 있는 힘을 다해 그의 옷깃을 잡아끌면서 까르르 웃어댔다.

질린이 장대를 잡고 말했다.

"지나, 이거 원래 있던 데에 다시 갖다 놔. 안 그러면 사람들이 눈치채고 너를 가만 안 둘 거야."

지나가 장대를 끌고 가고 질린은 산 아래쪽으로 갔다. 비탈 밑으로 내려가 뾰족한 돌을 집어 들어 차꼬의 자물쇠를 부수기 시작했다. 자물쇠는 튼튼했다. 좀처럼 떨어져 나가지 않았다. 게다가 돌로 치기가 불편하기도 했다. 비탈 위에서 누군가 달려오는 소리가 들렸다. 가볍게 사뿐사뿐 뛰어오는 소리였다. '지나인가보다' 생각했다. 지나가 와서 돌을 뺏으며 말했다.

"내가 해볼게."

무릎을 땅에 대고 앉아 자물쇠를 부수기 시작했다. 그러나 손이 회초리처럼 야윈 것이 무슨 힘이 있겠는가? 지나가 돌을 내던지고 울음을 터뜨렸다. 질린은 다시 돌을 쳐들고 자물쇠를 망가뜨리려 했다. 지나는 옆에 쭈그리고 앉아서 그의 어깨를 잡아주었다. 질린이 고개를 돌려보니 왼쪽 산 너머에서 하늘이 발그스름해지고 있었다. 달이 뜨고 있는 것이다.

'달이 완전히 뜨기 전에 협곡을 통과해서 숲까지 도착해야 해.'

질린은 일어나서 돌을 내던졌다. 차꼬를 찬 상태로라도 가야 했다.

"잘 있어, 지나, 널 절대 잊지 않을게."

지나가 그를 붙잡고 양손으로 그의 몸을 더듬어 빵을 넣어줄 만한 데가 있는지 찾았다. 질린이 빵을 받고 말했다.

"고마워, 잘 먹을게. 그런데 나 없으면 누가 너한테 인형을 만들어주지?"

질린이 지나의 머리를 쓰다듬었다.

지나가 울면서 손으로 얼굴을 가리고 산비탈로 달려 올라갔다. 염소 새끼처럼 깡충깡충 잘도 뛰었다. 땋은 머리에 달린 금속 박편들이 등에 닿을 때마다 어둠 속에서 잘그랑 잘그랑 소리를 냈다.

질린이 성호를 긋고, 차꼬에 달린 자물쇠가 절거덕거리지 않게 손으로 붙잡고 발을 질질 끌면서 길을 따라가기 시작했다. 달이 뜨기 시작하는 발그스름한 하늘을 계속 쳐다봤다. 그는 어느 길로 가야 되는지 감을 잡았다. 똑바로 8베르스타 약간 넘게 가면 됐다. 달이 완전히 뜨기 전에 숲까지 가야 했다. 그는 시내를 건넜다. 산 너머 하늘이 벌써 밝아져오고 있었다. 협곡을 따라가면서 혹시 달이 벌써 뜨지 않았나 하고 자꾸만 쳐다봤다. 발그스름하던 하늘이 훨씬 밝아졌고, 협곡의 한쪽이 점점 더 환해져갔다. 산 아래로 그림자가 기어가면서 점점 더 질린 쪽으로 가까워졌다.

질린은 계속 몸을 그늘 속에 숨기고 갔다. 서두르며 가고 있지만 달이 점점 더 빨리 얼굴을 내밀려 했다. 오른쪽 산봉우리들이 벌써 밝아졌다. 질린은 숲에 거의 가까이 왔다. 달이 산 너머에서 모습을 드러냈다. 하얗고 밝게 비추는 것이 마치 낮 같았다. 나뭇잎들이 하나하나 다 잘 보일 정도였다. 산속 모든 것이 달빛 속에 쥐 죽은 듯 고요했다. 아래에서 시냇물 졸졸거리는 소리만이 들려왔다.

숲에 이를 때까지 아무도 마주치지 않았다. 질린은 숲 가운데에서 충분히 어두운 곳을 찾아 잠시 쉬려고 앉았다.

앉아서 빵을 먹었다. 돌을 찾아서 다시 차꼬를 부수기 시작했다. 손에 멍이 들도록 쳤으나 부수지 못했다. 다시 일어나서 길을 따라가기 시작했다. 2베르스타도 채 못 가서 힘이 빠졌다. 다리가 빠개질 것처럼 아팠다. 열 걸음쯤 걷고 나서는 멈춰야 했다.

'하지만 어쩔 수 없다. 힘이 되는 데까지 계속 가야지. 한 번 앉으면 아마 못 일어날 거야. 지금 요새까지 가진 못할 것 같으니까, 아침이 되면 숲속에 누워서 기다리다가 밤이 되면 또 가야지.'

그렇게 그는 밤새 걸었다. 길을 지나간 것은 말을 탄 타타르 인 두 명밖에 없었다. 그때 질린은 멀리서부터 그들이 오는 소리를 듣고 나무 뒤에 숨어 있었다.

달이 벌써 창백한 빛을 띠기 시작했고 이슬이 내렸다. 해뜰 때가 가까워진 것이다. 아직 질린은 숲이 끝나는 지점까지 가지 못했다.

'서른 걸음만 더 가고 수풀 너머로 들어가서 앉아야겠다.'

그런데 서른 걸음을 가고보니 숲이 끝나는 곳이 보였다. 숲을 벗어나서 보니, 초원과 요새가 마치 손바닥 위에 있는 듯 훤하게 들어왔다. 왼쪽 산기슭 가까이에서는 모닥불이 타고 있다가 꺼지는 중이었다. 연기가 깔려 있고 모닥불 주위에 사람들이 있었다.

자세히 보니 그들이 가진 총이 빛을 반사하며 번쩍였다. 주둔병들이었다.

질린은 기뻐서 마지막 남은 힘을 모아 산기슭 쪽으로 향했다. 그러다 이런 생각이 들었다.

'여기서 잘못하다 걸릴 수도 있겠다. 허허벌판에서 타타르 기병한테 발각된다면, 저기까지 멀지 않더라도 도착하지 못할 거야.'

그 생각을 하자마자 주위를 둘러보니 아니나 다를까, 왼쪽의 약간 높은 지대에 타타르 인 세 명이 서 있었다. 그들이 질린을 발견하고 다가오기 시작했다. 질린은 가슴이 덜컥 내려앉아서 팔을 흔들며 있는 힘껏 아군을 향하여 소리쳤다.

"전우들! 날 좀 도와주시오! 전우들!"

아군이 그 소리를 들었다. 기병들이 말을 타고 나와 질린 쪽으로 달려오기 시작했다. 타타르 인들이 달려오는 방향과 직각 방향이었다.

아군 기병들은 아직 멀리 있었다. 하지만 타타르 인들은 이미 가까이 왔다. 질린은 이제 마지막 젖 먹던 힘을 모아서 손으로 차꼬를 받쳐 잡고 아군 쪽으로 달렸다. 이미 제정신이 아닌 그가 성호를 그으며 소리쳤다.

"전우들! 전우들! 전우들!"

아군 기병들은 열댓 명은 되었다.

겁을 먹은 타타르 인들이 마저 오지 못하고 주춤했다. 그래서 질린은 아군 기병들에게 가까이 다가갔다.

기병들이 그를 둘러싸고 누구이며 어디서 오는 것인지 물었다. 그러나 질린은 자기가 누군지도 모를 지경이었다. 그는 그저 통곡하면서 외쳤다.

"전우들! 전우들!"

병사들이 말에서 내려 질린 곁에 서서 빵과 죽과 보드카를 주었다. 군용 외투를 덮어주기도 하고, 차꼬를 깨주기도 했다.

장교들이 그를 알아보고 요새로 데리고 왔다. 병사들이 반가워하면서 질린을 둘러쌌다.

질린은 자기가 어떤 일을 당했는지 죽 이야기해주고는 말했다.

"나 고향에 가서 장가들지도 모른다고 했었지? 그게 그렇게 쉽지가 않더라고! 그럴 운이 아닌가봐."

그는 캅카스에서 계속 근무하게 되었다. 한편 코스틸린은 그로부터 한 달이나 지난 다음에야 5,000루블에 풀려났다. 간신히 목숨만 붙어 있는 것을 데리고 왔다.

옮긴이 김환

고려대학교 노어노문학과를 졸업하고, 한국외국어대학교 통역대학원 한국어 통번역 학부 한노과를 졸업했다. 상트페테르부르크 국립대학교에서 어문학 박사학위를 취득했고 상트페테르부르크 소재 출판사에서 번역가로 활동했다. 상트페테르부르크 국립대학교 한국어 강사, 러시아 게를쎈국립사범대학교 동양어과 조교수를 역임했으며 현재 출판번역에이전시 베네트랜스에서 러시아어 통번역 프리랜서로 활동 중이다.

사람은 무엇으로 사는가

초판 1쇄 발행 | 2018년 2월 20일

지은이 | 레프 톨스토이
옮긴이 | 김환

펴낸이 | 이삼영
책임편집 | 카후, 고현진
마케팅 | 푸른나래
디자인 | 호기심고양이

펴낸곳 | 별글
블로그 | http://blog.naver.com/starrybook
등록 | 128-94-22091(2014년 1월 9일)
주소 | 경기도 고양시 덕양구 오금로 7 305동 1404호(신원동)
전화 | 070-7655-5949 팩스 | 070-7614-3657

ISBN 979-11-86877-62-3
979-11-86877-49-4(세트)